Grandi Bestsellers

FABIO VOLO

IL GIORNO IN PIÙ

OSCAR MONDADORI

© 2007 Arnoldo Mondadori Editore S.p.A., Milano

I edizione Arcobaleno novembre 2007
I edizione Grandi Bestsellers ottobre 2008

ISBN 978-88-04-58213-7

Questo volume è stato stampato
presso Mondadori Printing S.p.A.
Stabilimento NSM - Cles (TN)
Stampato in Italia. Printed in Italy

www.librimondadori.it

Indice

Il giorno in più

A lei

Muore solo un amore che smette di essere sognato.

Pedro Salinas

When you were here before,
Couldn't look you in the eye
You're just like an angel,
Your skin makes me cry

You float like a feather
In a beautiful world
I wish I was special
You're so very special

Radiohead, *Creep*

Sono sicuro, nel sonno, di svegliarmi in una casa in riva al mare, dove ho trascorso tutta la notte con la donna che amo, vivendo con lei momenti di assoluta felicità. Il rumore delle onde ha accompagnato prima la veglia, poi il sonno, abbracciati nel tepore dei nostri corpi nudi.

Mi sveglio invece in una camera d'albergo a Parigi e, pur sapendo ormai di uscire da un sogno, continuo a sentire il delicato rumore delle onde del mare.

Ma a Parigi non c'è il mare!

Di fronte a questa ineluttabile verità, sento crescere i rumori della strada delle grandi metropoli.

Sono le sette e venti. La sveglia è puntata alle otto, ma capita sempre più frequentemente che io mi svegli prima. Oggi, però, questo mio anticipare la sveglia è meno misterioso. Ieri sera, quando sono arrivato, ero molto stanco per la giornata intensa e per il viaggio, e verso le dieci mi sono messo a letto senza cenare, addormentandomi subito. Se non mangio è come quando mi metto a dieta: mi sveglio con meno fatica sapendo che posso fare colazione.

Forse il vero motivo di questo risveglio anticipato è dovuto all'appuntamento di oggi. Il più importante della mia vita. Non posso ancora sapere cosa realmente accadrà, ma l'emozione che vivo in questo momento è così misteriosamente affascinante che mi riporta a quelle mattine presto, quando fuori era ancora buio e mi alzavo per scoprire i regali di Natale portati nella notte. Sono rimasto a letto, preso da questi pensieri che mi fasciavano e mi avvolgevano. Mi sono alzato solo per aprire le tende, ma poi sono tornato subito sotto le coperte. Mi piace rimanere nel tepore del risveglio. Mi aiuta a entrare lentamente in ciò che mi aspetta. Guardo fuori dalla finestra e ammiro il cielo e i tetti di Parigi. Ci sono un po' di nuvole che si muovono veloci. Riordino i pensieri, e osservo un po' la mia vita. Sono molto intimo con me stesso nelle ore del mattino. Molto più che la sera. Mi capita spesso, quando vado a letto, di pensare alle mie cose, ma negli anni ho scoperto che al mattino sono più buono con me stesso. Più tranquillo. Quando mi sveglio prima, me ne resto a letto a sentire tutti i piccoli rumori. Anche quelli dentro di me. Ascolto quelli della casa, a volte quelli dei vicini, o quelli della strada. Oggi i rumori sono tutti nuovi. Porte che si chiudono, rubinetti aperti nella stanza confinante, chiacchiere in lingua straniera nel corridoio. Quello che prima credevo fosse il mare in realtà è il furgoncino che pulisce le strade. Questo albergo si sveglia presto.

Suona la sveglia. Decido di alzarmi. Mi faccio la doccia e mi vesto. È settembre. Esattamente il 16 settembre. Guardando fuori dalla finestra non capisco se cambierà il tempo e se pioverà. Nella vita, quando ho avuto bisogno di sapere se il tempo sarebbe cambiato, solitamente mi rivolgevo a mia nonna. Non ha mai sbagliato un colpo. La sua frase era: "Mi fanno male le gambe, domani piove". E il giorno dopo pioveva. Da bambino avevo anche una statuetta della Madonna che cambiava colore in base al tempo, ma le gambe della nonna erano più infallibili della Madonna.

Apro la finestra. Non fa molto freddo, ma mi porto ugualmente un maglioncino.

Mia madre un paio di mesi fa mi ha regalato l'asciugatrice. A casa mia non si stende più. Però da quando la uso i miei indumenti sono diventati più piccoli. La maglietta con cui ho dormito mi arriva sotto l'ombelico e le mutande che ho appena messo mi stringono. Asciuga e accorcia. Però sono contento che me l'ha regalata perché il mio metodo di prima era pessimo. Buttavo tutti i panni insieme sullo stendino e così ammucchiati si asciugavano a pezzi in una settimana, prima una manica e poi il collo, poi il resto. La cosa peggiore con questo metodo è che se un giorno sudi quegli indumenti rilasciano un odore tremendo. Di cane bagnato.

Invece di fare colazione in hotel preferisco andare in uno dei miei posti preferiti, Le Pain Quotidien. Mi trovo vicino al Centre Pompidou e decido quindi di passeggiare fino a Rue des Archives, dov'è il locale. Le Pain Quotidien è una catena di negozi che si trovano in tutto il mondo. Sono tutti uguali, tutto in legno: pavimento, tavoli, sedie, armadi, bancone. Legno chiaro, tipico del Nordeuropa. Mentre mangi ti senti uno scoiattolo del bosco. Caffellatte, cappuccio, caffè americano, tutto viene servito nelle scodelle, come faceva mia nonna.

Ho preso una spremuta d'arancia, caffè americano e una brioche. Se c'è una cosa che ti fa capire che sei a Parigi è l'odore di burro che ti resta sulle mani tutto il giorno dopo aver fatto colazione con un croissant.

È già pieno di gente. Non sento parlare solamente in francese, ma ai tavoli vicini al mio in questo momento si parla tedesco, portoghese, inglese.

Mi metto il maglioncino. Adesso fa un po' fresco.

Dall'altra parte della strada c'è Starbucks Cafe con i soliti divanetti e poltrone in vetrina. Quante volte nel mondo mi sono seduto a leggere un libro o a scrivere al computer su quelle poltrone. Soprattutto quando avevo l'aereo tardi per tornare a casa e dovevo lasciare la stanza d'albergo alle undici del mattino. Praticamente diventava la mia casa per quel giorno: ci dormivo, su quelle poltrone.

Il mio appuntamento è alle undici al giardino del Lussemburgo. Non sono nemmeno le dieci e visto che sono vicino vado a visitare uno dei miei posti preferiti a Parigi: Place des Vosges. Ogni volta che la vedo mi commuovo. Passeggio per il Marais. Settembre è uno dei mesi che amo di più. Mi piacciono quelle stagioni in cui quando passeggi cerchi il sole, in cui se c'è un lato della strada all'ombra e l'altro con il sole attraversi la strada per sentirlo. Molto meglio di quando passeggi d'estate e attraversi la strada per evitarlo. In Rue des Francs Bourgeois, a quest'ora, il sole è sul lato destro.

Arrivo ai giardinetti di Place des Vosges e mi siedo su una panchina sotto un albero, vicino a una delle quattro fontane. L'aria è fresca. Stendo le braccia sullo schienale e a occhi chiusi alzo il viso in alto per farmi baciare da questi tiepidi raggi di sole. Poi sento uno scricchiolio di passi sulla ghiaia. Apro gli occhi. È una ragazza. Si siede sulla panchina vicino alla mia, apre il computer portatile e inizia a scrivere. Capita spesso di vedere persone con il computer ai giardini, qui ci si può collegare a internet con wi-fi, per cui molti, finché c'è bel tempo, vengono a lavorare all'aria aperta.

Le donne che passeggiano per Parigi hanno qualcosa di diverso. Non ho mai capito veramente che cosa sia a renderle più belle ai miei occhi. Sembrano sottratte per natura alla volgarità del mondo. Forse perché il loro modo di vestirsi rivela sempre qualcosa di intimo. I loro vestiti le raccontano, le determinano. Una volta una spilla, una volta un cappello, i guanti, una fascia, una collana, un colore su un altro. Ci sono vestiti che stanno bene solo a donne belle, altri che stanno bene solo a donne con il carattere bello. Per esempio, ciò che indossa la ragazza seduta vicino a me dice molte cose di lei. Dà la sensazione che lei viva in un mondo tutto suo, in cui lei sta bene e, guardandola, senti il desiderio di farne parte.

Sembra quel tipo di donna che magari va al mercato a comprare cose che costano poco e, grazie alla sua fantasia e alla capacità di abbinare cose, si veste in modo originale. Quelle donne non hanno bisogno di spendere tanto per vestirsi bene, è un loro talento, comprano quattro stracci, li mettono insieme e diventano femminili e sexy. Sono quelle donne che profumano di mela.

In ogni città dove sono stato a vivere per un po' c'è sempre un luogo che diventa "il mio posto". Quello dove vado per pensare, quello che mi regala una sensazione familiare di intimità. Spesso è semplicemente il primo che trovo quando arrivo in una città nuova. A Parigi è Place des Vosges. Ci venivo spesso quando abitavo qui, soprattutto la domenica, perché sotto i portici c'erano musicisti che suonavano, quasi sempre musica classica.

Camminare fin qui mi ha fatto bene. Mi ha aiutato a scaricare la tensione che sto accumulando a ogni minuto che passa e che mi avvicina all'appuntamento. Sono comunque ancora un po' in agitazione. Forse è solamente paura. Mi muovo come disorientato, come se non fossi in grado di padroneggiare l'emozione. Questa emozione che cresce e diventa quasi indomabile. Sono sempre stato un malinconico con la vocazione di essere una persona allegra. Credo sia comprensibile la mia emozione: se questo appuntamento andrà come spero, cambierà completamente la mia vita.

1

La ragazza del tram

Ogni volta che ho visto una donna che mi piaceva ho sempre cercato di conoscerla, ma soprattutto di farci l'amore. Sono pochissime quelle che mi piacevano e che ho lasciato stare. Perché avrei dovuto?

La ragazza del tram era una di queste. L'ho sempre preservata da me. Non è stata una scelta, è andata così. Non ho mai capito se era lei a condizionare il mio comportamento o se ero io che stavo cambiando. Per circa due mesi ci siamo incontrati sul tram tutte le mattine. Era un appuntamento fisso.

Io sono socio, insieme ad Alessandro, di una tipografia. Stampiamo cataloghi, libri a piccola tiratura, dépliant, brochure, volantini pubblicitari e alle ultime elezioni anche materiale elettorale di entrambi gli schieramenti: abbiamo solo cambiato il colore, per il resto non c'era una grande differenza. I politici parlano sempre di un futuro migliore. Forse si riferiscono al paradiso.

Ho iniziato qualche anno fa lavorando come dipendente da lui, poi sono entrato in società. È un po' antipatico da dire, ma sono una persona che riesce in tutto quello che fa. Se mi prefiggo un obiettivo, difficilmente non lo raggiungo. Il motivo è semplice: tutto ciò che mi ha penalizzato nei rapporti sentimentali mi ha invece facilitato nella vita professionale. Per questo, in realtà, più che riuscire grazie a un talento, riesco per una mancanza. L'incapacità di gestire un'emotività fragile come la mia mi ha costretto a dedicarmi totalmente al lavoro. Sentimentalmente sono sempre stato un uomo difettato. Nel lavoro ho trovato il mio rifugio. Avevo un'arma in più, non ero mai distratto dall'innamoramento. Ho sempre avuto la convinzione di possedere l'assoluto controllo della mia vita e dei miei sentimenti, e così ho sempre pensato che l'avrei vissuta.

Ho lavorato anche all'estero. Soprattutto da ragazzo. È a Londra che ho imparato ad andare al lavoro con i mezzi pubblici.

L'incontro quotidiano con la ragazza del tram era una delle cose più emozionanti delle mie giornate. Il resto scorreva come sempre. Quei minuti sul tram erano limpidi, una finestra su un altro mondo. Un appuntamento colorato.

Nessuna persona che facesse parte della mia vita, o semplicemente della rubrica del mio telefonino, aveva la possibilità di emozionarmi più di quella misteriosa sconosciuta. Ero attratto da lei. Ma, pur provando una sincera curiosità nei suoi confronti, non mi sono mai avvicinato.

Quell'inverno, tutte le mattine, quando prendevo il tram per andare al lavoro, trovavo lei già seduta. Sembrava una nuvola. La ragazza del tram doveva avere più o meno trentacinque anni. Quando il tram arrivava alla mia fermata, prima di salire, mi mettevo in punta di piedi e allungavo il collo per controllare se lei c'era. Se non la vedevo aspettavo quello dopo. Nonostante questa piccola attenzione, talvolta è capitato di viaggiare senza lei.

È stato in quei giorni che ho iniziato a svegliarmi prima della sveglia. Se non la vedevo sul tram non volevo avere il dubbio che fosse già passata, per cui alla fermata andavo prima del solito orario.

Mi capitava spesso durante il giorno di fantasticare su di lei, ma soprattutto su di noi. È bello avere una persona sulla quale fare delle fantasie durante il giorno. Anche se è sconosciuta. Non so perché, ma quando pensavo a lei i miei pensieri non avevano mai il punto. Solo virgole. Erano una valanga di parole e immagini senza punteggiatura.

Mi faceva compagnia. Eppure il nostro rapporto era fatto solo di sorrisi appena accennati e piccoli sguardi muti.

Scendeva due fermate prima della mia. Ho avuto spesso la tentazione di seguirla, per scoprire qualcosa in più su di lei, ma non l'ho mai fatto. Non ho nemmeno mai avuto il coraggio di sedermi al suo fianco. Restavo distante il giusto, in base ai posti liberi e a una buona prospettiva. Giorno dopo giorno, ha allenato i miei occhi a guardare di traverso. A volte, quando era lontana e non volevo girare la testa verso di lei, la seguivo con lo sguardo di sbieco, e dopo un po' gli occhi mi facevano male. A volte invece il tram si riempiva e capitava che una persona in piedi si mettesse proprio tra noi, impedendomi di vederla. Non passavo tutto il viaggio fissandola, mi piaceva semplicemente osservarla, distrarmi e poi appoggiare nuovamente lo sguardo su di lei. Sapere che era lì mi rassicurava. Il posto migliore dove sedersi era di fianco all'uscita. Se quel posto era libero, per me era una giornata fortunata, perché quando lei si alzava per scendere era costretta a venire verso di me e mi salutava sempre con un sorriso. Se non mi sedevo e rimanevo in piedi era ancora meglio: in quel caso stavamo vicini, l'uno di fianco all'altra, per qualche secondo. La respiravo. Era come l'aria di montagna quando apri la finestra al mattino. La respiravo da vicino senza poterla toccare. "Forse un giorno" mi dicevo. Un piccolo tocco, una volta, c'è stato. Una mattina, mentre aspettava che la porta si aprisse, il tram si è fermato in maniera brusca, e lei si è mossa verso di me. Il suo cappotto e la mia mano per un secondo si sono toccati e io l'ho chiusa in un piccolo morso. Fosse stato per me, l'avrei trattenuta per sempre. Anche lei a volte mi guardava quando era seduta.

Capitava spesso che i nostri sguardi si incrociassero, la nostra era una complicità tacitamente dichiarata. Ho avuto spesso paura che quegli sguardi e quei sorrisi che mi regalava fossero solamente frutto di una buona educazione.

Scriveva. Lo faceva spesso. Scriveva su un quaderno arancio con la copertina rigida.

"Chissà cosa scrive? Chissà se ha mai scritto qualcosa di me?" mi chiedevo.

Mi piaceva vederla scrivere. Innanzitutto perché per farlo si toglieva i guanti e poi perché si vedeva che era totalmente immersa in ciò che faceva. Tanto che ne ero persino geloso. È vero che quando scriveva non alzava mai la testa dal quaderno durante il tragitto, ma vederla così coinvolta in ciò che scriveva la rendeva ancora più affascinante. Avrei voluto far parte di quel suo mondo.

Anche quando leggeva non si distraeva mai. Per farlo si metteva gli occhiali. Le stavano bene. Mi piaceva osservarla mentre infilava un dito sotto la pagina destra e, facendolo scorrere, la sollevava dal resto del libro. Era un gesto naturale, ma mi catturava, era pieno di tutta la sua delicatezza.

A volte, invece, sempre con il dito destro si arrotolava un ciuffo di capelli.

La ragazza del tram era bella. Mi piaceva il suo viso, mi piacevano i suoi capelli, lisci, scuri, tanti. Il suo collo, i polsi e le mani. Al dito portava solamente una piccola fede. Niente anelli o braccialetti. Solo una piccola fede. Ma la cosa che mi attirava di più erano i suoi occhi, quello che si vedeva dentro incrociandoli anche solo per un istante. Scuri, profondi, inevitabili.

"Ci si può innamorare di una persona che non si conosce, ma che si vede solamente nel quotidiano tragitto di un tram?" mi chiedevo in quei giorni. Non lo so. Non lo so nemmeno adesso. Non ero innamorato. Ero attratto. Posso però dire con assoluta certezza che mi sentivo in qualche modo legato a lei, e che è stato facile fantasticare sul fatto che il destino stesse giocando con me. O addirittura con noi.

Una volta mi sono avvicinato alla ragazza del tram perché non c'erano posti a sedere e mi sono messo in piedi davanti a lei. Di spalle, però. Quella mattina, ho visto il suo sguardo riflesso dal finestrino. Mi guardava. Ci siamo incontrati lì, su quel vetro che, in trasparenza, riusciva a catturare le nostre immagini. E lì, nell'incontro dei nostri visi specchiati, ho scoperto che è molto più intimo uno sguardo incrociato di uno diretto. Come se si venisse scoperti a rubare una cosa. Come se quella superficie in realtà rendesse trasparente anche un volere fino allora taciuto. Quella volta, appena è scesa e il tram è ripartito, mi sono girato a guardarla. Lo ha fatto anche lei.

Due volte la settimana aveva la borsa della palestra, quasi sempre il lunedì e il giovedì. "Dovrei fare così anch'io" pensavo. Portarmi la borsa in ufficio anche se la palestra è vicino a casa, e andarci direttamente: allora sì che riuscirei ad allenarmi più spesso. Invece, dopo il lavoro, passo da casa a preparare la borsa e finisce che in palestra non ci vado più. Entro in casa dopo una giornata di lavoro e l'idea di uscire di nuovo per affrontare fatiche fisiche è una battaglia troppo grande. A parte che come entro in casa ho già fame e mangiucchio sempre qualcosa; poi alla fine mi dico che andrò in palestra il giorno dopo. È strano il mio rapporto con la borsa della palestra. Se la faccio la sera, mentre la riempio mi viene voglia di buttarmi dentro e dormire sull'accappatoio piegato. Poi dovrei imparare a svuotarla subito quando torno a casa. A volte me ne dimentico e mi viene in mente quando sono già a letto. Immagino la maglietta sudata e l'accappatoio bagnato insieme al costume, che indosso quando faccio anche la sauna. Spesso devo alzarmi a sistemarla perché altrimenti non dormo tranquillo. Se lo faccio il giorno dopo ho paura di trovare gli champignon dentro la borsa.

La ragazza del tram era più brava di me. Lei, la borsa, se la portava al lavoro.

Una mattina ricordo di essere salito e di averla vista per la prima volta con i capelli raccolti in una coda. La coda alta: una delle cose più femminili al mondo, mi fa perdere la testa. Si vedevano bene il collo, le orecchie, la linea della mandibola. Ricordo di aver pensato: "Adesso vado da lei e la guardo finché non si alza e iniziamo in silenzio a fissarci negli occhi. A dirci senza parlare tutto ciò che proviamo. Uno sguardo intenso, di quelli che scuotono l'anima. Poi ci baciamo. Ci stacchiamo e io le do un po' di baci piccoli sugli occhi, sul naso, sulle guance e sulla fronte, poi l'ultimo ancora sulle labbra. Tutta la gente sul tram ci guarda e all'improvviso parte un lungo applauso. Si sente una musica, il tram si ferma e noi scendiamo allontanandoci nella città. Titoli di coda, le luci si accendono e la gente commossa esce dal cinema".

Invece niente. Sono rimasto come sempre a distanza.

Niente musica, niente applausi, solo i vetri appannati del tram.

Per lei ho fatto un sacco di cose senza senso. Un giorno, dopo che è scesa, ho aspettato qualche secondo e mi sono alzato. Mi sono messo dove stava lei e ho appoggiato la mano dove teneva la sua qualche secondo prima. Si poteva sentire ancora il suo calore. Avevo bisogno di qualcosa di più, quel giorno non mi era bastato guardarla. Il tatto chiedeva gli stessi diritti della vista. Per questo motivo ho cercato una traccia di lei. Il suo calore era qualcosa di intimo in quel momento, ho avuto il desiderio di sfiorare una piccola parte di un mondo che lei aveva già toccato, volevo essere il primo tocco dopo il suo. Mi è capitato di suonare il campanello del tram per lo stesso motivo. Mentre sentivo il suo calore mi sono chiesto: "Cosa siamo? Amici, complici, compagni di gioco, amanti platonici, semplici sconosciuti?".

Una mattina, scendendo di corsa, ha perso un guanto, proprio di fronte a me. C'era poca gente e, come al solito, erano tutti addormentati. Nessuno se n'è accorto, nessuno mi ha visto quando l'ho raccolto. Avrei dovuto restituirglielo, ma il tram aveva già chiuso le porte e poi, non so perché, qualcosa mi aveva bloccato. Forse chiamarla avrebbe rotto il silenzio in cui mi cullavo, forse non ne ho avuto semplicemente il coraggio. Ho tenuto il guanto. Era di lana, color ciliegia. Sono stato fortunato, se fosse stato di pelle non avrebbe trattenuto il suo profumo. L'ho annusato tutto il giorno. Ho avuto paura che qualcuno lo venisse a sapere e che pensasse che io fossi un maniaco. Mi rendevo conto che facevo cose assurde, azioni che non avrei mai pensato di fare. Se me le avesse raccontate un amico, lo avrei preso per pazzo e non credo che avrei capito quel comportamento. Ma stava succedendo a me e non potevo farci niente. La ragazza del tram era sfuggita ai miei rapporti sotto controllo. Quando l'ho raccontato a Silvia si è messa a ridere, però non mi ha preso per pazzo.

Silvia è la mia migliore amica. Sa tutto di me. La ragazza del tram è stata spesso l'argomento delle nostre serate. Ha avuto solo da ridire sul fatto che tenessi il guanto in un sacchetto di plastica per alimenti, come quelli di CSI: lo facevo per conservare più a lungo il suo profumo.

Mentre annusavo il guanto mi chiedevo: "Che stai facendo?". Allora lo appoggiavo, ma poi mi rimaneva il pensiero e, passandoci vicino, cadevo nuovamente in tentazione. Come una persona che cerca di smettere di fumare. Forse avrei dovuto scriverci sopra: "Nuoce gravemente alla salute... mentale!".

Alla fine ho smesso. Non di annusarlo, ma di sentirmi stupido. Volevo farlo e lo facevo. Mi godevo quel desiderio. Punto. Il giorno dopo averlo raccolto l'ho portato con me per restituirglielo. Chiaramente mi ero già fatto tutto un viaggio mentale. Il destino mi aveva dato la possibilità di rompere il silenzio con una scusa valida e meravigliosa. E con un guanto sarei entrato nella sua vita donandole un sentimento di gioia: "Ehi... sono il ragazzo che ti ha ritrovato il guanto".

Quella mattina, quando il tram è arrivato, l'ho vista. Sono salito e mi sono seduto. Mentre cercavo il coraggio di avvicinarmi, ho pensato che in fondo il guanto era l'unica cosa che avevo di lei, e che magari potevo tenerlo ancora qualche giorno. Così ho fatto.

Ricordo che anche in quel viaggio lei mi ha regalato un sorriso.

C'è stato un periodo, circa due settimane, in cui è mancata. Non sapevo se era malata o in vacanza, so solo che ho avuto paura che avesse cambiato lavoro, o avesse deciso di usare la macchina. Non riuscivo a darmi pace. Quella separazione mi angosciava, mi angosciava il senso di impotenza: non potevo rivederla o rintracciarla, non sapevo nulla di lei.

Di quelle tristi mattine non voglio parlare. Un giorno l'ho ritrovata nuovamente là, sul tram: credo di non essere riuscito a nascondere la gioia. Ero eccitato come un neonato quando cerca di afferrare le farfalline che girano sopra il suo lettino. Di lei non sapevo niente, ma non era importante. Ciò che contava era che fosse tornata. Non sapevo come si chiamava, dove lavorava, quanti anni aveva, se era fidanzata o se conviveva. Non sapevo nemmeno di che segno fosse. Il segno zodiacale di una persona non mi è mai interessato, ma con lei era diverso: al mattino alla fermata prendevo sempre uno di quei giornali gratis e andavo subito alla pagina dell'oroscopo; mi sarebbe piaciuto leggere anche il suo, così, per capire quale sarebbe stata la mattina giusta per rivolgerle la parola. Di lei sapevo solo due cose: che, senza che lei lo sapesse, rendeva le mie giornate più emozionanti, e che forse abitava qualche fermata prima della mia, oltre che nei miei pensieri.

Una mattina, dopo aver finito di scrivere si è alzata, è venuta davanti all'uscita, pronta per scendere, e per la prima volta non mi ha sorriso. Ha fatto come se non ci fossi. Ci sono rimasto male. Io, il re della coda di paglia, ho cominciato a farmi mille paranoie, magari qualcuno le aveva detto di avermi visto prendere il guanto, magari l'avevo guardata troppo e cominciava a scocciarsi, o forse aveva pensato che il giorno che ci eravamo sfiorati io l'avessi toccata volontariamente. Che ne avessi approfittato.

Ha sentito, da quel piccolo contatto, tutto il mio desiderio. Si sa come sono le donne, se le desideri lo sentono subito. Magari si era spaventata.

Fortuna che non ero mai andato a parlarle. Quante volte sono stato tentato. Quante volte avevo sentito dentro di me una forza che mi spingeva ad andare da lei. Però poi mi ritraevo. E non era facile, perché lei era attraente nel vero senso della parola. Certe mattine, quando la guardavo, dentro di me la mia anima dondolava avanti e indietro. *Punte – talloni – punte – talloni – punte – talloni: vado – non vado – vado – non vado – vado – non vado.*

Per fortuna non sono andato.

Mentre cercavo una motivazione al suo comportamento, lei si è girata verso di me e ha rotto il silenzio.

«Hai tempo di bere un caffè o sei di fretta?»

«Scusa?»

«Ti va di bere un caffè prima di andare al lavoro? Hai tempo?»

«Sì, sì... volentieri. Scendo con te.»

Si sono aperte le porte del tram e siamo scesi insieme.

«C'è un bar proprio qui davanti... piacere, Michela.»

«Giacomo.»

Mentre camminavo ho pensato che aveva altre due cose che mi piacevano: il nome e la voce.

Mi piacciono le donne intraprendenti, quelle che fanno il primo passo, anche se in realtà un po' mi spiazzano, perché di solito sono io a farlo. Mi inibiscono, mi tolgono il ruolo primordiale di uomo cacciatore.

Entrando nel bar ho aperto la porta e ho fatto passare una signora anziana. «Prego signora, e si copra che fa freddo.»

«Grazie, grazie, com'è gentile.»

Perché quando sei felice sei più gentile con gli altri.

Ci siamo seduti per un caffè. Seduti di fronte in quel bar eravamo un po' imbarazzati. Io più di lei.

«Ti ho chiesto di venire a bere un caffè perché ti considero un compagno di viaggio delle mie mattine, e visto che la mia vita nei prossimi giorni cambierà ho trovato il coraggio di invitarti.»

"Cazzo, si sposa. Sono il suo caffè dell'addio al nubilato. Si sarà confrontata con le amiche e loro le avranno detto: ma dài, buttati, invitalo a bere un caffè" pensavo terrorizzato. «Hai fatto bene, lo avrei fatto io, ma avevo paura di infastidirti, già l'altro giorno quando ti ho toccato il cappotto ho pensato che ti fossi arrabbiata.»

«Quando?»

«No... l'altro giorno il tram si è fermato un po' bruscamente e io con la mano ti ho toccata, non l'ho fatto di proposito, però diciamo che non l'ho tolta, anzi, mi piaceva l'idea di sfiorarti.»

«Non me ne sono nemmeno accorta.»

«In che senso la tua vita cambierà? Ti sposi?»

«No, non mi sposo, me ne vado a vivere a New York. Ho cambiato lavoro.»

«Come, vai a vivere a New York?»

«Sì, mi è arrivata la lettera di conferma della società americana per cui lavoro e a cui avevo chiesto il trasferimento a New York.»

Mentre mi parlava ha tirato fuori una lettera.

«Venti giorni fa sono stata a fare un colloquio da loro e mi hanno detto che andavo bene. Qualche giorno fa mi è arrivata la risposta definitiva. Sai, pensavo che non mi prendessero alla mia età, ho trentasei anni e non è facile. Ma ce l'ho fatta.»

«Ah, quindi non prenderai più il tram... con il 30 hai chiuso. Non ti mancherà?»

«Credo che mi mancherà, ma anche no. Sono eccitata all'idea di dare una svolta alla mia vita e poi era da un pezzo che volevo andare a vivere là, questo non è stato il primo tentativo.»

«E ci vai per sempre?»

«Non lo so, so solo che adesso parto, e poi si vedrà. Magari dopo un mese non ce la faccio più e torno. Non ho progetti definitivi, faccio un po' quello che sento al momento e mi organizzo di conseguenza.»

«Ma come, finalmente ti conosco e parti subito? Che sfiga. Quindi questo è il caffè dell'addio?»

«Più o meno... scusa, devo andare in bagno un secondo, torno subito.»

C'ero rimasto male. Già mi mancava, già vedevo il tram senza Michela.

Seduto al bar con lei non ero riuscito a dire praticamente nulla. Nemmeno che avevo il suo guanto a casa. Avrei voluto chiederle il numero di telefono, l'e-mail, ma non ne avevo il coraggio. Lei mi aveva invitato a bere un caffè prima di partire, come se volesse chiudere, con me, una fase della sua vita. È solo che, quando capisci che è tardi, faresti di tutto per recuperare. In realtà, ho sempre paura di disturbare. Come da piccolo, in casa d'altri, quando mi chiedevano se volevo un bicchiere d'acqua, anche se avevo sete rispondevo: "No, grazie". Quando qualcuno mi offriva qualcosa, prima ancora che finisse la frase avevo già detto di no. Nella vita ho sempre avuto paura di essere di peso, di essere una scocciatura. Questa è stata una vera fregatura. Anche da grande è sempre stato così. I primi tempi che avevo la donna delle pulizie facevo una cosa assurda. Il giorno in cui lei veniva, prima di uscire di casa mettevo in ordine. Facevo un po' di pulizie prima che le facesse lei. Per non farle trovare tutto il disastro in giro, per riguardo.

A Michela non avevo chiesto il numero di telefono perché non volevo essere invadente, metterla nell'imbarazzo di dovermelo dare per cortesia e non perché lo desiderasse veramente. Del resto, quello era un caffè fine a se stesso. Io facevo parte della sua vecchia vita, la vita da cui lei stava scappando. Perché avrei dovuto chiederle un recapito? Non eravamo amici e poi la sua partenza non era esattamente la condizione migliore per iniziare un rapporto. Quel caffè non era l'inizio di qualcosa, semmai la fine. Non riuscivo a chiederle niente, ma mentre rimanevo lì seduto ad aspettarla, crogiolandomi nella delusione, il mio sguardo è caduto sulla lettera della società americana che mi aveva mostrato e che aveva lasciato sul tavolino. Lì sopra c'era l'indirizzo. Ho pensato di copiarlo. Perché? Perché sembrava quasi che lasciarla andare via così, senza sapere ancora nulla di lei, fosse un vero peccato. "Segnati l'indirizzo" ripeteva una voce dentro me. "Per lo meno leggilo."

"Smettila! Sono una persona educata, io." L'ho fatto. Rapidamente. Ho letto e me lo sono ripetuto a memoria continuamente per non dimenticarmelo. Poi mi sono alzato e sono andato a pagare alla cassa.

«Scusi, ha un foglietto e una penna, per cortesia?» La ragazza alla cassa mi ha dato tutto ma, quando stavo per scrivere, ho visto Michela che tornava e ho detto: «Non importa, grazie». Sono tornato al tavolino e ci siamo seduti nuovamente, poi l'ho guardata: «Sai, stavo pensando che mi dispiace che parti. Lo so, è una cosa senza senso visto che ti conosco appena, eppure è così».

Le parole mi erano uscite in maniera naturale appena lei si era seduta, non avevo neanche dovuto trovare il coraggio per dirle, nemmeno le avevo pensate prima. Come lei, le ascoltavo mentre le dicevo. Mi ha guardato dritto negli occhi ed è rimasta qualche secondo a fissarmi immobile, in silenzio. Sembrava emozionata da quelle parole, sicuramente le avevano fatto piacere perché il suo viso si è aperto in un meraviglioso sorriso che mi ha fatto venire la pelle d'oca. Ma forse era solo per il freddo: un signore era entrato nel bar e aveva lasciato la porta aperta.

«Allora, quand'è che parti?»

«Domani pomeriggio, alle quattro ho il volo.»

«Hai già fatto le valigie?»

«Il grosso sì, il resto lo faccio questa notte e domani prima di partire. Le mie amiche e colleghe di lavoro hanno organizzato una festa per me, spero di non tornare a casa in condizioni tanto pietose da non riuscire a fare una valigia. Vuoi venire? Non è niente di speciale, saremo una quindicina di persone.»

«No grazie, non fa niente, devo già uscire... Ma allora domani non prendi il tram?»

«No, oggi era l'ultimo giorno.»

«Ah!»

«Beh, grazie del caffè, adesso devo andare... anche tu, credo.»

Ci siamo salutati e ci siamo dati due baci di circostanza sulle guance. "Che buon profumo" ho pensato.

«Ciao allora, e buon viaggio.»

«Grazie. Ciao.»

Mentre mi allontanavo ripetevo l'indirizzo come un mantra. Girando l'angolo ho incontrato Dante. Era un compagno di liceo che non vedevo da anni. Mi ha tempestato di domande su di me e sugli altri compagni di classe. Poi ha iniziato a parlarmi di lui. Si era separato da poco e mi ha detto di avere un bambino. Mi ha raccontato tutte le cose che suo figlio stava imparando.

Mentre mi raccontava la sua vita compressa in pochi minuti, io ripetevo come un monaco buddista l'indirizzo.

Poi mi ha dato il suo numero di telefono e mi ha chiesto: «Non noti niente?».

«Cosa?»

«Guarda il mio numero... non hai notato niente?»

«No.»

«È palindromo.»

«Cosa?»

«È palindromo, ho il numero di telefono palindromo. Lo puoi leggere al contrario. Come Adda, Anna, Otto. Vedi, così è più facile ricordarselo. È sufficiente che ti ricordi i primi cinque numeri. Che tra l'altro, come vedi, sono facili, non puoi dimenticarteli.»

Gli ho dato il mio numero, normale, e ci siamo salutati.

Visto che avevo il telefono in mano mi è venuto in mente che l'indirizzo di Michela potevo scriverlo lì. L'ho scritto e l'ho spedito a Silvia. Avrei potuto memorizzarlo nella cartella "messaggi salvati". Invece non c'ho pensato e l'ho mandato a lei. Dopo due minuti Silvia mi ha chiamato.

«Ma che messaggio mi hai mandato?»

«La ragazza del tram. Oggi le ho parlato. Abbiamo preso un caffè insieme.»

«Finalmente hai avuto il coraggio di invitarla.»

«Veramente... oggi ho avuto il coraggio di invitarla, ma ho saputo che da domani va a vivere a New York. Quello che ti ho mandato è l'indirizzo del suo nuovo ufficio, non sapevo dove scriverlo. Segnatelo tu da qualche parte e poi me lo ridai. Ci vediamo questa sera?»

«Oggi è quel giorno là per cui questa sera non posso. Domani?»

«Domani.»

Sono andato al lavoro. Mentre camminavo mi è arrivato un messaggio di Silvia.

Mi ha rimandato l'indirizzo che le avevo appena spedito. È proprio intelligente. Anche se forse sono io che sono stordito.

Comunque, da qualche parte appena arrivato al lavoro l'avrei scritto... e così ho fatto.

2

La "spesa non spesa"

La sera in cui Michela dava la festa d'addio Silvia non era con me per consolarmi. "È quel giorno là" mi aveva detto. "Quel giorno là" è il suo primo giorno del ciclo mestruale e siccome Silvia ha l'utero retroverso spesso è costretta a restare a letto per i dolori.

A quel punto, la mia storia con l'affascinante donna del tram era già finita. È vero che avevo rubato l'indirizzo del suo nuovo ufficio a New York, ma già sapevo come sarebbe andata. Quell'indirizzo sarebbe stato ogni giorno sempre meno interessante e quella storia sarebbe terminata come sono finite tante mie fantasie.

Prima di quel caffè, lei era stata per giorni nei miei pensieri e l'avevo immaginata come volevo io. Era cresciuta nella mia testa, l'idea che avevo di lei non era realmente lei, eppure nonostante tutto mi era piaciuta. Nel breve incontro al bar non mi aveva deluso e nemmeno aveva distrutto le mie fantasie, anzi, quando mi aveva guardato negli occhi per quei pochi secondi avevo provato una forte emozione.

Michela mi piaceva. Mi piaceva più di prima. *Peccato.*

Chissà perché non avevo accettato l'invito alla festa. Non era vero che avevo un impegno. Avevo anche pensato di tornare indietro e dirle che avevo cambiato idea, che sarei andato alla festa, ma ormai era tardi. Poi Dante mi aveva bloccato.

Il pensiero di lei quel giorno è stato ossessivo. Il fatto che partisse, il fatto che mi avesse invitato alla festa, le espressioni del suo viso mentre mi parlava, il suono della sua voce.

Quella sera, dopo il lavoro, sono andato al centro commerciale. Quando sono in crisi o devo pensare ci sono due cose che solitamente faccio. Una è passeggiare per la città, l'altra è andare al supermercato, il più grande che c'è, per fare la "spesa non spesa". Riempio il carrello con cose che mi piacciono e che vorrei. Mi fa stare bene. Giro per il supermercato con il mio carrello e lo riempio: assi di legno, seghe circolari, canne da pesca, gomme per la bici, tende da campeggio, elettrodomestici, latte di vernice, cose da mangiare, vestiti da ciclista, rollerblade. Quando sono appagato mollo tutto e me ne vado. Poter mettere nel carrello tutte quelle cose belle, lucide, con addosso ancora l'odore di nuovo mi fa godere. Gli articoli di cancelleria poi, gomme-quaderni-matite-pennarelli-astucci, mi ricordano i giorni prima di iniziare la scuola.

Finché non arrivo vicino alla cassa le sento mie, le possiedo. È una vera emozione. Godo. Mi rilassa da morire. Poi, dopo la gioia del possesso, si fa largo in me la felicità di aver risparmiato un sacco di soldi con tutte quelle cose che non ho comprato.

Quella sera ho "non comprato" anche dei copertoni per lo scooter, una racchetta da tennis, due tubi di palline e una biciclettina per bambini con rotelle.

C'era una donna bellissima al reparto bambini che stava comprando dei giocattoli per il figlio e, per attaccare bottone, mi sono inventato che avevo una figlia alla quale volevo fare una sorpresa. Mi ha consigliato lei la bicicletta.

Se fossi stato così lanciato e sciolto con Michela come lo sono stato con quella mammina sarei andato a una festa quella sera, invece di girare a vuoto nelle corsie di un supermercato.

Un'altra cosa che faccio solitamente al supermercato è passeggiare davanti alle casse prima di fare la spesa per cercare la cassiera carina. Per sapere a che numero di cassa devo andare a pagare. Non sono mai andato dove c'era meno gente, ma sempre dove c'era la ragazza più bella. L'unica volta che ho visto una ragazza carina dietro il bancone ma ho preferito far passare gli altri per essere servito da un uomo è stato in farmacia, quando ho avuto bisogno di comprare dei medicinali per riuscire ad andare in bagno. Ci sono periodi della mia vita in cui divento stitico. La ragazza era troppo carina e io avevo vergogna. Ho aspettato che si liberasse il farmacista. Che ad alta voce ha esordito: "Dicaaa".

Non ero preparato e mi sono vergognato anche con lui.

"Avete qualcosa per liberare l'intestino... di mio figlio?"

"Le do un microclisma."

"Va bene."

Quando però l'ho visto, ho capito che era troppo piccolo e che non mi avrebbe fatto niente.

"Guardi, adesso che ci penso ne prendo uno anche per mio padre, che anche lui..."

"Le posso dare uno sciroppo lassativo. Del lattulosio."

"Okay."

La signora anziana a fianco a me si è introdotta nella conversazione: "Lo sciroppo non fa niente. Guardi, io le ho provate tutte. Meglio un bel clisma, da 133 ml. Con quello sta tranquillo. Oppure se non le fa niente le consiglio, come fa mia sorella, le supposte effervescenti. Quelle sono una bomba!".

A quel punto io, che ero entrato defilato e volevo che

tutto fosse discreto, mi ero ritrovato al centro di una discussione su clisteri, perette, lassativi e supposte per digerire col sedere. Quando alla fine il farmacista mi ha dato il clisma mi ha detto: "Allora, questo è per il nonno..." guardandomi come se avesse capito bene che in realtà era per me.

Quella sera, dopo la "non spesa" al supermercato, sono uscito e ho fatto una lunga passeggiata. Doppia dose di vizi. Passeggiavo e immaginavo Michela alla festa. La vedevo ridere, scherzare, la vedevo abbracciare le sue amiche in lacrime. A quella festa mancava un imbranato. Era in giro a piedi per la città.

Tornato a casa, sono rimasto un po' di tempo a pensare a lei con la fronte appoggiata al vetro della finestra. Ricordo che era freddo e che si appannava con il mio respiro. Sembrava un cuore che pulsava. Quella sera mi sono addormentato così tardi che al mattino la batteria del cellulare non si era nemmeno caricata del tutto; l'ho acceso e non ho ricevuto messaggi, perché li avevo già ricevuti tutti prima di spegnere.

Quando vado a letto tardi, nel vedere che ora è sento già la stanchezza del giorno dopo. So che dopo pranzo rantolerò tutto il giorno in cerca di caffè.

Quella mattina, salendo sul tram mi sono accorto che ero triste. Il mio sguardo non sapeva dove appoggiarsi, vagava come un uccello in cerca di un ramo. E anche le mattine seguenti nel mio quotidiano viaggio in tram provavo un sentimento di inquietudine.

Lei era l'emozione della mia giornata.

Durante la pausa pranzo ho pensato che potevo correre all'aeroporto per salutarla, magari con la scusa del guanto; potevo dirle che l'avevo preso io e che mi ero dimenticato di ridarglielo. Ma soprattutto mi ero pentito di non averle chiesto nemmeno un indirizzo e-mail o altro. Ho deciso di andare da lei per chiederglielo, o per riuscire almeno a metterle un boomerang in tasca nella speranza che potesse tornare indietro da me. Sono andato a casa a prendere il guanto e sono corso all'aeroporto; quando sono arrivato, lei probabilmente era già nell'area riservata ai passeggeri in partenza. Persa.

Poi mi sono accorto che il suo volo era in ritardo di cinquanta minuti. Ho pensato di comprare un biglietto e decollare con lei. Adesso che stava partendo, avrei fatto qualsiasi cosa per rivederla, mentre fino al giorno prima non mi ero mosso di un passo. Come quando vieni lasciato in una storia e ti svegli disposto a fare tutto per farla tornare da te. Di solito è troppo tardi. Sono rimasto in piedi a fissare il tabellone per qualche minuto. Era come se quell'aereo si stesse portando via una parte di me. Aveva lo strano sapore di un'occasione perduta. Poi me ne sono andato. Mentre stavo uscendo dall'aeroporto l'ho vista: era seduta al bar. Mi è esploso un airbag nel cuore. Mi sono gonfiato di gioia. Sono rimasto qualche secondo a osservarla e poi mi sono avvicinato. Quando mi sono trovato a una decina di metri da lei, dal bancone è arrivato un uomo più o meno della mia età con due caffè in mano. Ho fatto giusto in tempo a svoltare velocemente a destra, dietro un muro, per non farmi vedere. Ho sentito dentro di me il rumore delle unghie sulla lavagna. Sono andato via senza girarmi per paura che magari mi potesse vedere e solamente quando sono stato veramente lontano mi sono voltato a guardare. Ridevano. Non sapevo cosa fare. Aspettare, salutarla comunque, come se fossi passato di lì per caso, o andare via.

Ero triste.

Sono uscito dall'aeroporto e sono andato direttamente in un centro commerciale enorme. Ho "non comprato" tre carrelli di roba. Poi ho chiamato Silvia: «Non parte da sola, sta con uno».

3

Silvia

Qualche anno fa io e Silvia c'eravamo fatti una promessa: "Se nei prossimi cinque anni non troviamo l'amore della vita, facciamo un figlio insieme".

Circa tre anni dopo quella promessa, Silvia ha incontrato Carlo, di lì a poco si sono sposati e il figlio, anzi la figlia, Margherita, l'ha fatta con lui. Anche dopo il suo matrimonio la nostra amicizia è rimasta uguale. All'inizio lui era un po' geloso, credo fosse normale, ma poi con il tempo ha capito il nostro rapporto, e le cose sono tornate tranquille. È bello avere come migliore amico una donna. È diverso. A volte meglio, a volte peggio. Per esempio, se esci a bere con un amico e incontri una che ci sta, puoi anche mollarlo lì da solo e andartene con lei. Basta dirgli la frase: "Domani ti racconto". Il tuo amico maschio è contento per te. Invece con le amiche donne è tutto diverso. È un problema mollarle per qualcun'altra. Succede anche tra di loro. Infatti quante volte capita di sentirci dire, quando chiediamo a una ragazza conosciuta al momento di venire via con noi: "Verrei volentieri, ma non posso mollare qui la mia amica". Tra uomini, l'amico abbandonato non direbbe mai così, anzi, semmai aggiungerebbe: "Fanne una anche per me".

Un giorno Silvia mi ha chiesto cosa pensassi di Carlo

e io le ho risposto che, se piaceva a lei, io ero felice. Ho risposto così perché a me lui non è mai piaciuto tantissimo, o piuttosto non l'ho mai visto come uno con cui lei potesse dare il meglio di sé. Ho anche tentato di diventare suo amico, siamo andati allo stadio insieme un paio di volte, ma non abbiamo mai ingranato veramente. Così sono rimasto amico di Silvia. La cosa non è nemmeno difficile da gestire perché Carlo lavora tanto e spesso è via. Un uomo totalmente dedito al lavoro. Ha un'azienda di tessuti che lo porta ad andare all'estero per diversi giorni. Silvia lo aiuta un po' in ufficio, ma più che altro fa la mamma. È stato lui a insistere che lei smettesse di lavorare e si dedicasse alla figlia.

Carlo ama ostentare la sua ricchezza. Non ha il portafogli, i soldi li tiene in una mollettina e quando deve pagare sfodera i pezzi grossi esterni per arrivare a quelli di cui ha bisogno, al centro.

Ha un sacco di orologi, più di uno per ora. Un sacco di occhiali da sole. Abiti, giacche e aggeggi vari, oltre alle auto ovviamente. Ha anche una barca, anzi, per essere precisi un motoscafo. Tipico di chi è più interessato ad arrivare che a viaggiare.

Siccome so che gli fa piacere se qualcuno nota le sue cose, quando lo vedo gli faccio sempre i complimenti per qualcosa che ha. È il suo modo di essere apprezzato. Allora io mi diverto un po' a prenderlo in giro quando lo vedo. "Che bell'orologio, che begli occhiali, che bella macchina." La cosa che mi stupisce è che lui mi ringrazia.

"Che begli occhiali da sole che hai, Carlo."

"Oh grazie."

Non ho mai capito perché alcune persone ti ringraziano per un complimento fatto a qualcosa che possiedono. Mi verrebbe da dirgli: "Mica li hai disegnati tu, gli occhiali! Di cosa mi ringrazi? Svegliaaaaaa!".

Io e Silvia ridiamo di questo. Non c'è cattiveria. Silvia per me è come la corda del funambolo: quando sono felice ci danzo sopra con un ombrellino colorato, e quando sono triste mi ci aggrappo.

Siamo anche stati insieme per un po', appena ci siamo conosciuti, ma come coppia non eravamo un granché. Non funzioniamo in quel ruolo, ma ci siamo trovati a essere grandi amici. Io e Silvia siamo la prova che esiste l'amicizia tra uomo e donna. Dopo aver fatto l'amore, però. In realtà credo che saremmo riusciti ugualmente a essere amici anche senza averlo fatto, ma così è tutto più chiaro. Sappiamo che tra me e lei quel tipo di rapporto non funziona. Come amici, invece, ci regaliamo emozioni indimenticabili e amore puro. Silvia è una persona che amo.

Non è stato nemmeno così male stare con lei, l'unico problema era che ci assomigliavamo troppo: eravamo due viti, due spine, due chiavi.

Comunque tre anni fa avrebbe potuto essere la madre dei miei figli e io il padre dei suoi. Insomma, i genitori dei nostri.

L'ho conosciuta in un locale. Carina, capelli lunghi, non troppo alta, ma con un meraviglioso sorriso. Si capiva che era simpatica perché quando finiva di parlare le sue amiche ridevano. Io ero con Silvio, superfidanzato, e Luciano, che ha altri gusti. Diciamo che se c'è un gruppetto di persone, Luciano prende il maschio della cucciolata. Scegliere Silvia è stato facile perché le sue amiche non erano molto belle. Vedendole, Luciano ha detto: "Chissà se avevano ragione loro o il tram nell'incidente".

Sono andato subito ad attaccare bottone: "Scusa se ti disturbo, oggi è il mio compleanno e mi piacerebbe fare un brindisi con te, spero di non romperti".

Silvia ha guardato le sue amiche, loro hanno fatto un

sorriso, probabilmente aveva bisogno di un consenso da parte loro; in ogni caso, ha preso il bicchiere e ha brindato con me.

"Quanti anni compi?"

"Non si chiede l'età" ho risposto scherzando. "Trenta giusti."

Quelle sono state le mie prime parole con Silvia.

Quella sera abbiamo chiacchierato tanto.

Ero partito subito con tutta una serie di stronzate che dicevo sempre per rimorchiare, ma più parlavo più smettevo di essere Giacomo "il conquistatore" e sempre più "sonosincerosperodipiacertiperquellochesono".

Si capiva subito che era una ragazza intelligente e dopo qualche minuto mi sono sentito un coglione, tanto che mi sono costituito: "Non è il mio compleanno oggi, è una tattica che uso per agganciare, per rompere il ghiaccio... Sei arrabbiata?".

"No... hai fatto bene, se ti è servito a superare la tua timidezza... e poi se sei un coglione è meglio scoprirlo subito."

"Non sono timido."

"Questo lo scopriremo più avanti."

Era molto diretta, molto chiara. È uno dei motivi per cui, dopo qualche volta che abbiamo fatto l'amore, avendo capito che non era scoccata la scintilla, lei non ha perso tempo. Mi ha fatto un discorso sul fatto che le piacevo e che capiva che lei mi piaceva, ma che non eravamo fatti per stare insieme.

L'avevo pensato anch'io, ma non avrei mai avuto il coraggio di dirglielo. Fosse stato per me, avrei fatto finta di niente e pian piano sarei sparito, come sempre. E avrei perso una persona meravigliosa.

Non so se sia diffusa tra gli uomini l'abitudine di non dire niente anche se è evidente che le cose non vanno; sicuramente a me quel tipo di comportamento apparteneva molto. Fare finta che tutto vada bene è sempre stato un mio talento.

Qualche sera dopo la partenza di Michela, sono andato a cena da Silvia. Abbiamo mangiato tutti e tre insieme, io, Silvia e Margherita. Più tardi ho messo a letto la bambina: non ci voleva andare, ma dopo aver pianto un po' si è addormentata.

Io e Silvia ci siamo spostati sul divano e abbiamo chiacchierato a lungo. È stata una bella serata. Con lei succedeva spesso. Prima di raccontarle tutti i dettagli di quel che avevo visto all'aeroporto abbiamo parlato di lei e di Carlo.

«L'altra sera siamo andati a una cena e oltre ai soliti amici c'erano anche Patrizia e Pietro.»

«Patrizia e Pietro?»

«Sì... Pietro, l'amico di Alessandro, quello con cui va sempre a giocare a tennis.»

«Ah, ho capito chi è... Come mai erano a cena con voi?»

«Perché Patrizia è amica della moglie di Giorgio.»

«Giorgio chi?... Vabbè non importa, arriva al dunque. Perché mi dici questo?»

«Perché durante la serata lei lo abbracciava, gli prendeva la mano, lo chiamava amore... e io li ho invidiati un casino. Loro avevano quel che io ho sempre sognato di avere, ma non sono riuscita a ottenere. Io ho fallito con il mio matrimonio.»

Il rapporto con Carlo in quel periodo era in crisi, anzi, lo era già da molto tempo. Nell'ultimo anno e mezzo Silvia aveva cercato in tutti i modi di salvare il matrimonio, ma ormai aveva capito che non c'era più niente da fare. Aveva aspettato in silenzio per vedere se era solo una crisi passeggera, aveva cercato più volte di af-

41

frontare l'argomento con lui e giocare a carte scoperte, ma parlargli era praticamente impossibile. Minimizzava sempre e diceva che non c'era niente che non andasse fra loro e che non bisognava preoccuparsi se le cose erano cambiate un po'. Era normale e tutti i matrimoni erano così.

«Hai provato a parlarne con lui ultimamente?»

Sapevo già la risposta perché Silvia non è una persona che si tiene le cose dentro per il quieto vivere.

«In mille modi, ma è impossibile. La sua reazione è talmente assurda che mi spiazza e non riesco più ad andare avanti. Ne abbiamo parlato anche l'altra sera, ma poi lui al mattino come sempre si è comportato come se non ci fossimo detti nulla. Tutto torna nell'ordine delle cose. È un muro di gomma. Lo so che ne parliamo spesso e che ormai lui pensa che il mio sia uno sfogo e non mi prende sul serio, ma l'altra sera per la prima volta sono riuscita a dirgli veramente tutto. Gli ho detto perfino chiaramente che non lo amo più e che se sono ancora qui è solamente per Margherita.»

«E lui?»

«Lui dice che invece mi ama ancora e che è normale avere una crisi. Prima mi sminuisce e mi critica su tutto e poi mi dice che mi ama. Da un estremo all'altro.»

«Quando ti critica e ti sminuisce lo fa perché, essendo piccolo lui, ha bisogno di rendere piccoli gli altri.»

«L'altro giorno si è anche avvicinato per baciarmi e io l'ho spinto via, dicendo che non volevo. Giacomo, lo sai, te l'ho già detto, sono otto mesi che non facciamo l'amore. Io non ci riesco. Non lo amo più e sento che non riuscirò più ad amarlo. E odio quando mi dice che è normale. Lo odio. Quando sta fuori per lavoro io sono felice. Felice di stare a casa senza di lui. Appena mi dice che deve partire, guardo subito sul calendario che giorni sono. Vado a dormire più volentieri se so di essere sola.»

«Quanto pensi di rimanere ancora in questa casa con lui?»

«Non lo so. Non è facile lasciarlo. Margherita è innamorata di suo padre, lo adora, e io non ho la forza di separarli. Come faccio a impedirle di svegliarsi con suo padre? Che alternative ho, me ne vado io e la lascio a lui? Impossibile. Mi sento egoista ad andarmene. È un passo che non sono mai riuscita a fare, perché ho paura che mia figlia mi odierebbe per questa decisione. E lei è tutta la mia vita. Ho sempre preferito sopportare questo rapporto che non funziona più, mi sembrava che dei due dolori fosse il più facile da sostenere. Però ultimamente non ne sono più sicura. Credo di non farcela più.»

«Silvia, io penso che sia arrivato il momento. La prima volta che abbiamo parlato di queste cose era più di un anno fa. E in tutto questo tempo hai provato in mille modi a salvare il matrimonio. Io non so come fai, dove la prendi, tutta questa forza. Stai con un uomo che non ti ascolta e che probabilmente non ascolta nemmeno se stesso. A lui va bene così. Da quando stai con lui e da quando c'è Margherita la tua vita è cambiata completamente. Per lui cosa è cambiato? Forse qualcosa dal punto di vista economico, ma ha continuato a fare le sue cose come prima. Punto. Fino a oggi è andata bene perché tu hai sempre accettato tutto. Per il desiderio di farti una famiglia ti sei annullata. Ti sei addossata ogni responsabilità e, finché continuerai in questo modo, perché mai dovrebbe lasciarti andare via? I problemi tra voi sono iniziati quando hai cominciato a chiedere più attenzione da parte sua, più partecipazione anche con tua figlia, non solo con te, e a lui questo non va. L'ultima volta che gliel'hai chiesto ti ha regalato un orologio. Questo è il suo modo di partecipare. Prenditi il tempo che ti serve per andartene via senza sensi di colpa, ma fallo. Penso sia meglio anche per Margherita. Avere una madre infelice non credo sia un buon insegnamento e non illuderti che lei non se ne accorga. I bambini sentono tutto.»

«Lo so, lo so. Sai cosa mi ha detto l'altro giorno, mentre la mettevo a letto? "Mamma, perché non ridi più?" Ho trattenuto le lacrime finché sono uscita dalla stanza e poi sono scoppiata a piangere. Sai quante volte ho pianto in questi mesi? Ho iniziato anche ad avere delle crisi d'ansia. Mi capita di svegliarmi di notte e di non riuscire più a addormentarmi, faccio fatica a respirare. Non mi era mai successo. Margherita è l'unica che mi dà la forza di andare avanti. Mi basta una sua parola o un suo abbraccio. Mi dice: "Mamma ti amo", e il mio cuore si sbriciola.»

A Silvia sono venuti gli occhi lucidi.

«Sono stanca, Giacomo, sono veramente stanca, esaurita, stravolta.»

Ci siamo abbracciati e lei ha pianto. Per sdrammatizzare un po' le ho chiesto ridendo come faceva a dirgli di no quando lui voleva fare l'amore con lei.

«Ormai dopo tutti questi mesi non mi cerca nemmeno più. L'ultima volta mi ha fatto sentire male perché veramente non lo volevo. Ho cercato di fare in modo che finisse il prima possibile impedendogli di fermarsi. Cambiamo discorso che è meglio... parliamo di Michela. Non avrei mai pensato che tu potessi andare fino all'aeroporto per lei. Comunque sia andata, sei stato bravo. Ho pensato che magari quello lì con cui stava poteva essere un collega.»

«No, no... era troppo affettuoso. Le ha anche dato un bacio sulla fronte prima di risedersi al tavolo.»

«Sulla fronte non è sulla bocca. Che hai intenzione di fare, lasci che la cosa finisca così?»

«Che devo fare?»

«Erano settimane che ti dicevo di invitarla a bere un caffè e non l'hai mai fatto. Adesso che è partita, quando sali sul tram ti dispiace che lei non sia lì. Passi le tue giornate a pensarci continuamente. Magari potresti cercare di capire perché lei ti fa questo effetto. Non è certo l'unica donna che ti ha rivolto la parola. Se ti tiene legato a lei ci sarà un motivo. Per cui non rinunciarci subito. Sono più di due mesi ormai che ne parliamo.»

«E cosa faccio: parto per New York, meno il fidanzato e le dico che lei mi manca?»

«Avrai cercato di dare un senso a tutta questa storia, no?»

«Sai cosa mi tiene legato a lei? È che ho avuto la sensazione che ci siamo piaciuti da sempre, anche quando ci guardavamo e basta. E poi al bar mi è sembrato che anche lei fosse emozionata. Poi però mi dico che non è così, che mi sto facendo un viaggio. Non ho mai attaccato bottone con lei per paura di diventare uno di quelli che, appena una sorride, subito pensano che ci stia. Poi finisce che una donna non sorride più a nessuno. Non è vero che se la tirano: spesso non sorridono perché se lo fanno gli uomini pensano subito che ci devono provare. Invece quegli sguardi, quei silenzi, quelle attenzioni e quell'incontro al bar sono stati così belli che ho paura di rendere tutto banale. È come se ci fossimo incontrati nella porta girevole di un hotel. Ci siamo salutati, ma stiamo andando in due direzioni opposte. Tu pensi che le persone incontrate in momenti diversi creino rapporti diversi?»

«Credo proprio di sì. Oggi uno come mio marito non riuscirebbe nemmeno a portarmi a mangiare un gelato.»

«Ma se queste sensazioni fossero solamente frutto della mia immaginazione, dei film che mi faccio, che figura farei a presentarmi da lei? Dovrei rintracciare il numero di telefono, chiamarla e chiederle di mandarmi la pellicola del suo film mentale per vedere se è come il mio: "Pronto Michela? Senti, volevo chiederti se ti andava di scambiarci le pellicole dei film per vedere se almeno si assomigliano o se sono proprio due film diversi quelli che stiamo vedendo, e vivendo". Ti sembrerà strano, perché in fondo non so nemmeno chi sia, ma quando ho saputo che partiva mi è dispiaciuto da morire e quando il giorno dopo l'ho vista all'aeroporto con quell'uomo è stato come se avessi trovato mia moglie a letto con un altro. Sono troppo delicato da quel punto di vista.»

«Lo so, ti conosco, ma prima o poi bisogna affrontare i problemi. Non puoi continuare a scappare.»

«E da cosa scappo?»

«Dalla tua fragilità. Quando la vedi, ti spaventi.»

«Che ci posso fare?»

«Negli anni, soprattutto con le donne, ti sei costruito un muro. Io lo vedo. Lo avevi fatto anche con me. Il problema è che poi, a forza di costruirlo, sei diventato tu stesso il muro. Un muro che si può percorrere, ma non oltrepassare.»

«Forse uno dei miei problemi è che non chiedo niente a nessuno, ma ho bisogno di tutti. Ho cercato sempre di non deludere gli altri, di non essere un peso o una preoccupazione. Sono cresciuto misurandomi con le aspettative di mia madre.»

«Tu sei una delle persone più di cuore che io abbia mai incontrato. Sei leale. E per me questo vale più di qualsiasi cosa al mondo. Sono curiosa di sapere come crescerai. Come cresceremo. Io ti immagino come sarai tra qualche anno.»

«E come mi vedi?»

«Adesso, per esempio, mi fa molto ridere il fatto che alla tua età sei ancora così disorganizzato. Il tuo frigorifero è sempre vuoto. I quadri sono ancora da appendere. La macchina spesso non sai nemmeno dov'è parcheggiata. Sei disordinato. Spesso svogliato. Sicuramente nell'ultimo periodo annoiato.»

«È la reazione naturale all'ossessione di mia madre per l'ordine.»

«Sei uno che cerca ancora le donne con cui uscire la sera facendo scorrere la rubrica del telefonino. Però non sei come gli altri. Tu sei diverso. Sei uno curioso, creativo, hai viaggiato, hai imparato presto ad arrangiarti, sei un uomo in cammino. L'unica cosa che ancora non sei riuscito a risolvere è il legame con le persone. Io ho imparato a tenere le giuste distanze, altrimenti fuggiresti anche da me. Ma c'è voluto del tempo perché ti fidassi. Tuttavia so che prima o poi diventerai grande. Nel senso che imparerai a gestire e a organizzare la tua vita in maniera più pulita e ordinata. Più serena. L'ho sempre pensato e, secondo me, questa tua crisi, questa tua noia e questo interesse verso Michela sono delle risposte: le famose porte da aprire che daranno inizio a una nuova stagione.»

«Quali porte? Dove sono?»

«A volte le persone sono solo delle porte, dei passaggi. Tu per me, io per te. Anche gli sconosciuti, ogni incontro è una porta. Per esempio, Michela potrebbe essere un'occasione, una via di fuga. Potresti trovare in lei degli elementi di crescita.»

«Silvia, lo sai, io non sono il tipo che prende un aereo e va da una che non conosce solamente perché gli gira per la testa.»

«Boh, invece di essere sempre quello che sei potresti provare a fare una cosa diversa, a comportarti in maniera insolita. Inventati un Giacomo nuovo, per una volta.

Qual è una cosa che ti emoziona o che ti fa sognare o che ti fa piacere pensare in questo momento della vita?»

«La risposta la sai già. Michela è l'unica cosa che mi fa sognare, perché la vedo come una realtà sconosciuta, estranea alla mia vita.»

«Allora, se vuoi uscire un po' dalla tua vita e lei ti attrae, forse è la porta da aprire. Perché non vai a New York? Vai, ti rendi conto di esserti sbagliato e torni indietro. Ma almeno c'hai provato.»

«Ma, anche se andassi a New York, cosa cambierebbe? Quando la incontro, ammesso che la trovi, non è che io divento diverso.»

«Invece sì, perché ti prenderesti per lo meno il rischio di essere un po' ridicolo. Invece no, preferisci rinunciare. Troppo rischioso.»

«Quella c'ha trentasei anni, mica quindici.»

«Cosa vuol dire? Non cambia niente. Non conosci le donne.»

«Secondo te, io non vado da lei non perché è una cosa senza senso, ma perché in realtà ho paura di rendermi ridicolo?»

«Esatto! Per rendersi ridicoli ci vuole coraggio. E tu, quello, non l'hai mai avuto con una donna. Con Michela non avevi la situazione sotto controllo, allora hai mollato. Il fidanzato è una scusa. E poi lo so come fai, ti conosco. Chissà quale altra bugia ti inventerai per giustificare la tua non azione. Conosco bene i tuoi metodi, i tuoi ragionamenti, la tua macchina mentale per riportare tutto nell'ordine delle cose.»

All'improvviso è squillato il telefono. Era Dante.

«Silvia, indovina chi è?»

«Dante?»

«Esatto.»

Mi aveva fatto molto piacere rivederlo qualche giorno prima, ma da quel momento mi martellava di telefonate e messaggi. Continuava a chiedermi di uscire una sera con lui, e io non ne avevo voglia. Sentivo che non avevamo più molto in comune. Eravamo diventati troppo diversi. Forse era solo una mia impressione. Ci sono persone che non frequento per come mi fanno sentire ogni volta che le rivedo. È come se mi rubassero l'energia: mi consumano. Dante era una di quelle, ma lui era insistente. A volte faceva anche il furbo e mi chiamava con anonimo. Ma io lo sapevo che era lui. E non rispondevo. Il mio cellulare ha un tasto che toglie la suoneria. Il tasto si chiama "muto". Se lo schiaccio due volte fa cadere la linea, ma se lo schiaccio solamente una toglie solo il suono della chiamata. Dante era una di quelle persone che mi facevano schiacciare spesso quel tasto.

«Non so come fare a dirgli che non mi va di vederlo. Già è difficile lasciare una donna, ma un amico... Come si fa a dire a un amico: "Ti lascio"? Si può solo aspettare che capisca.»

«Se non ti va di dirglielo, prima o poi lo capirà. Sinceramente non saprei come si lascia una persona dello stesso sesso.»

«L'altro giorno ho memorizzato il suo numero cambiandogli il nome in rubrica. Sul mio cellulare non è più Dante, ma Invadante. Pensa che a volte è così insistente che la luce del telefono si spegne e lui sta ancora chiamando. Mi accorgo che mette giù perché si riaccende la luce.»

Ho guardato Silvia in un modo che lei conosce. Dal mio sguardo lei capisce che non scherzo e che sto per dirle una cosa seria.

«Rimpiangerò di non averlo fatto, secondo te?»

«Di non aver risposto a Dante?» Poi, sapendo che ero serio, ha aggiunto: «Se stai parlando di Michela... chi lo sa? È questo il bello del rischio».

4

Un padre che non c'era

All'età di sette anni per venti minuti sono stato un genio. Poi il buio. Io e i miei amichetti stavamo parlando di quello che la maestra aveva detto la mattina in classe. Del fatto che la Terra ci mette ventiquattr'ore per fare un giro completo su se stessa e trecentosessantacinque giorni e sei ore per girare intorno al Sole. Per questo ogni quattro anni c'è il 29 febbraio. Sei per quattro ventiquattro. Si parlava della forza di gravità, e di quanto fosse lontana l'America.

Un signore che abitava nel mio palazzo ogni tanto ci diceva che l'America era dall'altra parte del mondo, ma che Parigi, se volevamo, lui ce la poteva fare vedere anche subito. Per noi tra Parigi e New York non c'era una grande differenza, era comunque un altro mondo. Allora incuriositi rispondevamo di sì e lui ci sollevava uno alla volta prendendoci la testa fra le mani, all'altezza delle orecchie. Ricordo che con le mani afferravo i suoi polsi per alleggerire il peso e soffrire meno. Ma che male!

Mentre eravamo sospesi in alto fra le sue mani ci chiedeva se vedevamo Parigi. Che crudeltà. Quel signore era lo stesso che per anni ci aveva fatto anche il gioco del naso. Ci prendeva il naso con le dita e poi, facendo uscire il pollice tra l'indice e il medio piegati, ci diceva: "Eccolo qua, ti ho rubato il naso".

Simpatico, il vecchio. Poi è morto. Succede: è la vita.

La frase che mi rese un genio per circa venti minuti fu: "Ma se la Terra gira, allora vuol dire che tra un po' l'America arriva qua dove siamo noi. Basta trovare un modo per rimanere sollevati e aspettare le ore di differenza tra qui e l'America. Non serve andare là con un aereo, basta stare sospesi in alto con un elicottero e, quando la Terra girando porterà l'America qui sotto, scendiamo".

Abbiamo iniziato a saltare per vedere se atterravamo un po' più in là. Avevamo dato per scontato che la Terra girasse nella direzione di marcia della strada a senso unico. E devo dire che i nostri salti finirono per convincerci che atterravamo un po' più in là rispetto al punto di partenza. Ero diventato non solo un genio, ma anche l'idolo della compagnia. Il re della piazzetta.

Sono cresciuto giocando sempre con tanti bambini, ma Andrea era il mio amico del cuore. È stato come un fratello per me. Io dormivo a casa sua e lui a casa mia. Il pomeriggio veniva spesso da mia nonna a fare la merenda. Me lo ricordo bene perché ogni giorno, quando avevamo la bocca piena, ci chiedevamo sempre: "Vuoi vedere un incidente in galleria?". E poi aprivamo la bocca per far vedere la poltiglia masticata. Adesso non siamo più tanto amici.

Il giorno che le mie teorie mi avevano eletto re della piazzetta, mio padre, che solitamente a quell'ora si trovava al lavoro, stranamente era a casa e dopo aver parlato con mia madre è sceso nel mio regno e mi ha chiamato. Aveva un'espressione strana. Io gli sono andato incontro per dargli la buona notizia: suo figlio era un genio, era giusto che lo sapesse. Mi ha abbracciato forte, ma io mi dimenavo perché volevo parlargli. Alla fine mi ha detto, con gli occhi lucidi, che andava a lavorare e si è allontanato. È stata l'ultima volta che l'ho visto. Il padre del piccolo genio se n'era andato di casa, lasciandomi solo con mia madre.

Nel frattempo il fruttivendolo, il signor *Sotuttoio*, aveva spiegato che non ci si può alzare e aspettare che l'America arrivi perché esistono le correnti, l'atmosfera, la forza di gravità e tutta una serie di cose che nemmeno ricordo, fatto sta che non ero più un genio. Mi è dispiaciuto un sacco scoprirlo. Tanto che un giorno ho avuto un altro pensiero geniale, ma non l'ho detto a nessuno. Ero un po' più grande: avevo pensato che quando un ascensore precipita nel vuoto, la persona che è dentro potrebbe salvarsi se facesse un piccolo salto una frazione di secondo prima dell'impatto con il suolo. Chissà se funziona...

Dal giorno in cui mio padre se ne è andato la mia vita è cambiata. Non ero un genio e non avevo più nemmeno un padre. Ma soprattutto ero diventato l'unica storia d'amore importante per mia madre. I primi tempi mia madre mi diceva che era via per lavoro, poi un giorno, quando l'ho vista riempire i sacchi neri della spazzatura con tutte le cose di mio padre, ho capito che non sarebbe più tornato. Io cercavo di fermarla, piangendo e gridando di smetterla, lei in lacrime mi diceva che non sarebbe tornato più e mi ha dato uno schiaffo. Sono andato in camera mia a nascondere un suo maglione. Mia madre non si è mai accorta di quella mancanza, finché un pomeriggio mi ha trovato nascosto nell'armadio mentre lo annusavo. Lo facevo spesso: mi nascondevo ad annusarlo. Quella volta mia madre me lo ha strappato di mano e non l'ho più visto.

Conservo pochi ricordi legati a mio padre. A casa, le

foto in cui c'era anche lui avevano tutte un buco al posto della sua faccia. Mia madre le aveva ritagliate tutte. C'è qualcosa di più triste al mondo? Avere una foto con me, mia madre e a fianco un corpo con un buco sopra il collo? Comunque, anche quando viveva ancora con noi, non è che mio padre passasse molto tempo con me. Il sabato pomeriggio, per esempio, c'era la partita del torneo dell'oratorio: era sempre mia madre che mi accompagnava. Una volta mio padre le disse che mi avrebbe accompagnato lui. Quando sentii quelle parole pensai subito che avrei giocato la partita più bella della vita. Mi ero ripromesso che avrei sputato sangue pur di dimostrargli che ero un campione. Infatti appena sceso in campo iniziai a correre come un pazzo. Coprivo in difesa, risalivo la fascia, prendevo palla, cercavo l'uno-due, arrivavo fino all'area avversaria. A ogni azione il mio sguardo andava a cercare papà tra il pubblico.

Finalmente i miei sforzi furono ripagati. Presi palla in area e feci gol. Non una rete spettacolare, ma non importava. La palla era entrata e mentre i miei compagni mi abbracciavano io mi dimenavo per liberarmi e guardare mio padre. In quel momento, però, lui si era spostato. Non c'era. Alla fine lo vidi dietro una macchina parcheggiata che discuteva con una donna che non avevo mai visto. Sembrava che si conoscessero bene dal modo in cui litigavano. Anche se quel giorno la mia squadra aveva vinto, tornando a casa in macchina ero triste. Mio padre non se ne era nemmeno accorto. Mi chiese solamente: "Perché quella faccia? Avete vinto".

Non gli risposi. Non parlammo più per tutto il viaggio.

Ho anche ricordi belli, per esempio le scampagnate la domenica. In macchina io, dietro, rimanevo in piedi tra i due sedili e chiacchieravo continuamente, con mia madre a destra e mio padre alla guida. Quando ero stanco o annoiato, ripetevo in continuazione, ogni trenta secondi, come una macchinetta: "Quanto manca? Siamo arrivati? Quanto manca? Siamo arrivati?".

Dopo la partenza di mio padre, in macchina la disposizione era sempre così: mia madre a sinistra e a destra il sedile vuoto. O con i sacchetti della spesa.

Ricordo anche quando mio padre mi parlò da solo in cameretta dopo che avevo fatto quella cosa là davanti a tutti gli ospiti. "Quella cosa là" era che da piccolo mi piaceva menarmi il pistolino. Non sapevo che era una cosa brutta, a me piaceva e lo facevo. Un giorno, mentre c'erano parenti e amici in sala, io sono entrato completamente nudo davanti a tutti e menandomi il pistolino gridavo: "È bellissimo, dài, provate anche voi...".

Qualcuno rideva, per questo insistevo. Ero felice di averli fatti ridere con la mia scoperta. È stato in quell'occasione che mio padre mi ha parlato e mi ha detto che quella era una cosa che non si doveva fare. Io non riuscivo a capire perché. Ripetevo a mio padre: "Ma è bello, prova".

Non l'ho ancora capito nemmeno adesso, infatti lo faccio spesso. Il segreto è non farlo davanti a parenti e amici. Delle cose di sesso non c'ho mai capito molto. Aveva ragione Lucio quando, all'età di otto anni, mi si è avvicinato nel corridoio a scuola e mi ha detto: "Giacomo, sai cos'è la cappella?".

"No!"

"Ma va'... di sesso non sai proprio niente."

E se ne è andato.

È vero, a me il sesso non me l'ha mai spiegato nessuno. Non come ha fatto il papà di Salvatore, che un giorno gli ha detto: "È ora che tu sappia un po' di cose sul sesso... vieni. Nasconditi nell'armadio e guarda quello che faccio a tua madre". Impossibile. Non c'ho mai creduto.

Io ho avuto anche uno sviluppo sessuale lento. Non soffrivo per le dimensioni, ma per il fatto che, a differenza dei miei amici, io non avevo i peli quando loro già li pettinavano. Io ero ancora glabro e loro assomigliavano tutti a Peppe, bambino calabrese, già uomo a nove anni.

Quando i miei amici raccontavano di masturbarsi e di raggiungere l'orgasmo, io mi masturbavo e basta, come nel salotto di casa mia davanti a un pubblico. La prima volta che sono venuto c'ho messo quasi un'ora. Il pisello era in fiamme. C'avrei potuto grigliare della verdura per un barbecue. Ma alla fine quando è uscita una gocciolina sono stato felicissimo. Indimenticabile.

Quel giorno mio padre non c'era già più. Non so neanche se glielo avrei detto. Anche lui non mi aveva detto tutto, anzi, a volte mi diceva delle cazzate e io ci credevo. In camera mia c'era un poster di una macchina di Formula Uno e lui mi aveva detto che il pilota sotto il casco era lui. Che prima di sposarsi lavorava alla Ferrari. Una volta mi aveva detto che era amico di Giuseppe Garibaldi. E io, quando passavo in largo Cairoli, guardavo la statua a cavallo e dicevo: "Ehi ciao, sono Giacomo, il figlio di Giovanni".

Poi un giorno a scuola la maestra ci ha parlato di Garibaldi; io ho alzato la mano e ho detto: "Maestra, lo sa che io lo conosco? Perché è amico del mio papà".

Tutti mi hanno preso in giro, ma io pensavo che fossero solamente invidiosi. Come quando quelli più grandi mi sfottevano perché mio padre mi aveva detto che per catturare un uccellino senza sparargli bastava mettergli il sale sulla coda. Io ci ho provato più di una volta.

A scuola ero l'unico che aveva il padre che se ne era andato. C'erano i figli delle famiglie unite, i figli dei separati, dei divorziati e poi io. La mia situazione era totalmente diversa. Mio padre se ne era andato via. Per me niente weekend con il papà come i figli dei separati, niente regali doppi al compleanno e a Natale. Mio padre era sparito e si era rifatto una famiglia altrove. Ho una sorellastra.

I miei genitori, in sostanza, erano due bambini immaturi che hanno fatto un figlio e io sono il risultato. Eccomi qua. Come nel film *Kramer contro Kramer*: la prima volta che l'ho rivisto ero già adulto e ho pianto come un vitello. Anche se nel film era la mamma che se ne era andata.

Mia madre i primi tempi mi faceva dormire nel letto con lei. A volte ero felice e a volte invece mi faceva stare male. Le notti che piangeva, per esempio. Mi stringeva. Più piangeva, più mi stringeva. Ricordo ancora adesso il suo odore addosso. La pelle sudata. Mi sentivo soffocare. Mi mancava l'aria. Mi schiacciava forte contro di lei, contro il suo seno. Sentivo la sua collanina con la croce sulla guancia. Mi faceva male, ma non dicevo niente. Oppure quando mi dava i baci sulla testa e sentivo le sue lacrime che mi bagnavano i capelli. Poi a volte, oltre a piangere, diceva delle brutte cose sugli uomini e in special modo su mio padre. Io ero un bambino e non mi sentivo tirato in mezzo a quelle critiche. Le piaceva ricordarmi che mio padre non ci amava e ci aveva abbandonati. Alla fine ero più felice quando dormivo da solo, perché avevo paura di quei momenti. E poi mi sentivo impotente, incapace di aiutarla e di risolvere quella situazione. Desideravo rivedere mia madre com'era sempre stata quando c'era ancora mio padre, volevo essere lui. Sono cresciuto diventando la risposta che quella situazione richiedeva, cercando di non deludere mai mia madre, cercando di essere un bravo bambino, un bravo figlio. Per questo fin da piccolo ho sempre fatto tutto quel che andava fatto. Non volevo deludere le aspettative, non volevo deludere la mia famiglia, la mia maestra, il mondo, Dio.

Mi sono trovato presto a essere adulto. Sono stato costretto a essere quello di cui c'era bisogno e non quello che sarei dovuto diventare.

Ho sempre avuto un fortissimo senso di responsabilità, ho sempre capito che dovevo chiedere poco per non disturbare e che dovevo imparare ad arrangiarmi. Perfino quando mia nonna mi sollevava in braccio per mettere la busta o la cartolina nella buca delle lettere, per me era una cosa importante. Era una prova da superare. L'ansia di non sbagliare: PER LA CITTÀ, PER TUTTE LE ALTRE DESTINAZIONI. Anche se in fondo ricordo bene il fascino di quella scritta: PER TUTTE LE ALTRE DESTINAZIONI. Immaginavo mondi lontani. "Quando sarò grande andrò lì. Per tutte le altre destinazioni" mi dicevo. E, mentre io facevo tutto per benino e non deludevo nessuno, la mia mamma aveva smesso di piangere la notte e di soffocarmi. Era passato più di un anno da quando mio padre se ne era andato. Una notte, mentre dormivo nel letto con lei, mi sono svegliato perché ho sentito che parlava al telefono con qualcuno. Non capivo cosa dicesse, so solamente che qualche minuto dopo aver riattaccato mi ha preso in braccio e mi ha portato in camera mia e poi ha accostato la porta. Io intanto avevo fatto finta di essermi riaddormentato. Dopo un po' ho sentito che parlava con qualcuno. Era un uomo. Mi sono alzato e ho sbirciato per riuscire a vedere chi fosse. L'ho intravisto mentre andavano in camera. Un uomo con i baffi. Quella notte ho avuto paura. Non so perché. Ricordo di avere avuto paura e di essermi sentito solo. Tanto solo. Mia madre era diventata un'altra persona. Lontana. Staccata da me.

Una volta, verso Natale, mia madre mi ha portato nell'ufficio dove lavorava: c'era una festa e c'era anche quell'uomo. Era il suo capo. Adesso vivono insieme.

Non so se è stato per l'abbandono di mio padre, fatto sta che delle persone non mi sono mai fidato e delle donne ancora meno.

Ho trentaquattro anni. Mio padre è morto quando ne avevo venticinque. Con mia madre parlo poco. I miei genitori: uno mi ha abbandonato, l'altra non mi ha mai capito.

Quando ho saputo che mio padre era morto, è successo qualcosa dentro di me. Non ero incazzato o triste. Però in quei giorni ero nervoso. Strano: se ne era già andato da me, ma quando uno è partito per l'eternità è più dura da accettare.

Poco dopo la sua morte sono andato a vivere da solo e il signore coi baffi è andato a stare da mia madre.

Lei è sempre stata ossessionata dall'ordine e dalla pulizia. Un sacco di volte ho mangiato da solo a tavola perché, dopo avermi servito il piatto, mentre stavo mangiando lei già lavava le padelle e il fornello. A casa mia i pavimenti e i mobili sono sempre stati come specchi. Tutto brillava. Qualsiasi persona entrasse a casa nostra sentiva sempre la solita frase da mia madre: *Scusate il disordine*. Allora io mi guardavo intorno: tutto era perfetto. Fin da piccolo ho sporcato pochissimo.

Quando sono cresciuto, soprattutto nell'adolescenza, ho cercato a volte di guadagnare un po' di spazio per poter respirare, ma lei mi faceva sentire in colpa al punto che a volte mi sentivo subito in torto, prima ancora che lei mi facesse notare qualcosa. Le sue attenzioni eccessive mi soffocavano. Mi coccolava, non mi faceva mancare niente, mi faceva notare in continuazione tutto ciò che faceva per me.

Ero in trappola.

Io mi sono sempre sentito in difetto con mia madre. Solamente quando sono cresciuto ho capito che il suo era un modo malato di tenermi legato a sé, per paura che anch'io la lasciassi.

Tra me e la vita c'è sempre stata di mezzo mia madre. Qualsiasi cosa facessi, era accompagnata da un suo commento. Anche bere un bicchiere d'acqua: *Lava il bicchiere dopo. Togliti le scarpe. Rimetti a posto. Non salire sul letto. Spegni le luci.* Quando facevo il bagno: *Stai attento a non bagnare per terra.* Anche se la frase che mi diceva più di tutte, per via dei miei periodi di stitichezza, era: *L'intestino va tenuto sgombro.*

Quelle frasi le sentivo perfino quando lei non c'era.

Mia madre controllava anche quante volte andavo in bagno. La sera che ho saputo che mio padre era morto mi sono fatto un bagno. Non ho chiuso il rubinetto e a un certo punto l'acqua ha cominciato a uscire e io non ho fatto nulla. Sono rimasto a guardare mentre strabordava. Quando ho finito di farmi il bagno ho passato mezz'ora ad asciugare. Ma è stato terapeutico: uno dei primi atti di coraggio della mia vita. Qualche giorno dopo la morte di mio padre, sono stato convocato da un notaio per la lettura del testamento. La convocazione mi aveva sorpreso e scosso. Non sapevo che fare. Ho avuto la tentazione di non presentarmi, ma alla fine ci sono andato. C'eravamo io, la compagna di mio padre e la loro figlia, la mia sorellastra. In quella stanza, a parte la voce del notaio che leggeva, c'era un silenzio che non dimenticherò mai. Mio padre mi aveva lasciato in eredità un piccolo appartamento. Un monolocale. Ho pensato subito che loro mi odiassero. Avevo vergogna, ma non ho detto niente. Alla fine, quando siamo usciti, ho salutato velocemente e sono andato via di corsa. La compagna di mio padre mi ha chiamato che ero già sulle scale, mi ha raggiunto, mi ha chiesto se mi andava di bere un caffè con loro.

"Mi spiace, ho fretta."

"Peccato... allora ciao."

"No, lo prendo un caffè, ce la faccio."

Una situazione surreale: io, mia sorellastra Elena e sua madre Renata seduti al tavolino di un bar. Tutti e tre imbarazzati. La cosa che ho scoperto subito è che non mi odiavano. Anzi, sapevano che avrei ereditato l'appartamento, ne avevano parlato con mio padre.

Elena mi ha perfino chiesto di scambiarci i numeri. Lo abbiamo fatto, io però lo sapevo già che non le avrei più volute vedere. Non ce la potevo fare. Per di più lei mi piaceva.

Siamo rimasti seduti in quel bar meno di mezz'ora. Quando Renata mi ha detto: "Tuo padre ti voleva molto bene", mi sono alzato, ho salutato e sono andato via.

In quell'appartamento non ci sono mai voluto andare a vivere. L'ho affittato per qualche anno, poi l'ho venduto e con i soldi sono entrato in società con Alessandro. È stato anche fonte di discussione con mia madre. Lei voleva che io non lo accettassi.

Quando mio padre se ne è andato di casa, mia madre non ha voluto niente da lui. Non ha voluto accettare nemmeno dei soldi. Questo lo so perché me lo ha detto lei. Più di una volta. Ho anche pensato che mia madre avesse sofferto per mio padre più per una questione di orgoglio ferito che per amore. Credo che un modo sano di esprimere un sentimento d'amore sia spogliarlo da ogni forma di egoismo. Mia madre non c'era riuscita, tant'è che esprimeva sempre una forma pratica di altruismo nel suo essere continuamente e ossessivamente attenta al fatto che io mangiassi, che fossi vestito pulito eccetera. Mi ripeteva sempre che faceva tutto per me. In realtà il suo amore non era privo di egoismo e nemmeno di orgoglio competitivo. Non verso di me, ma verso la sua vita.

Il fatto che io accettassi quel monolocale, lo viveva come un tradimento. Per me non lo era, e non era nemmeno una cosa che potesse farmi amare di più mio padre. La vedevo come una piccolissima goccia di un mare che non mi era stato dato. Perché privarmi anche di quella goccia? Per orgoglio?

"Te lo dà per lavarsi la coscienza" mi aveva detto mia madre litigando con me.

"Ma quale coscienza? È morto. Che coscienza si lava? Possibile che io debba sempre rinunciare a tutto? Mi spetta il mondo e mi sento in colpa se prendo un cazzo di buco."

"Perché, vuoi dire che ti ho fatto mancare qualcosa?"

Me ne sono andato da quell'ennesima discussione, sapendo che poi mi sarei sentito male come sempre per averle risposto.

Dopo qualche mese sono venuto via per sempre dalla casa dov'ero cresciuto.

Anche se forse sarebbe il caso di dire che sono fuggito.

5

Ex (a volte ritornano)

A volte, mentre passeggio, mi viene voglia di andare in una libreria. Entrare e trascorrere del tempo, prendendo ogni tanto un libro in mano, mi rilassa. Mi fa stare bene. Mi fa sentire sempre un po' più intelligente e interessante di come sono realmente. Se poi incrocio lo sguardo di una donna, solitamente le faccio un sorriso delicato e educato. Mi sento un uomo affascinante in libreria. Difficilmente parlo e mi faccio trovare con in mano libri leggeri, poco impegnativi. È vero che, pur essendo in mezzo ad altre persone, mi sento sempre solo quando sono lì. Perché il rapporto non è tra le persone, ma tra ognuna e i libri. Si è sempre un po' di schiena in libreria.

Un pomeriggio, mentre leggevo l'introduzione di un saggio, ho sentito una voce che mi chiamava: "Giacomo". Ho alzato lo sguardo e di fronte a me c'era Camilla. La mia ex. L'unica che considero tale, anche se siamo stati insieme solamente due anni. Più o meno. Prima di lei avevo avuto poche fidanzate e a mia madre non erano mai piaciute.

Dal giorno che ci siamo lasciati, anzi, da quando l'ho lasciata, non ci siamo più parlati. Intravisti qualche volta, ma di sfuggita, e sempre attentamente evitati. Ricordo di averla vista tornare a casa in bicicletta, una sera tardi. È stato un incontro inaspettato. Mi sono nascosto dietro una macchina per osservarla senza farmi notare. Era bellissima, come lo era sempre stata ai miei occhi. Sembrava felice. Mentre si allontanava, io sono rimasto nell'oscurità, paralizzato. Per un po'. Quella notte ho dormito male, ero agitato, e non so se lei c'entrasse qualcosa oppure no, ma al mattino, quando mi sono svegliato, avevo la febbre.

Quel giorno in libreria, dopo tanto tempo, non solo era nuovamente di fronte a me, ma mi aveva anche parlato.

«Ciao Camilla, che ci fai qui?»

Mi sono reso conto subito di aver fatto una domanda stupida.

«Sto cercando un libro. Penso che non ci crederai ma... vabbè, niente, non è importante... come stai?»

«Io sto bene.» La gola era secca. Chissà che faccia avevo. Comunque eravamo entrambi in imbarazzo. Si capiva.

Dopo qualche secondo di silenzio mi ha detto: «Devo andare, mi lasci il tuo numero di telefono che non ce l'ho più? Non ho intenzione di romperti...».

Le ho dato il numero. Ha appoggiato il libro che teneva in mano e se ne è andata. Io sono rimasto a guardarla uscire. Quel giorno ho pensato a lei un sacco di volte. Anche il giorno dopo. Quando mi sono svegliato, ho acceso il telefono e ho trovato un suo messaggio. Mi piace accendere il telefono la mattina e sentire che mi arrivano i messaggi. Mi piace così tanto che la sera a volte ne mando un po' e poi spengo il cellulare, così trovo le risposte quando mi sveglio. Se voglio essere sicuro di ricevere risposte, mando messaggi con il punto di domanda finale. Spedisco domande al mondo.

Quella mattina c'erano tre messaggi. Oltre a quello di

Silvia, ce n'era uno di Invadante e uno di Camilla. Nessuno dei tre era di risposta. Tutti di loro spontanea volontà. Quello di Dante era corto: "Birretta stasera?".

Quello di Silvia invece era un indirizzo e-mail.

L'ho chiamata subito.

«Cos'è?»

«È la e-mail di Michela.»

«Chi te l'ha data?»

«Avevo un po' di tempo libero e navigando in internet con l'indirizzo che mi avevi mandato sono risalita alla società e poi ho trovato la sua e-mail personale. Così le puoi scrivere, se ti va.»

«Ti odio.»

«Se non le mandi una e-mail anch'io ti odierò.»

Doveva avermi visto veramente diverso con Michela, perché non aveva mai fatto così con altre donne. Forse era sensibilità femminile. Effettivamente qualcosa di strano, di paranormale nelle donne c'è. Per esempio, è indiscutibile la capacità di sapere di chi essere gelose. Vengono a trovarti sul posto di lavoro, dove ci sono dieci donne. A te ne piace solo una. A casa, la sera, ti faranno domande solo su quella. All'inizio ti viene da pensare di essere proprio prevedibile. Non c'è niente da fare, sono poche le volte che sbagliano. A un certo punto ti chiedono spudoratamente se ti piace e tu inizi a dire bugie, sostenendo che non è il tuo tipo: "Sì, è carina, sarei falso se dicessi il contrario, ma a me non piace". Tutte parole per tranquillizzarla, mentre magari era già successo che facendo l'amore la mente era andata a lei. E magari durante il sesso orale fatto dalla fidanzata avevi immaginato che sotto quella montagna di capelli ci fosse lei, la tua collega di lavoro.

Se invece si sbagliano e quella donna della quale sono gelose non l'avevi notata, dopo che te lo hanno detto la

vedi sotto una luce diversa e inizia a piacerti. Ti antici-
pano anche sui tuoi gusti.

«Silvia, questa mattina ho ricevuto tre messaggi: il
tuo, uno di Dante e sai il terzo di chi è? Camilla.»

«Ecco bravo, perdi tempo ancora con lei. Se ti incastri
ancora lì, ti tiro sotto con la macchina.»

«No, tranquilla.»

Il messaggio di Camilla faceva così: "Sono Camilla,
quando leggi questo messaggio mi chiami?".

"Cosa vorrà dirmi?"

Ci ho pensato. Io e Camilla ci siamo lasciati, anzi l'ho
lasciata, perché mi ero accorto che mi tradiva. Ricordo,
come fosse ieri, la notte in cui l'ho scoperto. Ricordo le
facce, le espressioni, la sua voce che mi diceva: "Lasciami spiegare". Mi aveva detto che usciva con un'amica, e
mi era sembrata strana nella voce. Non sapendo dove
fossero andate, l'ho aspettata sotto casa assecondando
la mia sensazione. Ricordo che mi sentivo un po' stupido a stare lì, seduto in macchina, senza nemmeno sapere se fosse già tornata a casa. Comunque, come nei film
polizieschi americani, mi sono piazzato lì. All'una e
mezzo circa è arrivata, accompagnata da una persona.
Non era la sua amica. Infatti era il *mio* amico: Andrea. Il
mio amico dai tempi di: *non mi hai fatto male faccia di
maiale non mi hai fatto niente faccia di serpente; hai sonno
vai dal nonno hai sete vai dal prete hai fame vai dal cane; chi
lo dice sa di esserlo... specchio riflesso.* E tanti, tanti ricordi e
aneddoti di una vita passata insieme. Andrea ha ferma-
to la macchina e dopo un lungo bacio lei è scesa. Sono
sceso anch'io. Lui, probabilmente vedendomi, è scappato via subito, pensando che non lo avessi riconosciuto.
Lei si è girata e, con un'espressione che non dimenticherò mai, mi ha detto: "Ciao... che ci fai qui?".

Avevo sempre pensato che se avessi scoperto un tradimento avrei fatto una strage. Avrei picchiato lei e lui. Invece quella sera, davanti a lei, sotto casa sua, non sono riuscito a dire niente, se non una serie di: "Perché? Perché? Perché?".

Poi ho pianto e me ne sono andato, fregandomene di tutti i tentativi di Camilla di spiegarsi. Non l'ho più voluta vedere. Ho osservato le piccole regole da seguire quando ci si lascia e si vive nella stessa città. Come nella canzone di Battisti, ho cercato *di evitare tutti i posti che frequenti e che conosci anche tu. Nasce l'esigenza di sfuggirsi per non ferirsi di più.* Ho fatto sparire tutti i suoi oggetti, perché ogni volta che li vedevo erano pugnalate, ho evitato di risentire canzoni che avevo ascoltato insieme a lei. Maglioni, sciarpe, cappellini: ho buttato tutto. Non sono più riuscito nemmeno a usare il solito profumo, perché lo avevo comprato quando l'avevo conosciuta e lo mettevo sempre quando uscivo con lei. L'unica regola che non sono riuscito ad applicare è stata quella del "chiodo scaccia chiodo". Almeno i primi tempi.

Mi aveva dato scacco matto. Non potevo più averla e non volevo stare con nessun'altra. Perché nella mia testa Camilla era la donna per sempre. Quella che pensavo di conoscere meglio di tutti. Era vero che la conoscevo bene, ma forse solo nelle abitudini e non nella sua vera intimità. Conoscevo sicuramente tutte le sue manie. Non so se adesso è cambiata, ma allora dormiva sempre dalla parte destra del letto. Qualsiasi letto. Quello di casa sua, o di casa mia, o dell'albergo quando andavamo in vacanza. Camminava sempre solo alla destra delle persone. Non ricordo di avere mai passeggiato alla sua destra. La mattina, quando faceva colazione, mangiava sempre i biscotti in numero pari. Sul treno si sedeva sempre verso la direzione di marcia e se non era possibile preferiva stare in piedi.

Camilla è stata la prima donna a insegnarmi che il concetto di nudo tra uomo e donna è diverso. Per esempio, se si decide di mettersi nudi per andare a letto, l'uomo entra nudo, la donna in mutande. A volte addirittura in mutande e reggiseno. Nudo è nudo: con le mutande non è nudo, è con le mutande.

Ricordo anche che a lei piaceva schiacciarmi sempre i foruncoli e i punti neri. Non solo quelli in faccia, soprattutto quelli sulla schiena. A volte lo faceva senza avvisarmi: "Aiiiiiiiiiiahhhh! Ma che fai?".

"Lo so, scusa, ma era grosso, non sono riuscita a resistere."

All'inizio non pensavo che sarebbe stata una storia importante. Lei era una che usciva in compagnia con noi da sempre. Poi un giorno ci siamo baciati senza dire niente agli altri. La nostra storia è iniziata clandestinamente. Una sera, dopo aver passato il pomeriggio con lei, dovevamo andare a mangiare la pizza tutti insieme. A tavola ci guardavamo e ci veniva da ridere. A un certo punto le avevo dato di nascosto un biglietto con scritto *smack*. Il bacio che non potevo darle davanti a tutti.

Anche se mi piaceva, il fatto di conoscerla da sempre mi aveva fatto pensare che sarebbe stata una storia poco impegnativa, tanto che dopo un mesetto circa sono uscito anche con un'altra. Poi sono successe delle cose che mi hanno fatto capire che Camilla mi piaceva veramente. Una sera in macchina i miei amici, che non sapevano niente di noi, hanno iniziato a elencare i mille modi in cui se la sarebbero scopata. Ho scoperto che mi dava fastidio. Un'altra sera eravamo tutti insieme e c'era anche lei; Luciano mi ha chiesto come stava andando con l'altra. Io ho negato, ma tutti hanno riso. È ciò che in seguito ha fatto Camilla che mi ha fatto capire che quella con lei era una storia importante.

Quella sera Camilla non ha detto niente, ha abbassato lo sguardo e si è fatta distrarre dagli altri. Però il giorno dopo ha chiamato l'altra ragazza e le ha detto: "Se sei innamorata fai come vuoi, ma se non lo sei lascialo a me. Ciao". E ha riattaccato. Mi è piaciuta come cosa. Non so perché. Dopo quell'episodio ci siamo fidanzati. Ufficialmente.

Dopo un po' mi sono completamente innamorato di lei. Era così strano che la stessa persona che conoscevo da anni fosse diventata un'emozione così bella. Una sera ho quasi bruciato il motore della macchina perché mentre guidavo la tenevo per mano: era così bello che non volevo lasciarla per cambiare la marcia e così ho fatto un sacco di strada in seconda.

Quando ho scoperto il suo tradimento, come da piccolo sono nuovamente fuggito dal mondo, e il luogo dove mi sono rifugiato è stata la scrittura. Volevo inventare, immaginare un mondo diverso, dove il protagonista faceva del bene. Era speciale, aiutava tutti e faceva felici le persone. Scrivevo, scrivevo, scrivevo. Cercavo sempre di rintanarmi in un angolo, nascosto da tutto e da tutti, piegato su me stesso a scrivere, dando le spalle al mondo. Come se il mondo fosse il passato, come se la scrittura fosse una piccola navicella silenziosa, la mia macchina del tempo che viaggiava verso un mondo perfetto, fatto di attenzioni e tranquillità. Scrivevo nel tentativo di aggiustare il mondo e di avvicinarlo a me. I fogli del quaderno erano talmente pieni di parole che quando giravo pagina la carta scrocchiava. Ricordo che da bambino, a forza di scrivere storie dove il protagonista, cioè io, aveva dei superpoteri, ho iniziato a pensare che forse ce li avevo veramente. Un pomeriggio ho visto uno in televisione che piegava un cucchiaino con il pensiero. Ho passato un'ora a fissarne uno per piegarlo. Alla fine mi sembrava anche che un po' ce l'avevo fatta. In realtà ero io che mi stavo piegando dalla stanchezza.

La scrittura è stata la mia salvezza. Anche la lettura. Mi è capitato, e mi capita tuttora, di avere periodi di bulimia letteraria in cui leggo anche più libri contemporaneamente. In quei periodi uno non mi basta, mentre leggo un libro ne inizio un altro perché sono troppo curioso di novità. Sono arrivato anche a tre contemporaneamente.

Dopo quella sera, non ho più voluto vedere nemmeno Andrea. Ci siamo incrociati qualche volta in giro, ma l'ho sempre evitato.

Non pensavo di poter avere una reazione così. Silenziosa, remissiva. Senza nemmeno pretendere una spiegazione. Dopo tutti questi anni stavano ancora insieme, e adesso lei cosa voleva da me? Anche se era passato molto tempo e io ormai ne ero uscito, il suo messaggio mi aveva sconvolto la giornata. Ci ho messo almeno quattro ore prima di trovare il coraggio di chiamare. Poi l'ho fatto. Quando ho sentito la sua voce, ho avvertito caldo alle gambe, un fuoco che saliva, fino alla faccia. Mi ha subito detto di non preoccuparmi e di stare tranquillo, che non era niente di grave, e mi ha chiesto se potevamo vederci, perché doveva parlarmi. Ci siamo dati appuntamento per un aperitivo dopo il lavoro.

Ho pensato che si fosse pentita, che dopo tanti anni avesse capito che in realtà amava ancora me. Le era venuto un ritorno di fiamma.

"Forse vuole solo farsi una scopata, come ai vecchi tempi", mi sono detto anche questo.

Se fosse stata una questione sessuale, ho pensato che avrei accettato, più che altro per fare uno sfregio a lui. Andrea la merda. In fondo con lei mi sono fatto sempre delle belle scopate, per una questione chimica, al di là dei nostri meriti. Almeno i primi tempi. Camilla era una di quelle che in Francia chiamano *femme fontaine*, sono le donne che quando raggiungono l'orgasmo vengono a schizzetti come una fontanella.

Io confidavo tutto ad Andrea. Avevo perfino pensato di essere stato io, con le mie confidenze, a spingerlo a fare quel che ha fatto. Già da qualche mese prima del tradimento qualcosa era cambiato. Per questo motivo mi ero insospettito. Lei non aveva mai voglia e quelle poche volte che lo facevamo era strana, e spesso piangeva. E poi non so come ho fatto a non pensarci subito: quando era in crisi Camilla faceva torte. Si chiudeva in casa e cucinava come fosse una pasticciera. In quel periodo mi riempiva di torte. E di corna. Ero un uomo ingrassato e distratto.

Al bar sono arrivato prima di lei. Nell'attesa ho notato che nessuno ordina più il caffè come una volta. Una volta entravi in un bar e chiedevi: "Un caffè". Al massimo "un caffè macchiato". Stando seduto avevo sentito in pochi minuti: decaffeinato, americano, d'orzo, tazza grande, tazza fredda, macchiato caldo, macchiato freddo, lungo, al vetro.

Io non ho preso niente, aspettavo Camilla. Mentre ero in attesa ho scritto un elenco di scuse da dire a Dante nel caso sbadatamente avessi risposto a una delle sue chiamate. Per non trovarmi impreparato.

1. La sera sto seguendo un corso di Pilates.

2. Sono diventato testimone di Geova. La sera c'ho catechismo... tra l'altro se ti interessa domenica mattina presto potrei parlartene (poi la seconda parte l'ho cancellata perché magari è talmente solo che mi dice: Va bene, ci vediamo domenica mattina prestissimo).

3. La verità è che ti amo, cazzo... è dai tempi del liceo

che ci soffro. Preferisco non incontrarti, mi fa soffrire da matti vederti. Pensavo di esserne uscito. Ciao cucciolo.

Quando Camilla è arrivata, per i primi dieci minuti ho avuto le mani sudate, la voce tremante e la gola secca. Avevo perso la forza, come Superman di fronte alla kryptonite. Non riuscivo a gestire le emozioni. Invece delle scuse per Dante, avrei fatto meglio a scrivere cosa dire a Camilla. Avrei voluto dirle: "Ciao Camilla, anche se ti 'ex amo' sono ugualmente impacciato in questo momento". Appena l'ho vista ho pensato: "Beh, sì, me la tromberei ancora".

Dopo i primi "come stai? tutto bene? il lavoro?", sono arrivate due notizie che mi hanno scosso. La prima era che lei e Andrea si sposavano.

Per me Camilla era acqua passata, una storia vecchia. Eppure, quando mi ha detto che si sposava, mi è dispiaciuto. Chiaramente non era un invito, non me lo aveva detto per quello, ma perché prima di sposarsi voleva togliersi un pensiero. Sentiva che c'era una cosa in sospeso di cui forse sarebbe stato meglio parlare.

Camilla era davanti a me. Ormai era passato tanto tempo, però non ho resistito al desiderio di chiederle perché lo aveva fatto, e se si fosse mai pentita.

«Beh, ho sbagliato, mi sono comportata male e non sai quanto mi è dispiaciuto. Però, se ho fatto quello che ho fatto, è perché tu mi ci hai costretto con la tua gelosia. Se non mi avessi ossessionata, io avrei continuato a stare con te. Mi piacevi da morire ed ero innamorata. Ho cercato in tutti i modi di fartelo capire, ma poi ho compreso che io non c'entravo. Che non eri geloso a causa del mio comportamento, perché fino a quei giorni io facevo una vita monacale con te a causa di tutte le tue paranoie, paure e ossessioni. Alla fine eri diventato un amplificatore della mia solitudine. Avere te vicino mi faceva sentire ancora più sola. Non voglio giustificarmi, lo so che ho sbagliato, ma ti ricordi le ore passate insieme in silenzio perché mi tenevi il muso? Quando mi hai scoperta con Andrea, era solo la seconda volta che ci uscivo. Non eravamo ancora stati insieme veramente, solo qualche bacio. Però io stavo già male. Cercavo la forza e il coraggio di lasciarti, ma avevo paura e ho aspettato troppo tempo. Ormai non c'ero più con la testa. Ogni volta che io e te facevamo l'amore era come se ti tradissi nuovamente. Ogni volta che stavo con te era un tradimento nuovo. Avevo già rovinato tutto. Non c'era bisogno di scoprirlo. Hai solamente accelerato i tempi e messo me nella posizione di totale colpa e responsabilità.»

Sapevo che aveva ragione. Ma non gliel'ho detto. Ho usato il mio silenzio come una piccola vendetta.

«Senti, Giacomo, devo dirti una cosa che probabilmente ti ferirà. Lo so, sono egoista, ma devo dirtela.»

«Vuoi fare l'amore con me ancora una volta prima di sposarti?»

«Smettila, è una cosa seria...»

Non sapevo se volevo veramente sentirla, quella cosa. Già quel che avevo scoperto sul nostro rapporto mi sembrava sufficiente.

Prima di parlare è rimasta qualche secondo in silenzio, poi: «Sai, quando stavamo insieme, prima che io decidessi di fare ciò che ho fatto, cioè di interessarmi a un altro uomo, c'è stata una cosa che mi ha fatto capire che non volevo più stare con te. Una cosa importante che non ti ho mai detto e che ha segnato tutta la mia vita».

Ha smesso di parlare. I suoi occhi sono diventati lucidi e in pochi secondi pieni di lacrime. Non sapevo cosa fare. Ho avuto l'istinto di abbracciarla, ma non sapevo se potevo, se era giusto, se...

Non sapevo più quale fosse il confine fisico tra di noi.

Alla fine ho messo la mia mano sopra la sua. «Camilla, che c'è?»

Tra un singhiozzo e l'altro si è fermata, ha tirato su col naso e mi ha detto: «Giacomo, tre mesi prima di lasciarci io... ho abortito!».

Sono rimasto immobile. Non capivo se ero scosso da quella notizia o se invece ero totalmente distaccato. Non provavo niente di violento nel profondo della mia emotività, era solamente una cosa mentale, razionale. Una notizia che rimaneva in superficie, che non superava le mura delle mie difese. In quel momento, quella notizia non mi toccava. Forse mi aveva dato più fastidio che non me lo avesse detto prima, che me l'avesse tenuto nascosto. Ero confuso.

«Perché non me lo hai mai detto?»

«Non lo so, avevo paura. Da una parte non volevo coinvolgerti, non volevo che tu lo sapessi, così la decisione era solo mia. Dall'altra ho anche avuto paura che tu volessi tenerlo e io non ti amavo più. Se devo essere sincera, anche se mi piacevi non ti avrei mai voluto come padre dei miei figli. È stata dura da superare. Non sai quante volte, pensandoci, ho pianto in questi anni. I primi tempi bastava mi facessero un apprezzamento per farmi stare male. Mi sentivo così sporca che a ogni complimento avrei voluto rispondere che me li facevano perché non sapevano chi fossi veramente. Anche con Andrea: quanto dolore ho vissuto in silenzio senza che lui ne capisse il motivo.»

«Glielo hai detto?»

«No. Lo sapete solo tu e Federica. Perdonarsi è stata dura, ma ero anche molto giovane, ho sbagliato e adesso devo guardare avanti. Quando ti ho incontrato l'altro giorno in libreria stavo pensando a te e al fatto che volevo dirti questa cosa. E quando mi sei comparso di fronte mi è sembrato un segno. Scusa.»

Siamo rimasti ancora un po' nel bar. Abbiamo parlato d'altro. Aveva ancora gli occhi rossi. Vederla di fronte a me, dopo quella confessione, mi ha fatto capire quanto avesse sofferto, quanto quel segreto fosse stato pesante per lei. Mi sono riscoperto attratto da quella donna, ma in maniera diversa. Avevo la certezza che, usciti da quel bar, non l'avrei più vista, ma che sarebbe stata per sempre dentro di me come una delle emozioni, nel bene e nel male, più importanti della vita e avrei voluto dirle quella frase patetica che solitamente esce dal cuore e che spesso non si riesce a fermare: "Camilla, qualsiasi cosa ti succeda io per te ci sarò sempre". Non l'ho detta. L'ho sussurrata a me stesso. Fatta così in silenzio mi sembrava una promessa più sincera.

Tornando a casa ho pensato che forse nemmeno io avrei voluto un figlio in quegli anni, e che saperlo in quel momento non mi aveva fatto provare nemmeno un senso di colpa. Un pensiero orrendo, da maschio. Avevo anche fatto un calcolo veloce: avrei avuto un figlio più o meno di dieci anni. Quella notte c'ho messo un po' a addormentarmi.

Non ero scosso, è brutto da dire, vivevo più che altro una strana scomodità emotiva. Provavo quella sensazione di fastidio che si ha quando d'estate cammini con le infradito e la sera vai a dormire senza lavarti i piedi. Come un formicolio là in fondo.

6
Donne e guai

Nevicava. Erano più o meno le tre del pomeriggio. Era strano vedere la neve nei giorni di fine marzo. I fiocchi erano talmente leggeri, che alcuni risalivano. Non li potevo vedere in quel momento, perché ero a terra, nella doccia. Nonostante l'acqua continuasse a cadere su di me, non riusciva a lavare via il sangue che mi stava uscendo dal labbro e dal naso.

Non ero caduto.

Mentre mi stavo insaponando, si era aperta la tenda e poi il buio. Il primo pugno non l'avevo nemmeno visto partire. Avevo sbattuto la testa contro la parete. Poi altri cinque, sei colpi e quando ero a terra anche qualche calcio. Mentre mi picchiava, lo sconosciuto mi gridava degli insulti. Poi la voce di Monica: "Basta, basta, smettila, lo stai ammazzando!".

Sono andati via. A un tratto mi era venuta in mente la frase che mi aveva detto mia nonna la sera prima, quando stavo andando via dopo averle fatto la spesa: "Paolo, ricordati il cane, altrimenti il nonno si arrabbia". Nonostante il dolore, ho iniziato a ridere. Ha sbagliato nome, mio nonno è morto da parecchi anni e anche il cane non c'è più. Il lato tragicamente ridicolo dell'Alzheimer.

Dopo qualche minuto mi sono alzato e sono andato allo specchio. Labbro gonfio, occhio gonfio, naso sanguinante. "Devo avere la mascella rotta" ho pensato. Respiravo come se avessi appena finito una corsa al limite delle possibilità. In bocca sentivo il sapore metallico del sangue.

Ho aperto la finestra. Stava ancora nevicando. Tutto il cortile di fronte a me era coperto di bianco e quel sabato pomeriggio, con la neve, era ancora più silenzioso. Ero nudo e bagnato, con la finestra aperta, ma non sentivo freddo. Sentivo solo la mia faccia pulsare. Avrei voluto scendere e sdraiarmi nella neve, farmi abbracciare da quella calma.

Ho chiuso la finestra e ho chiamato Silvia.

«Margherita è ancora dai nonni?»

«Sì, perché?»

«Emergenza, ti aspetto da me.»

Silvia è corsa da me e quando mi ha visto si è spaventata. La mia faccia, secondo lei, era da pronto soccorso.

«Cos'è successo?»

«Oggi è sabato, e chi vedo di solito il sabato pomeriggio?»

«Monica.»

«Esatto. La stavo aspettando e volevo farmi una doccia; siccome avevo paura che mi suonasse il citofono mentre mi stavo lavando, ho aspettato a farla. Quando ha suonato ho aperto senza chiedere chi fosse e sono corso sotto la doccia, lasciando la porta di casa accostata. Non era sola, era con il suo fidanzato che mi ha riempito di calci e pugni.»

«L'avrà obbligata a dirgli con chi stava uscendo.»

«Non lo so, non ho fatto in tempo a domandare cosa facesse in casa mia, avrei voluto chiedergli delle spiegazioni, dire che non era come pensava lui, ma avevo il suo pugno in bocca.»

«Beh, lo sapevamo che prima o poi sarebbe successo qualcosa...»

Ecco perché l'ho scelta come migliore amica, perché non giudica mai, non mi dice mai "te l'avevo detto", anche se quasi sempre me lo aveva detto davvero. E capisce. Capisce che sono un coglione, anche se ormai l'ho capito pure io.

«Ti porto al pronto soccorso.»

«Devo prima passare da mia nonna, la badante deve andare via e mia madre non può. Le devono portare i mobili nuovi.»

«Ti accompagno da tua nonna e poi andiamo al pronto soccorso, va bene?»

«Okay!»

Siamo scesi insieme. Io zoppicavo. Mentre lei è andata a prendere la macchina che aveva parcheggiato un po' distante, ho passeggiato nel giardino ricoperto di neve che nessuno aveva ancora calpestato. Il suono della neve che scricchiolava sotto i miei passi mi piaceva da matti. *Crock crock*: è uno dei miei rumori preferiti. Ho fatto quel che facevo sempre da piccolo quando nevicava. Ho guardato in alto e ho chiuso gli occhi per sentire i fiocchi sulla faccia, poi ho aperto la bocca e ho tirato fuori la lingua, come per gustarli.

Ne ho raccolta un po' e l'ho appoggiata dove sentivo il dolore. Mi sono sdraiato a braccia larghe nella neve come avevo sognato di fare qualche minuto prima guardando dalla finestra, e come facevo sempre da piccolo con i miei amici per fare "l'impronta dell'angelo". La si fa lasciandosi cadere all'indietro nella neve e poi, muovendo le braccia tese, si crea la forma delle ali, ma per farlo veramente bene ci vuole una persona che ti aiuti poi a rialzarti in modo da non rovinare l'impronta.

È arrivata Silvia e all'inizio ha pensato che fossi svenuto. Ha iniziato a correre verso di me, ma io l'ho fermata in tempo.

«Non avvicinarti troppo o mi rovini l'angelo.»

«Eh?»

«Avvicinati piano, ma non troppo, solo fino a quando riesci a prendermi la mano, e aiutami a rialzarmi.»

«Sei sicuro di non aver preso dei colpi alla testa?»

Mi ha aiutato ad alzarmi. Mi sono voltato verso l'impronta. Il mio angelo era imprigionato nella neve. Perfetto.

Siamo andati dalla nonna, la madre di mia madre. Era malata. Cioè a volte era normale, però c'erano momenti in cui sganciava il cervello e diceva cose senza senso. Spesso mi chiamava Alberto, che sarebbe poi mio nonno. Quel giorno che mi ha chiamato Paolo mi ha fatto ridere, anche perché era la prima volta che mi chiamava così e non sapevo con chi mi confondesse. In quel periodo era peggiorata. Infatti quel giorno, anche se era pomeriggio tardi, stava dormendo. Con Silvia ci siamo fatti un caffè e poi, mentre lei era al telefono con Carlo, io sono andato in camera e mi sono seduto vicino alla nonna. Sono rimasto a osservarla. Mi sono venute in mente molte cose. Che belle merende che ho fatto a casa sua: pane e nutella, budini, pane burro e marmellata, girelle, succhi di frutta. Lei, che da bambina ha sofferto la fame, rimediava con me. Si portava il sacchetto con le cose da mangiare e il succo di frutta per me anche quando andavamo al cinema il pomeriggio. Per lei era anche importante sapere che cosa volevo mangiare. Fino a qualche anno fa, quando stava ancora bene, se andavo a trovarla il fine settimana, appena finivo di mangiare mi chiedeva subito cosa volevo la settimana dopo.

"Nonna adesso sono pieno e poi è settimana prossima, come faccio a saperlo?"

"Allora ti faccio un bel piatto di pasta, e magari delle polpette."

Dopo pranzo, quando ero piccolo, stavo spesso da lei perché mia madre lavorava. Ricordo che facevo i compiti seduto a tavola mentre mia nonna lavava i piatti o sistemava la casa e poi si metteva sul divano e faceva un piccolo riposo. Quando si svegliava la battuta era ormai diventata d'obbligo. Apriva gli occhi e faceva un piccolo grido: "... Aaaaahhh, oddio cosa ho fatto!".

E io: "Cosa hai fatto?".

"Ho schiacciato... un pisolino."

Adesso magari non fa ridere, ma quando ero piccolo ridevo sempre. Mi faceva ridere quella cavolata. Come la barzelletta del fantasma formaggino. Non capisco come mai avesse così successo.

"... Sono il fantasma formaggino..."

"... vieni qui che ti spalmo sul panino..."

Boh!

Mi piaceva da morire quando mi chiedeva di infilarle il filo nella cruna dell'ago, perché lei non ci vedeva bene. Mi faceva piacere perché quando si è piccoli sono rare le occasioni di essere utili agli adulti. Se l'avevo vista prima infilarsi il filo in bocca per fare bene la punta, allora lo prendevo dall'altra parte perché mi faceva schifo. A volte il filo aveva un microscopico filino che impediva l'ingresso. Ma con un paio di tentativi riuscivo a infilarlo. Era bello soprattutto vederla rammendare le calze, perché per farlo ci faceva scivolare dentro un uovo di legno.

Aiutavo mia nonna anche quando cucinava i fagiolini

e bisognava togliere le punte. Si staccavano con le unghie e si mettevano in una pagina di giornale sul tavolo, poi si buttavano via. Oppure ricordo quando mi faceva stirare i fazzoletti. Mi piaceva arrivare con la punta del ferro da stiro proprio nell'orlo dell'angolo. Sembrava si infilasse un poco sotto. O quando mi chiamava per piegare le lenzuola. Per ridere io le giravo sempre dalla parte opposta alla sua, così invece che piegarsi giuste si avvitavano. Era divertente quando, prima di venirci incontro per piegare l'ultimo giro, lei tirava forte per stenderle bene: io volavo dalla sua parte. Quanto mi ha sopportato e quanto mi ha voluto bene. Me lo ha sempre dimostrato anche con la prova dei piedi. Io mi passavo le dita delle mani tra quelle dei piedi e poi gliele facevo annusare. "Se mi vuoi bene annusi."

Se si fosse svegliata in quel momento, forse l'avremmo persa per sempre. Io seduto al suo fianco con la faccia distrutta, sai che spavento... Mi sono alzato lentamente e quando sono arrivato alla porta mi è squillato il telefono. Ho schiacciato subito il tasto "muto".

Mia nonna ha aperto gli occhi, mi ha guardato un secondo e mi ha detto: «Ciao Alberto».

«Ciao Teresa.»

Poi ha richiuso gli occhi e io sono tornato da Silvia.

«Mi è suonato il telefono mentre mi muovevo lentamente per non fare rumore.»

«Chi era?»

«L'uomo sbagliato al momento sbagliato.»

«Ti chiama ancora?»

«Invadante non molla. Pensa che l'altro giorno ho risposto senza guardare chi fosse ed era lui. Ero in bagno, seduto sul cesso. E mentre ero al telefono con lui ho continuato a fare le mie cose, poi sono uscito senza tirare l'acqua per non fargli capire dov'ero. Siccome ha continuato a tenermi al telefono, mi sono dimenticato di andare a farlo dopo, e quando sono rientrato in bagno dopo un paio d'ore ho avuto la sensazione che fosse arrivato il circo in città. Ho guardato nel water e sembrava di vedere il villaggio dei Puffi dopo un terremoto.»

«Dài, che schifooooo. Sei disgustoso. Perché c'hai sempre questo brutto vizio di parlarmi di cose schifose? Sembri un bambino che è felice di dire "cacca". Se non t'avessero già picchiato lo farei io adesso.»

«Sai che sono contento di averle prese dal fidanzato di Monica?»

«Beh, complimenti.»

«Mi sta bene, magari è un segno che devo cambiare le cose.»

«È un po' che lo dici, stai pensando a Michela...»

«Sì, ci penso spesso, ma forse più che a lei veramente penso a un'idea, a quello che rappresenta. O semplicemente le persone che non si conoscono bene diventano nella nostra testa più interessanti, ciò che noi vogliamo che siano. Come le persone che si incontrano al semaforo: dopo averti sorriso, scatta il verde e partono. Si ha la sensazione che siano quelle che stavamo cercando da anni.»

«Magari lo sono. Annusi ancora il suo guanto?»

«Sì.»

«Allora vai a prendertela. O almeno provaci. Adesso però andiamo al pronto soccorso.»

«Va bene.»

Era arrivata mia madre per sostituirmi dalla nonna.

«Ciao.»

«Ciao, scusate il ritardo e se mi vedete in disordine, ma non vi dico quelli dei traslochi, che gente. Se non fossi rimasta lì mi avrebbero distrutto la casa, pensa che sono riusciti comunque a fare due segni sul muro dove

dovevano mettere l'armadio. Ci ho dovuto litigare...
Cos'hai fatto alla faccia?»

«Sono caduto...»

«Sei andato a farti vedere da qualcuno?»

«Sì, sono andato al pronto soccorso e mi hanno detto
che non è niente.»

«Sei sicuro, hai bisogno di qualcosa?»

«No, grazie. Devo andare.»

«Va bene. La nonna?»

«Dorme.»

«Ciao.»

«Ciao.»

«Salve signora.»

«Ciao Silvia.»

«Ah, mamma...»

«Che c'è?»

«Ma il segno sul muro è dietro l'armadio?»

«Sì, per fortuna è sulla parete dove ho fatto mettere
l'armadio e non si vede, ma mi sono arrabbiata ugualmente, voglio dire... è il loro mestiere e devono stare attenti.»

«Ah vabbè, ciao.»

«Ciao.»

7

Una notte al pronto soccorso

Arrivati al pronto soccorso mi hanno visitato. Niente di grave, ma preferivano tenermi lì sotto osservazione, la notte, per via delle botte alla testa.

«Ma che la notte... non è niente.»

«Lei è libero di andarsene, basta che metta una firma.»

Ho guardato Silvia.

Poi un'infermiera ha chiesto a un suo collega: «La tre è libera?».

«Per adesso sì.»

«Lo mettiamo lì e lei se vuole può fermarsi a fargli compagnia» ha detto guardando Silvia.

Siamo andati nella stanza numero tre: un sabato sera alternativo.

«Cos'ha di speciale la tre?»

«Ha solamente due letti, mentre le altre sono più grandi. Qui starete tranquilli, anche se non credo per molto: tra un po' inizia il circo del sabato sera.»

La situazione faceva ridere: a parte un po' di dolore, non stavo male, per cui, sdraiato nel lettino con Silvia seduta a fianco, mi sembrava tutto surreale.

L'ultima volta che ero andato al pronto soccorso era stato sempre con Silvia. La situazione però era rovesciata, quella che stava male era lei. Era successo nel breve periodo che ci siamo frequentati come amanti, prima di diventare amici. Silvia ha l'abitudine di pettinarsi i capelli lunghi buttandoli in avanti facendo un gesto rapido, come un inchino veloce. Poi li pettina in giù. Quel giorno avevo avuto un problema con il lavandino del bagno, si era otturato. Allora, siccome è appoggiato sul mobiletto, l'ho spostato un po' in fuori per riuscire a liberare il tubo di scarico. Uscendo dalla doccia, abituata alle misure di prima, Silvia ha fatto il suo solito gesto di buttare la testa in avanti. Ho sentito un botto. Quando sono arrivato in bagno era svenuta a terra.

Ora invece nel letto del pronto soccorso c'ero io. Silvia è andata a prendere dei biscotti. Mentre era via mi è arrivato un messaggio sul cellulare. "Che stupida!" Era Silvia che mi inviava per l'ennesima volta l'indirizzo di Michela. Io non le avevo nemmeno scritto una e-mail. Però mi faceva ridere ricevere quel messaggio da Silvia in qualsiasi momento lei ritenesse opportuno ricordarmi Michela. Il senso ormai era più ampio, non era solo per ricordarmi di andare da lei, significava molto di più. Poi è tornata con i biscotti.

«La smetti di mandarmi quel messaggio?»

«Te lo invierò per il resto della tua vita.»

«L'altro giorno, ti dico la verità, c'ho pensato un po', ho cercato di immaginare la scena di noi che ci incontriamo a New York... Non saprei nemmeno come salutarla.»

«Prova con un: "Ciao, come stai? Sai, passavo di qui per caso, e facendo due passi ti ho vista...".»

«Beh, non sarebbe male, potrebbe anche ridere. Senti, visto che la serata si preannuncia lunga, dammi qualche consiglio da donna su cosa dire.»

«Che ne so, mica siamo fatte con lo stampino.»

«Lo so, però tu sei una donna e puoi immedesimarti in lei più di quanto possa farlo io. Parlami di te allora, dimmi una cosa che ti dà fastidio di un uomo al primo appuntamento.»

«Ormai sono anni che non mi capita di uscire con un uomo, lo sai.»

«Ma che cosa ti dava fastidio te lo ricorderai, o no? Io me lo ricordo, eri spietata: bastava che uno sbagliasse una parola o un gesto e lo eliminavi.»

«Sì, è vero, però non è servito a niente... guarda come sono finita. E poi senti chi parla. Tu ancora adesso smetti di uscire con una ragazza se sbaglia un SMS o se te ne manda troppi. Mi hai detto che hai iniziato a uscire con Monica solo perché ha un bel culo. Ecco, a te basta un bel culo per stare con una persona e a me bastava un niente per non starci.»

Aveva ragione. Ho desiderato uscire con donne e farci l'amore anche solo per un bel culo o delle belle tette. Mi è capitato di sentire donne dire che non facevano l'amore da tanto tempo: "Sai, non sono una facile, per fare l'amore con un uomo deve piacermi, non dico essere innamorata, però non basta che sia intelligente, o bello, o simpatico...".

Io tra me dicevo: "Pensa che a me bastano un paio di tette o un bel culo ed è fatta".

Monica ha il culo più bello del mondo. Silvia dice che non è possibile che si possa uscire con una donna solo perché ha un bel culo. Io dico di sì: è possibile. Che ci posso fare? Mi piace il culo delle donne. Perfino quelli dei manichini dei negozi di intimo mi catturano. Se passo davanti a una vetrina e trovo quei manichini che girano su se stessi, prima di andare via aspetto che si girino del tutto per vedere com'è fatto il culo.

«Comunque, che bastasse una frase per eliminare un uomo non è mai successo. Sei tu che lo dici di me, ma non è vero. Certo, c'erano frasi che facevano perdere parecchi punti, è normale, succede a tutti.»

«Come...?»

«Per esempio, non mi sono mai piaciuti quelli che mi invitavano a cena a casa loro, ma quando arrivavo mi dicevano che non avevano fatto la spesa e si cucinava qualcosa al volo con quel che avevano nel frigorifero.»

«Io l'ho sempre fatto con te.»

«Tu anche di peggio. Mi inviti, mi fai cucinare con quel che hai e prima di mangiare mi fai lavare i piatti nel lavandino perché non ce ne sono di puliti per cenare.»

«Ma noi siamo amici, è diverso.»

«Appunto, lasciamo stare. Mi ricordo anche che non mi sono mai piaciuti quelli che ti chiedono le cose prima di farle. "Posso dirti una cosa? Posso darti un bacio? Posso chiamarti?" Oppure quelli che mi dicevano frasi tipo: "Non ti chiamo perché non voglio disturbarti, se ti va chiama tu". Non mi piacciono gli uomini che ti portano fuori a cena e ti chiedono dove vuoi andare. Mi piacciono quelli sicuri, con le idee chiare, che sanno dove portarti. Non mi piace chi finge di essere gentile. Mi piacevano quelli che mi versavano l'acqua perché erano educati, quelli che se c'eri tu o la nonna era uguale. E non erano attenti solo perché era la prima sera. I tipi della prima sera sono poi quelli che esagerano: sportello della macchina e tutto il resto, ma dopo un po', a casa loro, ti devi alzare tu a prendere il sale. Non mi piacevano quelli che non si mettevano il preservativo, e dovevo dirglielo io.»

«Dev'essere difficile fermare tutto per chiedere di mettere un preservativo.»

«Sì, ma avevo imparato a farlo.»

«E bastava quello per penalizzarlo?»

«Non sempre, dipendeva da come avveniva, ma il vero problema erano le scuse; la migliore era: "Sono allergico". Anche se quella che odiavo di più era: "Di solito lo uso, ma di te mi fido".»

«Io di solito dico che mi stringe.»

«Nel tuo caso lo devi dire quando sei ancora vestito, però, se ho buona memoria mi sembra che sia poco credibile.»

«Io con te però l'ho usato subito, ti ricordi?»

«Sì, mi ricordo, ma mi ricordo anche che abbiamo avuto una mezza discussione perché dopo le prime tre volte non lo volevi più usare.»

«Scusa, ma dopo la terza volta non è più sesso occasionale, è una relazione.»

A quella mia stronzata abbiamo riso.

«E Carlo è riuscito a fare tutto quel percorso minato senza mai cadere in uno di questi errori?»

«Di Carlo mi sono innamorata subito; anche se le notavo, certe cose non mi davano fastidio.»

«Mi ricordo che dopo un po' che ci uscivi mi hai detto che aveva un po' di cose che ti piacevano e alcune che non amavi molto. Me le ricordo ancora.»

«Quali erano? Rispolverami la memoria.»

«Ti piacevano le sue mani, come sorrideva, come si vestiva e soprattutto dicevi sempre che era molto educato.»

«È vero. E ti ricordi anche le cose che non mi piacevano? Perché se non te le ricordi te ne posso dire di nuove.»

«Allora non ti piaceva il fatto che non fosse passato a prenderti al primo appuntamento, ma ti avesse dato il nome del ristorante, che quando metteva giù al telefono ti salutava sempre dicendoti "ciao bella" e che quando ti baciava e allungava le mani, se gli dicevi di non farlo, lui smetteva subito e non lo faceva più. Proprio più.»

«Pensa che ricordo il momento esatto in cui ho deciso di fare l'amore con lui. L'ho deciso davanti al ristorante quando ha parcheggiato sul marciapiede. Ricordo che lo ha fatto tenendo una mano sola sul volante mentre mi stava parlando. E ha continuato a fare manovra guardandomi. Ecco, lì ho deciso che volevo fare l'amore con lui.»

«Beh... è normale no? Uno parcheggia e tu decidi che vuoi scopartelo. Mi sembra perfetto.»

«Una mia amica diceva sempre: "Se vuoi sapere prima come fa l'amore un uomo guarda come guida".»

«Quindi, ricapitolando, se dovessi mai incontrare Michela cercherò di parcheggiare con una mano sola, guardandola. Okay, è fatta allora. Consigli su come fare l'amore?»

«E chi se lo ricorda più? Però sessualmente parlando non mi sono mai piaciuti quelli che ti chiedono il giudizio: "È stato bello anche per te?".»

«Ma secondo te, quando una donna fa l'amore con uno e non è andata proprio benissimo riesce a capire se è andata così perché lui è incapace o perché è la prima volta fra loro?»

«Si capisce subito. Non è una prestazione atletica. Ci sono quelli che non ce la possono proprio fare. Ma ti assicuro e te lo do per certo, a nome di tutte le donne, che non c'è niente di peggio di quelli che fanno l'amore con troppa educazione.»

«Come con troppa educazione?»

«La scopata educata è peggio di qualsiasi cosa. Peggio anche di quelli che quando si spogliano per venire a letto ripiegano le cose e le appoggiano in ordine sulla sedia. È un gesto che fa passare la voglia a qualsiasi donna.» Dopo un attimo di silenzio, Silvia, guardando dentro la scatola dei biscotti, mi ha detto: «Questa mattina, quando ho portato Margherita dai nonni, ho parlato con mia madre della mia situazione. Quando le accenno l'argomento, lei cambia subito discorso. Sembra che non mi ascolti. Questa mattina però gliel'ho detto. Sono andata fino in fondo».

«Come è andata?»

«Malissimo. Mi aspettavo se non altro la complicità tra madre e figlia, se non quella tra donna e donna. Invece niente. Ha iniziato a dirmi che il matrimonio è sacrificio, e che non si può avere tutto nella vita, che pure lei non sempre è stata felice con mio padre, ma ha sopportato ed è andata avanti anche per noi figli. Mi ha perfino detto di aver pianto in silenzio molte volte. Poi ha iniziato a dirmi che Margherita avrebbe sofferto troppo e che dovevo per lo meno aspettare, perché a volte sono solamente crisi passeggere. Mi dicono tutti le stesse cose. Io ho cercato di farle capire che è un po' che c'è questa crisi e che non è una cosa passeggera. La mia decisione di andarmene non l'ho presa ieri. E poi io sono certa che Carlo non lo amerò mai più. È come se mi fossi svegliata da un lungo sonno, vedo e capisco cose che prima non avrei mai capito. Come se le vedessi per la prima volta per quel che sono veramente, e questa decisione, per quanto dolorosa, mi ha ridato un'energia e una carica che non avevo da anni. Mi sento viva, sveglia. E svegliandomi mi sono accorta di aver sposato un coglione. È brutto da dire, ma Carlo lo è veramente. Dove avevo la testa?»

«Edoardo?»

Avevo nominato l'innominabile. Edoardo era il ragazzo con cui stava prima di sposare Carlo. Ho sempre pensato che si fosse sposata perché era totalmente sconvolta dalla storia con Edoardo. Quell'uomo l'aveva annientata. Nemmeno la mia amicizia l'aveva potuta aiutare. Edoardo, soprannominato da noi Egoardo per via del suo pensiero rivolto sempre verso se stesso, era una di quelle persone che probabilmente tutti, prima o poi, incontriamo almeno una volta nella vita. Quelle persone che per un motivo inspiegabile e misterioso ti agganciano e non riesci a lasciare finché non ti distruggono e ti fanno in mille pezzi. Anche a persone intelligenti come Silvia può capitare. Anzi, il fatto che lei cercasse di dare un senso al modo in cui lui si comportava l'aveva completamente mandata fuori di testa. Come un rebus di cui non trovi la soluzione. *Non ho capito perché mi ha detto così! Perché ha fatto questo? Cosa voleva dire? Dove ho sbagliato?*

Quelle persone alle quali diamo un'importanza enorme: pendiamo dalle loro labbra, dal loro giudizio. Basta una parola negativa e tutti i complimenti che ci hanno fatto fino a quel momento non hanno più valore. Hanno il potere di annientarti o innalzarti con una sola parola. Si entra in competizione con noi stessi per avere un loro parere positivo. Ci si "ingarella", come si diceva da piccoli. Sono relazioni che non riesci a gestire; razionalmente capisci che ti fanno male, ma non puoi liberartene perché nascono in te le stesse dinamiche mentali di un tossicodipendente. Tutto diventa ingestibile. Perfino una cosa semplice come mandare dei messaggi al telefono diventa oggetto di dubbi universali: *L'ultimo messaggio inviato è il mio, che faccio: ne mando un altro perché non mi ha risposto, aspetto, chiamo con l'anonimo? Faccio quella offesa, o è meglio la versione spiritosa e simpatica? Inizio a offenderlo, dicendo che almeno per educazione dovrebbe rispondermi?*

Da amico avevo riconosciuto quella situazione tra Egoardo e Silvia e sapevo che se avessi insistito troppo dicendole di lasciarlo avrei perso io. In quei casi è meglio fare solamente piccoli passi, perché la persona alla quale si vuole bene non è più lei. In quella situazione è come se fosse ipnotizzata. Il primo campanello d'allarme l'avevo avvertito la prima volta che si era fermata a dormire da lui. Il mattino dopo mi ha telefonato: "Giacomo, ho fatto una cosa stupidissima. Ho dormito da Edoardo e quando

mi sono svegliata lui era già andato a lavorare. Ho iniziato a curiosare in giro, ad aprire i cassetti per cercare tracce
di altre donne. Soprattutto nel bagno. È da ieri sera che
pensavo di farlo, mi ha insospettito il lavandino in cucina:
era troppo pulito per essere il lavandino di un uomo che
non ha la donna delle pulizie. Non ho trovato niente".

Era il primo segno di perdita di controllo. La Silvia che
conoscevo non avrebbe mai fatto una cosa del genere.

Il problema fondamentale tra loro era che entrambi
amavano la stessa persona. Lui.

Con Egoardo, Silvia aveva anche perso dei chili, era
sciupata e completamente fuori di sé. Lui era uno squilibrato. Squilibrato e cocainomane. Non ci sono altre parole. Quando finalmente la loro storia è finita, Silvia era
ridotta uno straccio, e in Carlo ha trovato un po' di serenità. Quando avevo tentato di dirle che, secondo me, la
scelta di sposarsi con Carlo era una reazione nei confronti di Edoardo, Silvia mi aveva giurato di essere innamorata. E secondo me lo era veramente, ma il mio
pensiero non escludeva la possibilità che lo fosse.

«Ricordi come ti incazzavi quando guardava le altre?»

«Sì che me lo ricordo, però non mi arrabbiavo per
quello. Mi dava sì fastidio che guardasse le altre, ma la
cosa che mi faceva incazzare di più era che quando glielo dicevo lui mi rispondeva che non era vero. Era quello
che mi mandava in bestia, che non lo ammetteva.»

Il ricordo di Edoardo aveva reso Silvia pensierosa.

«Credo anch'io che sia per quello. Per Egoardo. È dura da ammettere, resterà per sempre inspiegabile il mio
amore tossico e malato per lui.»

«Ma che ti dice tua madre di questa situazione con
Carlo, a parte che è normale?»

«Come al solito ha iniziato a buttarmi addosso le sue
paure. Lei in sostanza ha fatto e continua a fare la came-

riera a mio padre. Io li vedo i miei in casa: non si parlano mai.»

«Perché non affronti l'argomento con tuo padre?»

«Quando la mia amica Giulia si è separata, non ti dico i commenti di mio padre. Era già diventata una puttana dopo cinque minuti. So già che, quando me ne andrò, mio padre non mi parlerà più.»

«Beh, a famiglia siamo messi bene tutti e due. Che dobbiamo fare?»

«Non lo so. Per esempio, anche prima, quando eri con tua madre, mi è dispiaciuto vedere il rapporto che hai con lei. Conosco i vostri problemi, e so che tipo è tua madre, ma questa sera mi ha rattristato vedervi così.»

«Cosa devo fare secondo te? Silvia, io sono stanco di lottare.»

Dopo aver detto quelle parole, non so perché, ho sentito gli occhi diventare lucidi. Stavo per piangere. Sono riuscito a trattenermi. "Sono stanco di lottare" era una frase che mi aveva toccato dentro.

«Siamo una generazione di stanchi. Con mia madre, è più forte di me, non riesco a parlarci. Mi blocco, mi chiudo. Sono più sereno con uno sconosciuto che con lei. Cazzo, ha litigato con quelli dei traslochi per due righe sul muro, dietro un armadio che non sposterà mai.»

«Lo so, non è facile. Pensa a me con i miei, in questo periodo. I nostri genitori si sono dannati per non farci mancare niente quando a noi sarebbe bastato così poco per stare bene. Una parola, una carezza, un abbraccio, uno sguardo di approvazione.»

«Qui c'è da cambiare qualcosa, Silvia, dobbiamo cambiare.»

«Io adesso penso solo a come cambiare la mia vita stando attenta che Margherita sia felice. Tu potresti andare da Michela.»

«Cosa c'entra adesso Michela? E poi ti sei anche dimenticata il dettaglio che non è partita sola?»

«Beh, guardandoti in faccia in questo momento, non mi sembra che ti sia mai fatto dei problemi a uscire con le donne degli altri. Michela c'entra, perché è la prima donna dopo tanti anni che ti abbia scosso un po'.»

È stato qualche giorno dopo quella notte al pronto soccorso che ho preso la decisione di andare a New York da Michela. Ricordo il momento esatto in cui l'ho deciso. Ero seduto sulla panchina nello spogliatoio della palestra. All'improvviso tutto è stato chiaro. In mutande su quella panca, stavo arrotolando una calza per infilarmela. Mi sono bloccato. Ho appoggiato i gomiti sulle gambe con la calza tra le mani e sono rimasto immobile con lo sguardo perso nel vuoto. Una voce dentro di me si è fatta largo. Ha spazzato via la confusione e tutto è diventato cristallino come l'acqua. Dovevo andare da lei. Quella era la cosa giusta.

Mia nonna un giorno mi aveva detto: "La vecchiaia è un posto dove vivi di ricordi. Per questo, quando sei giovane, vivi creandotene di belli".

Ogni volta che ho fatto qualcosa di bello, oppure una stronzata, dopo quella frase di mia nonna mi sono sempre detto: "Vabbè... la racconterò ai miei nipotini".

Ecco, partivo per New York perché, comunque fosse andata, sarebbe stato bello un giorno ricordare e raccontare cosa avevo fatto per una sconosciuta. Volevo diventare un cacciatore di emozioni e ricordi.

Nello spogliatoio della palestra mi sono illuminato. Non era la prima volta che notavo qualcosa di arcano in quel luogo. Per esempio, avevo spesso assistito a un fenomeno che risponde a meccanismi incomprensibili, la legge misteriosa dell'armadietto. È semplicissima, ma inspiegabile: anche se nello spogliatoio ci sono mille armadietti, e in quell'istante siamo solamente in due, l'altra persona ha l'armadietto di fianco al mio, davanti a cui ho appoggiato la mia roba, e verrà a cambiarsi nel mio stesso momento. Misteri insondabili.

D'altra parte, il mondo degli spogliatoi è un universo strano. Gente che non ti conosce gira nuda e si fa la doccia davanti a te quando a volte nemmeno quelli della tua famiglia ti hanno mai visto nudo. Uomini che si infilano la maglietta negli slip, e il bordo esce da sotto sulle cosce, come piccole gonnelline. Uomini che si mettono creme contorno occhi, si asciugano i capelli con il phon, si sistemano prima di allenarsi come se dovessero salire su un palco. Gente che invece ha già un cattivo odore prima ancora di sudare e non si lava ugualmente. Gente che va via dicendo che la doccia se la farà a casa, ma intanto si mette in giacca e cravatta, e chi può dire se se la farà davvero.

La cosa più bella è vedere quelli che appena trovano una qualsiasi superficie riflettente ci si specchiano dentro, guardando prima i muscoli tirati e poi il ciuffo dei capelli. Succede anche che incontrando altri come loro si facciano complimenti a vicenda su quanto sono tonici.

Eppure proprio lì ho avuto l'illuminazione, la palestra è stato il mio luogo sacro.

Mi sono alzato, ho finito di vestirmi, ho lavato le ciabatte e sono uscito. Lavo sempre le ciabatte perché un giorno a casa mi sono accorto che sotto la suola c'erano dei peli. Quelli piccoli e ricci, che non sono quasi mai delle braccia. È una delle cose che mi fa più schifo al mondo.

Ho chiamato Silvia e l'ho avvisata della mia decisione.

«Vado a New York.»

«Grande... poi ti faccio l'elenco di quello che mi devi comprare quando sarai là.»

«Ecco perché hai insistito tanto, avevi i tuoi interessi.»

«Ovviamente. Sono in giro con Margherita, ci vediamo per l'aperitivo?»

«Okay, ciao.»

«Ciao.»

Non è che sia partito il giorno dopo. Ma ormai la decisione l'avevo presa. Avevo bisogno di due settimane
circa per prepararmi con calma, dovevo organizzarmi
con il lavoro. La mattina andavo in ufficio presto. Anche in questo caso Alessandro si è dimostrato un vero
amico, mi ha aiutato.

Una di quelle mattine Alessandro è arrivato con la
borsa per andare a giocare a tennis.

«Non pensare di andare a giocare oggi con tutto quello che c'è da fare» gli ho detto scherzando.

«Vado nella pausa pranzo, non rompere le scatole.»

«Non hai più l'età per giocare così tanto.»

«Ho scelto un avversario debole. Pietro.»

«Mi hai sempre detto che è un campione a tennis.»

«Lo era, ma ultimamente ha un po' di problemi e non
riesce a concentrarsi. E poi è molto stanco. Sono più di
due mesi che sua moglie lo fa dormire sul divano.»

«Ma se mi ha detto Silvia che una sera era a cena con
loro e Patrizia lo abbracciava continuamente, tanto che
lei si è sentita una fallita per il suo matrimonio.»

«Lo so. Anche se praticamente non si parlano da quasi un anno, Patrizia pretende che almeno in pubblico lui
sia carino con lei, per non far sapere a nessuno della loro situazione. Pietro sta scoppiando.»

«Perché non se ne va?»

«Sta aspettando di poterlo fare. La casa è intestata a
lei.»

«Un bel casino... Vabbè, faccio una telefonata e iniziamo a lavorare seriamente.»

La sera prima di partire sono passato a casa di Silvia per salutarla. Mentre parlavo con lei è sbucata Margherita e ha detto: «Zio Giacomo, non andare via, rimani qui a giocare con me».

«Non posso, devo andare, però ritorno presto.»

«Vieni zio, che devo farti vedere una cosa.»

Sono andato nella sua stanza e ho giocato un po' con lei. Quando sono tornato in cucina Silvia piangeva. L'ho abbracciata forte.

«Torno presto. È per questo che piangi no? Perché parto.»

Ha tirato su con il naso e ha sorriso per la battuta.

Non so se ho mai voluto così bene a una persona come a Silvia. Le ho dato un bacio sulla fronte, lei mi ha accompagnato alla porta.

«Ricordati di portarmi le caramelle alla cannella.»

Sono tornato a casa a piedi per pensare un po'.

Partivo per incontrare a New York una donna della quale stavo iniziando a dimenticare il viso. In quel periodo mi girava continuamente nella testa, ma quando pensavo a lei a volte non riuscivo a focalizzare bene la sua faccia.

Una donna che, molto probabilmente, era fidanzata.

Tuttavia dovevo andare. Era arrivato il momento di vivere un pezzo della mia vita in compagnia di altre persone.

Michela da troppo tempo indossava la mia curiosità.

8

Chissà dove sei

Non ho paura di volare. Diciamo però che quando scendo a terra sono più contento. Non è proprio paura, è un po' come quando ti senti la febbre, ma non ce l'hai.

Non prendo calmanti o sonniferi. Cerco solo di arrivare stanco alla partenza. Il volo per New York era alle dieci del mattino. La valigia l'avevo preparata a notte fonda, dopo aver fatto anche una passeggiata in città. Bella. Anche quella notte, come sempre quando passeggio, a un certo punto ho sentito una sensazione a cui non sono mai riuscito a dare un nome. È un misto di malinconia, tristezza, insoddisfazione, ansia, felicità. Quando la sento mi commuovo. Mi succedeva spesso in passato. Era qualcosa che mi sfuggiva e che provavo soprattutto quando restavo solo o mi fermavo un po' a pensare. Sentivo che saliva come il dolore dopo che hai preso una botta. Alle cinque di mattina, dopo aver fatto la passeggiata ed essere tornato a casa, ho chiuso la valigia e mi sono addormentato sul divano. Poi mi sono svegliato di scatto. Mi sono fatto una doccia e sono uscito. Fino a qualche minuto prima mi sentivo in anticipo, appena ho chiuso la porta di casa, già mentre scendevo le scale mi sembrava di essere in ritardo. Poi ho avuto la sensazione di aver dimenticato qualcosa. *RI-LA-SSSSA-TI!*

ha gridato una voce dentro di me. Mi sono ripassato l'elenco delle cose fondamentali: *Biglietto, documenti, carta di credito*. Quando ci sono queste tre si parte, il resto è recuperabile.

L'ansia di essere in ritardo credo sia un retaggio delle partenze in treno con mia mamma o mia nonna. Una delle poche cose in cui si assomigliano: devono arrivare in stazione un'ora prima. Se il treno era alle sette noi eravamo già sul binario alle sei meno dieci: "Meglio andar lì un po' prima".

Quando sono arrivato all'aeroporto non ero in ritardo. Ho fatto il check-in, ho imbarcato la valigia, mettendo nella borsa a mano libri, quaderno, musica, spazzolino da denti. Poi sono andato a fare colazione. In coda alla cassa del bar, una signora anziana ha fatto la furba e mi è passata davanti. Quando mi fregano il posto in coda non mi arrabbio più di tanto, ma se è una persona anziana a farlo mi dispiace. Perché quando fanno i furbi i vecchietti penso che nella vita non è vero che invecchiando si migliora. E poi la faccia che ha fatto... Io non le ho detto niente: non ce n'era bisogno. Lei sapeva. Comunque, mentre aspettavo in coda e pensavo che sarebbe stato meglio prendere un tè al posto del caffè – altrimenti a cosa sarebbe servito stare sveglio tutta notte? – mi è arrivato un messaggio sul cellulare. Camilla: "Sono contenta di averti visto e di averti parlato. Buona vita".

Strano, un messaggio proprio il giorno che parto. Tutte le volte che prendo un aereo, penso sempre che qualunque coincidenza o cosa inaspettata sia un segno. *Camilla mi manda un messaggio proprio adesso... cade l'aereo.* Ho riletto il messaggio.

A me "buona vita" non è mai piaciuto. Di solito c'è sempre una mezza polemica, per esempio non hai risposto ai messaggi, o una persona ti vuol far capire che la stai perdendo, e invece di scriverti "sei uno stronzo, fotti-ti" ti scrive "buona vita". Quella volta però non mi sembrava fosse così. Buona vita anche a te, Camilla. Ho messo il telefono nel taschino della camicia e, distratto dai miei pensieri sulla vecchia e dal messaggio, senza accorgermene ho ordinato un caffè. Solamente quando l'ho visto nella tazzina mi sono reso conto di essermi sbagliato. Per recuperare l'ho macchiato con il latte. "Forse fa meno effetto" ho pensato. Prendendo lo zucchero ho incrociato lo sguardo della vecchia e la sua espressione mi ha dato la conferma che sapeva di aver fatto la furba.

Poi sono andato in bagno. Di solito faccio la pipì negli orinatoi, li preferisco. Quella mattina però c'era l'uomo delle pulizie che li stava pulendo, quindi sono entrato in quelli con il water. Vedendo un gancio sulla parete laterale ho pensato di appenderci la borsa, e alzando le braccia mi è uscito il cellulare dal taschino della camicia ed è finito dove non doveva finire. *Plof!*

Porcadiquellaputt...!!! Checcazzo faccio adesso?

Alla fine sono uscito e ho chiesto a quello dei bagni se mi poteva prestare un secondo i guanti di plastica.

«Che ci deve fare?»

«Recuperare il mio telefonino.»

«Vengo io.»

Dal carrello ha tirato fuori un piccolo retino da acquario, uno di quelli per prendere i pesci.

«Sa, non è il primo. Mi sono organizzato. A volte li lasciano dentro.»

Me lo ha tolto dal fondo e me lo ha consegnato; io ho strappato dodici metri di carta igienica e l'ho accolto fra le mie mani come un uccellino nel nido. L'ho appoggiato al lavandino e mi sono subito lavato le mani. Non sapevo se sciacquarlo dall'acqua del cesso e quindi bagnarlo nuovamente, o se asciugarlo subito.

La legge del contrappasso. Quando vado in un bagno pubblico penso sempre che un uomo dopo aver fatto la pipì tocchi il pulsante dello sciacquone, e poi la maniglia della porta, e allora faccio tutto con i piedi. Sembro un samurai: schiaccio il pulsante con il piede e poi, sempre con il piede, apro la porta che non ho chiuso, ma solo appoggiato.

Mi ritrovavo con un telefono caduto nel cesso e speravo che non mi abbandonasse, che potesse ancora funzionare. Alla fine non l'ho sciacquato, ma l'ho messo sotto il getto dell'aria calda dell'asciugatore.

L'inserviente non sembrava particolarmente interessato al mio problema, forse perché stava lavorando, o forse perché per lui non era una novità. Comunque passando mi ha detto: «Sarà dura che funzioni ancora. Mi sa che lo deve buttare. Se è fortunato la scheda si salva, altrimenti anche quella... addio».

L'ho asciugato ancora un po', poi ho provato a farlo funzionare. La luce si accendeva, ma il display aveva i colori dell'arcobaleno. E nessuna scritta.

L'ho impacchettato e l'ho messo in borsa.

Porcadiquellaputt...!!!

Prima di entrare nella zona di imbarco, dove ero arrivato quel giorno mentre cercavo di incontrare Michela, davanti al bar, c'era tutto un percorso da fare avanti e indietro a zigzag tra le strisce blu. Quei percorsi che ti fanno sentire un topo da laboratorio. A volte, se non c'è nessuno, passo sotto, perché già ti senti un coglione quando sei in fila, ma quando non c'è nessuno è ancora peggio. Immagino sempre che ci sia una stanza dietro una parete di vetro dove uomini con il camice bianco prendono appunti sul mio comportamento. Ho salutato gli uomini immaginari.

Porcadiquellaputt...!!! L'indirizzo dell'ufficio di Michela è

nel cellulare. Se non funziona più come cacchio faccio? Devo
sperare che Silvia ce l'abbia ancora in memoria.

Salendo sull'aereo mi sono accorto che eravamo in
tanti. L'aereo era enorme. Un signore, seduto di fronte a
me, si è alzato per aiutare una donna a mettere la valigia nella cappelliera. Mi ha fatto piacere. Mi piace sempre quando vedo qualcuno gentile. Mi viene da dire:
Che bravi gli esseri umani. Alla faccia dei telegiornali che
descrivono sempre gli uomini come dei mostri e non
raccontano mai di quel mare di persone gentili, educate
e tranquille. Alla faccia anche della vecchietta di prima
al bar. Anche a me spesso viene da aiutare gli altri. Non
credo sia una questione di bontà. Io non sono buono,
per lo meno non mi ritengo tale.

Quando prendo un volo, al check-in spero sempre di
non trovare liberi solo i posti centrali, quelli tra due sedili e, soprattutto, salendo mi auguro sempre che il primo bambino a bordo disti un paio di miglia da me. Nelle mie preghiere la richiesta sul posto a sedere a volte
viene esaudita, ma quella dei bambini quasi mai. Devo
avere una calamita, li attiro come se invece del deodorante stick usassi un Chupa Chups. Infatti, anche sul
volo per New York chi c'era dietro di me a spingere con
i piedi contro il mio sedile? Avrà avuto più o meno cinque anni. Quando la madre gli ha detto di smettere, nelle sue parole mi chiamavo "signore": «Enrico stai fermo
che dai fastidio al signore».

L'aereo ha decollato con quasi un'ora di ritardo. Era
enorme, pesante, c'era un sacco di gente, di bagagli.
"Ma come fa?" mi chiedo sempre. Io non l'ho mai capito veramente.

Dopo qualche minuto sono andato in bagno a fare
quello che non ero riuscito a fare prima. Anzi, dovevo
fare anche qualcosa in più a quel punto. Sarà stato che il

caffè macchiato non lo prendo mai. *L'intestino va tenuto sgombro.* Perché mia madre, quand'ero piccolo, invece delle perette non mi dava un bel caffè macchiato?

Ci sono andato subito, appena hanno detto che si potevano slacciare le cinture, per approfittare del fatto che fosse ancora pulito, immacolato. Mentre ero seduto a fare le mie cose, ho sentito il capitano che si scusava del ritardo, aggiungendo che comunque lo avrebbe recuperato in volo. Ho pensato: "Ma se l'aereo per recuperare va più veloce, perché non lo fa anche se non siamo in ritardo? Cioè, se puoi andare più veloce e metterci meno perché non lo fai? Boh!".

In bagno i miei pensieri sono sempre più acuti. Mi sono anche reso conto che, se il mio telefonino non avesse più funzionato, io non avrei ricordato nemmeno un numero a memoria. Anche in ufficio uso sempre il telefonino, cerco il nome nella rubrica e poi faccio invio. Non digito un numero da anni. Forse con internet potevo risalire a qualcuno. "Speriamo funzioni" mi dicevo.

Preso dai miei dubbi amletici, sul cesso ho commesso un errore. Ho tirato lo sciacquone mentre ero ancora seduto. Lo sciacquone dell'aereo funziona in maniera diversa da quello di casa. Scende l'acqua, ma in più (ed è quello che non avevo calcolato) c'è un risucchio d'aria tipo aspirapolvere, con una potenza di dodicimila atmosfere, credo. Quando mi sono alzato avevo i peli del culo stirati, lunghi come la coda di un cavallo. Per chiudermi i pantaloni ho dovuto fare una treccia. Guardandomi allo specchio ho avuto anche la sensazione che gli occhi fossero più vicini alla bocca. Sicuramente i polmoni erano nello stomaco. Tira un casino quel risucchio lì.

Sono tornato al mio posto e dopo un po' è arrivato il pranzo. Ho preso anche un paio di birre nella speranza che mi aiutassero a addormentarmi, ma alla fine non ho praticamente chiuso occhio. Solamente piccole perdite di coscienza per qualche minuto, giusto il tempo di dare delle strattonate al collo perché la testa mi cadeva in avanti.

Ero stanco, ma è inutile, non riesco a dormire seduto. Mi si gonfiano i piedi e le gambe mi diventano di legno.

La persona vicino a me, invece, ha dormito tutto il tempo. A un certo punto ho preso il telefonino arrotolato nella carta igienica e l'ho smontato. Ormai era asciutto. Guardavo i pezzi sparsi sul tavolino davanti a me, li prendevo in mano uno alla volta e ci soffiavo sopra. Non sapevo nemmeno se avesse senso, ma mi sembrava l'unica cosa da fare al momento. Ho anche scoperto che i numeri del telefono non sono tanti tastini separati, ma un tappetino di gomma morbida. Quando l'ho rimontato, mi è venuta la curiosità di accenderlo subito per vedere se funzionava. Non potevo aspettare. Sono andato in bagno tenendolo in mano come se fosse una pietra preziosa. Ho immaginato che, appena acceso, l'aereo sarebbe precipitato. Ero curioso, ma avevo anche paura di fare una cazzata. Alla fine l'ho acceso senza digitare il PIN. La luce, come prima, si accendeva, ma la scritta INSERIRE CODICE PIN non si vedeva. L'ho spento. Dentro il bagno mi sono accorto che avevo ancora uno stimolo. Ho fatto quello che dovevo fare, però mi sono alzato prima di tirare l'acqua.

L'intestino va tenuto sgombro. Perché mia madre, da piccolo, invece delle perette non mi dava un bel caffè macchiato e mi faceva viaggiare un po' in aereo?

Una voce ci ha avvisati che di lì a qualche minuto saremmo atterrati a New York. Io solitamente rimetto in ordine le mie cose. Metto il libro nella borsa, spengo la musica, quasi sempre prendo una caramella e magari, se c'è tempo, vado in bagno e mi sciacquo la faccia. Insomma mi preparo a uscire.

L'aereo è atterrato. Una cosa che non capisco della gente è la velocità con cui si alza appena l'aereo si ferma. Le porte sono ancora chiuse e tutti sono già in piedi con la testa piegata in avanti, sotto le cappelliere, in maniera assolutamente scomoda. Avviene anche sui voli nazionali di un'ora. Qualche volta ho preso il Milano-Roma per lavoro; prima della partenza sentivo tutti quegli uomini parlare al telefono di cifre, budget, tagli, dividendi, rilancio prodotto, partner eccetera. Rimanevano al cellulare fino all'ultimo secondo perché erano tutti molto importanti. Se poi erano seduti vicino a una donna, spesso dicevano frasi tipo: *Senza di me non si fa nulla, se dico di no è no...* Io, con lo zaino e la maglietta, mi sentivo un uomo inutile davanti a quei professionisti. Qualcuno di loro aveva anche saltato il pranzo, lo intuivo dal loro alito. Poi l'aereo atterrava e subito tutti accendevano i telefonini, alzandosi in piedi di scatto e tenendo la testa piegata in avanti, scomodi, come dei rapaci. In quella postura tutta la loro intelligenza. Quindi, in piedi nel corridoio, chiedevano scusa, permesso, per recuperare le borse. E di nuovo fermi in piedi. Poi, sull'autobus, aspettavano, in piedi e pigiati come sardine in scatola, l'ultimo passeggero dall'aereo, che rimaneva seduto fino alla fine e faceva tutto in tre secondi: si alzava, prendeva il bagaglio, scendeva. Salendo per ultimo sull'autobus, era anche il primo a scendere al terminal. Muoveranno anche grandi capitali, ma il loro cervello, fuori dai numeri, è inesistente.

All'aeroporto di New York mi sono accorto che le procedure per entrare nel paese erano molto più complesse di quando ero venuto l'ultima volta: impronta del dito indice destro e sinistro, fotografia digitale, passaporto scannerizzato. Ho temuto che mi facessero una visita di controllo alla prostata. Il vero problema, però, l'ho avuto qualche minuto dopo, quando mi sono accorto che sul rullo dei bagagli il mio non c'era. Non era mai capitato che fosse il primo a uscire, ma era la prima volta che non arrivava per niente. *Vorrà dire qualcosa?* Ho immaginato la mia valigia nell'aeroporto di qualche città europea: girava tutta sola, ribaltata su un fianco, magari era stata anche la prima a uscire. Non nell'aeroporto dove ero io, comunque era già una piccola soddisfazione. Mi hanno detto che me l'avrebbero fatta recapitare in albergo il giorno dopo. Sinceramente non sapevo se fidarmi, ma la ragazza dell'ufficio era molto gentile, e la gentilezza in me crea fiducia. Le ho creduto.

Sul taxi per andare a Manhattan, ho attaccato bottone subito con il tassista. Lo faccio sempre, anche per capire a che punto è il mio inglese dopo tanto tempo che non lo parlo. Capivo bene. Guardare i film e le serie televisive in lingua originale è un buon allenamento. E poi ho imparato che quando non riesco a dire qualcosa uso la parola *get* e quasi sempre funziona. *Get* è l'equivalente di puffare per i puffi. Funziona sempre.

Il tassista mi ha chiesto da dove venivo. Quando gliel'ho detto, ha aggiunto che non era mai stato in Italia. Però la settimana seguente sarebbe andato in Giamaica in luna di miele.

«Ho preso un albergo cinque stelle, tutto compreso, uno di quelli con il braccialetto al polso... Sai, per una volta nella vita.»

«Hai fatto bene, la Giamaica è un posto bellissimo.»

«E tu sei fidanzato?»

«No.»

«Meglio. Tutte le donne, anche la più bella e affascinante del mondo, dopo un anno ti annoiano.»

«E tu perché ti sposi, allora?»

«Perché sono già annoiato. Non mi cambia niente.»

Abbiamo riso entrambi. Quando sono sceso gli ho detto: «Divertiti in luna di miele e fai molto l'amore».

«Con mia moglie?»

«*Of course!*»

«Sei matto! Lasciamo stare che è meglio...»

Il mio hotel era nella parte nord di Chelsea. Prima di andare in albergo, ho comprato velocemente le cose che mi servivano per sopravvivere in attesa che ritrovassero la mia valigia: un paio di mutande, una maglietta pulita, delle calze e il deodorante. Continuavo a pensare al modo di risalire attraverso internet a un numero fisso per poi arrivare al numero di Silvia, nella speranza che avesse ancora l'indirizzo di Michela. Non ricordavo nessuno che avesse un numero fisso, a parte mia nonna, la quale però non aveva il numero di nessuno che conoscevo. E poi non era proprio in forma in quel periodo, e il telefono non lo usava praticamente mai. Quando stava meglio, in passato, c'era stato anche un vano tentativo di farle usare il cellulare. Ma è durato poco, lei non era in grado nemmeno di accenderlo e spegnerlo. Lo lasciava sempre acceso, ma poi si dimenticava di metterlo in carica. E soprattutto faceva fatica a leggere, diceva che non ci vedeva bene. Non sapendo usare la funzione "messaggi" si riempiva sempre e solo di messaggi delle promozioni della compagnia telefonica e il telefono faceva un *bip* finché non li leggeva. Ho cercato di spiegarle un paio di funzioni, ma ho rinunciato subito quando, leggendo "menu", lei ha detto: "Ah, ci sono le cose da mangiare, come al ristorante".

A volte, sul divano, si sedeva sopra il telefono. Senza accorgersene faceva partire una telefonata verso l'ultimo numero chiamato. Quasi sempre il mio. Quando succedeva io gridavo: "Nonnaaaaa, nonnaaaaaaa...". Figurarsi se sentiva, era praticamente sorda e, seduta com'era sul telefono, avrebbe dovuto avere un orecchio tra le chiappe.

Una volta stavo andando in montagna e avevo dimenticato la sciarpa da lei: le ho gridato dalla strada: "Nonnaaaa, buttami la sciarpa". È rientrata e dopo qualche secondo mi ha tirato un rotolo di carta igienica.

La sciarpa, non la carta... SCIAR-PA!

Alla fine il suo cellulare, ancora con la pellicola trasparente sul display, è finito nel cassetto. Spento per sempre.

Insomma, in quella situazione a New York la nonna non poteva essere la soluzione al mio problema. Ho pensato di andare in stanza e farmi una doccia per rilassarmi dalla stanchezza del viaggio. Poi, riposato, avrei capito che fare. Una cosa alla volta. Comunque l'indirizzo di Michela che avevo era del posto di lavoro e quindi di sabato sarebbe stato inutile. Anche se ero curioso di vedere dov'era.

Entrato in stanza, ho fatto tutto quel che faccio solitamente in albergo. Come prima cosa tolgo il copriletto. Quello non lo cambiano per ogni cliente e a me fa un po' schifo. Butto il copriletto a terra o nell'armadio e libero le lenzuola da sotto il materasso in fondo ai piedi. Non riesco a dormire in un fagottino chiuso tipo involtino primavera. A volte mi dimentico e cerco di liberarle quando sono già a letto alzando una gamba ma quasi sempre è impossibile perché sono proprio sotto e il materasso pesa, e poi facendo così finisce che libero anche il lenzuolo che sta sotto e alla mattina mi ritrovo a dormire sul materasso. Tanto valeva lasciare il copriletto. Un'altra cosa che non mi piace del letto in certi alberghi è la sensazione che danno le lenzuola. Scivolano via.

Non sono morbide come quelle di casa. Sono strane. Anche gli asciugamani spesso sono così. Quando li usi, sembrano ricoperti da una pellicola invisibile. Anche il telecomando della TV mi fa schifo. Penso a quante dita di persone nude a letto hanno pigiato i tasti.

Dopo la doccia, sono uscito a fare quattro passi. Per la prima passeggiata a New York mi sono sparato nelle cuffiette *Live Wire* degli AC/DC. Poi ho scelto musica più tranquilla: *Back in Your Arms* di Wilson Pickett, *Tired of Being Alone* di Al Green, *Use Me* di Bill Withers...

Alle otto ero nuovamente all'hotel, stanco morto. Le otto di sera sono le due del mattino in Italia, per il fuso orario. Non avevo ancora trovato una soluzione per recuperare i numeri di telefono.

All'angolo della strada del mio hotel ho conosciuto Alfred, un barbone. Su un cartoncino aveva scritto "un dollaro per una barzelletta". Gli ho dato un dollaro. Me ne ha raccontata una, ma non l'ho capita.

Sono salito in camera. Mentre mi stavo addormentando, il mio inconscio mi ha parlato. Una voce da lontano saliva dentro di me, era quella di Dante, che mi diceva: "Non hai notato niente nel mio numero? È palindromo... è facile". Ho aperto gli occhi e mi sono ritrovato a ripetere ad alta voce il suo numero di telefono. L'ho scritto subito sul bloc-notes dell'hotel.

Cazzo... la mia salvezza. Non avevo scelta. Se volevo vedere il mio film con Michela dovevo passare da lui: come quando prendi un DVD e per vedere il film ti devi guardare anche le pubblicità, e non ti è consentito saltare per andare avanti.

L'orario non mi permetteva di parlare con lui. Però se lo avessi chiamato subito avrei trovato la segreteria, e lasciare un messaggio sarebbe stato più facile e più veloce che parlargli. Gli avrei chiesto di cercare Silvia e di dirle di chiamarmi in albergo. Così ho fatto. Silvia però non aveva il numero del mio albergo a Manhattan, per cui l'ho dovuto lasciare anche a lui. Da quel momento Dante possedeva il numero dell'hotel e della mia stanza.

Alle dieci di domenica mattina, ora italiana, mi ha chiamato. Le quattro di notte, ora americana.

Ho tentato di spiegargli che da me era notte fonda, ma lui ha continuato imperterrito; mi ha detto che fino alle sei del pomeriggio era occupato con il figlio e che subito dopo sarebbe andato a cercare Silvia. «Com'è New York? Quanto ti fermi? Se stai lì un po' magari mi prendo una settimana di ferie e ti raggiungo... Eh?»

«Ne parliamo stasera. Grazie intanto. Ciao, ciao.»

Non sono più riuscito a addormentarmi. Sono rimasto a letto sforzandomi di riprendere sonno, ma niente. La mattina alle sei, ora locale, ero già in piedi. Sono uscito a fare una passeggiata. A quell'ora è meraviglioso camminare. Dopo un po' mi sono fermato a fare colazione sulla 7th Avenue, a Le pain quotidien. Poi sono andato in Central Park.

Verso le dieci sono tornato nell'hotel dove alloggiavo e, visto che servivano ancora la colazione, sono andato in sala. Ho preso del prosciutto e del formaggio e mi sono fatto un panino. Avevo già camminato parecchio e avevo fame. Ho preso anche del melone. Ma non c'era il prosciutto crudo. Quando mangio prosciutto e melone mi chiedo sempre chi ha inventato l'associazione. Io lo mangio perché l'ho visto fare e mi è piaciuto, ma non so se avendo nel frigorifero il prosciutto e il melone ci sarei arrivato da solo a metterli insieme. Mah!

C'erano pochissime persone nella sala: una coppia di ragazzi del Sudamerica che parlavano spagnolo, un uomo in giacca e cravatta e, al tavolo vicino al mio, una donna che doveva avere più o meno quarant'anni.

Mentre sparecchiava il tavolo centrale, un cameriere ha fatto cadere una caraffa di vetro piena di succo di pompelmo. Io e la donna ci siamo guardati e abbiamo fatto delle smorfie, ridendo per il cameriere imbranato. Alla fine, quando mi sono alzato a prendere il caffè prima che lo portassero via, le ho chiesto se ne voleva ancora anche lei. Mi ha risposto di sì, e mi ha chiesto di sedermi al suo tavolo. Era americana, ma non di New York, e accompagnava il marito in viaggio di lavoro. Si chiamava Dinah.

Alle undici del mattino della mia valigia non si sapeva ancora nulla. Ho telefonato.

«Forse verso le due...» mi hanno risposto. Il problema di quella mattina, però, non era ritrovare la valigia, ma risalire all'indirizzo di Michela e sopravvivere a Dante.

La sua testardaggine, la sua costanza, la sua determinazione, che erano per me deleterie, si sono invece dimostrate efficaci per la missione che gli avevo assegnato. Alle due del pomeriggio, cioè le venti italiane, Dante mi ha chiamato in hotel e, dopo venticinque minuti di inutili preamboli, mi ha detto: «Missione compiuta. Ho lasciato un biglietto sotto la porta di casa di Silvia, perché ho suonato, ma non c'era nessuno».

«Grazie, Dante.»

«Figurati... mi pagherai una pizza e una birra. Così ci vedremo per chiacchierare un po'...»

Ecco, appunto.

9

Waiting for Michela

Silvia mi ha chiamato, e fortunatamente aveva ancora l'indirizzo di Michela. L'ho scritto su un foglietto che poi tenevo in mano come una pergamena magica. L'ho anche copiato in triplice copia.

Mi sono accorto subito con gioia che il posto era abbastanza vicino all'albergo. Non era in un grattacielo di Uptown, ma nel West Village.

«Come va con Carlo, avete parlato ancora?»

«Mi ha detto che si è rotto le scatole delle mie lamentele e del fatto che non sono mai contenta. Che sono una viziata, e che mi fa fare una vita da regina mentre lui è sempre in giro a lavorare.»

«Tu che gli hai detto?»

«Niente. C'era Margherita e non volevo che ci sentisse urlare. Adesso poi si è messo in testa che lo tradisco con un altro. Che non lo amo più perché c'è un altro. A parte che, se mai fosse vero, potrebbe accadere solamente il contrario: cioè che mi innamoro di un altro perché non amo più lui. Vabbè, dài, non voglio tediarti con queste tristezze.»

«Lo sai, è tipico degli uomini che non vogliono prendersi le loro responsabilità.»

«Gli ho detto che è ora di crescere. Anche per lui. Senti, Giacomo, tu divertiti, conquistala e torna presto. Un bacio.»

«Ciao Silvia.»

Lunedì mattina sono sceso nella sala colazioni, ho preso un caffè nel bicchiere di carta e sono andato davanti all'ufficio di Michela nella speranza di vederla entrare. Sulla Perry Street, all'angolo con la 7th Avenue South, c'era il Doma Cafe. Sono entrato e mi sono seduto al tavolo; da lì si poteva vedere l'ingresso del suo ufficio. Non sapevo nemmeno a che ora andasse in ufficio. Ero molto agitato, forse anche a causa del fatto che avevo già bevuto due bicchieri di caffè enormi.

Osservavo anche le persone passeggiare. Mi è sempre piaciuto farlo. Quando ero piccolo d'estate passavo tanto tempo sul balcone di casa della nonna a guardare le persone che passeggiavano in strada. C'erano le famiglie, i bambini come me che mangiavano il gelato e vicino a loro il papà e la mamma. Mia madre spesso lavorava e mia nonna non aveva voglia di uscire. Di quelle sere sul balcone ricordo anche quando guardavo verso la stanza e vedevo la nonna illuminata dalla luce azzurra della televisione. Seduta, vestita solamente con una sottoveste, a sventolare un ventaglio con i piedi sopra le ciabatte. Quando invece infilava le ciabatte, i piedi sembravano gonfi. Pareva che li avessero colati dentro e qualcuno si fosse dimenticato di dire "basta". Strabordavano. Stava lì, fissa davanti alla televisione, e a volte si addormentava. Non ho mai capito perché quando succedeva se le chiedevo: "Dormi?" mi rispondeva: "No, non dormivo, ho chiuso solamente un attimo gli occhi". Sembrava si vergognasse di ammettere che dormiva. Boh! A volte in quelle sere d'estate, per superare i momenti un po' tristi nel vedere le altre famiglie felici, come un uomo che affoghi le proprie tristezze nell'alcol, aprivo il frigorifero e prendevo la bottiglia del tè freddo fatto da mia nonna. Non era di quelli preparati con le polverine. Era buonissimo. Si sentivano il sapore del tè e soprattutto del limone. Ne spremeva dentro anche due o tre.

Lei mi diceva sempre: "Guarda che quando è finito non ce n'è più". Concetto abbastanza semplice da capire, ma lei intendeva che non me ne avrebbe fatto un altro almeno fino al giorno dopo. Spesso lo finivo lo stesso. Era più forte di me. Sarei dovuto andare in uno di quei centri per alcolisti anonimi a raccontare la mia storia di dipendenza dal tè freddo.

"Ciao a tutti, mi chiamo Giacomo, ho otto anni e ho iniziato a bere così per gioco. Poi un giorno mi sono accorto che non potevo più andare avanti senza la mia bottiglia di tè al limone. Ma grazie anche a voi ho deciso di smettere."

Allora il responsabile avrebbe detto: "Facciamo un applauso al nostro amico Giacomo che ci ha confidato il suo problema. Grazie Giacomo per il tuo coraggio".

"Grazie a voi."

Erano gli anni in cui ero pieno di tatuaggi. A otto anni ero sempre tatuato. Il disegno lo si capiva solo il primo giorno, poi diventava una macchia irriconoscibile. Erano i tatuaggi trovati all'interno dei chewing-gum. Appiccicavi il pezzo di carta sulla pelle, lo bagnavi con l'acqua e diventavi un ribelle tatuato. Se poi aggiungiamo che erano anche gli anni in cui avevo sempre gomiti, gambe e ginocchia con croste di graffi e cadute, si può decisamente dire che sembravo uno di quei frigoriferi pieni di calamite. Lividi, tatuaggi e nel tunnel del tè al limone: che vita dura.

Mentre aspettavo di vedere Michela mi sentivo come in una bolla di sapone. Sicuramente anche il fuso orario giocava la sua parte. Osservavo tutto intorno a me attentamente, ma non ne ero coinvolto, come se io non c'entrassi niente con la vita che vedevo scorrere. Succede sempre un po' così quando arrivo in un posto nuovo. Poi, improvvisamente, c'è un momento in cui desidero fortemente farne parte. Nasce in me una sorta di invidia per chi vive lì. Quando sono all'estero cerco sempre di sembrare uno del posto. Evito per esempio le zone turistiche, le cartine geografiche e la macchina fotografica a tracolla. Ricordo quando passeggiavo a Londra per Leicester Square e incontravo gli italiani in vacanza con lo zainetto: li guardavo come se io fossi un londinese. Li evitavo ma, al tempo stesso, avevo anche il desiderio di andare da loro per dirgli dove si mangia bene, dove ci si diverte e cose di questo genere. Insomma, fare quello che conosce il posto.

Seduto al tavolino del Doma Cafe mi sono accorto che dall'interno la scritta si vedeva al contrario, la D era nascosta da una colonna e così leggevo di fronte a me: AMO. "Sarà un segno?" mi sono chiesto.

Di fronte al locale c'era un telefono pubblico, ho deciso di chiamare Michela. Dall'indirizzo dell'ufficio con un paio di chiamate sono riuscito a risalire al suo interno. Sono rimasto un'altra mezz'ora seduto con il foglietto in mano.

"Che faccio, chiamo? Ciao sono Giacomo, non so se ti ricordi di me, sono il ragazzo del tram. Sono venuto a sdebitarmi per il caffè, ti aspetto qui fuori." Non si può, dài.

Ho fatto un bel respiro profondo e ho chiamato.

C'era la segreteria.

Please leave a message...

Click! Ho messo giù. Il cuore aveva riconosciuto la sua voce anche se parlava in inglese, e ha iniziato a battermi forte. Sembrava volesse uscire.

Sapendo che c'era la segreteria mi sono preparato per bene e ho richiamato. «Michela ciao, sono Giacomo, il ragazzo del tram; mi trovo a New York di passaggio per lavoro e volevo chiederti se ti andava di bere un caffè, se ti va sono qui sot... sono in hotel. Chiamami, questo è il numero.»

Ho lasciato il nome dell'hotel, il numero, e ho messo giù.

Stavo per dirle che ero sotto il suo ufficio... fortuna che mi sono accorto in tempo, altrimenti avrebbe pensato che le stavo facendo la posta. Invece no. E però sì, lo stavo facendo, ma era diverso. Diverso da cosa? Boh! Mi sentivo un po' confuso...

Me ne sono andato. Ho ricominciato a camminare senza meta per New York. A ogni ora circa chiamavo in hotel per sapere se c'erano messaggi per me. Niente. Ero demoralizzato. Mi sentivo uno sfigato. Come quando mandi un SMS a una persona che ti piace e non ti risponde subito. Dopo averlo inviato, vai a rileggerlo ogni tre secondi e guardi anche l'ora dell'invio. Conti i minuti, i secondi. Poi guardi gli ultimi che ti ha mandato lei. Perché tutti, anche quelli dei giorni prima, li hai in memoria. E sono lì, in fila, uno vicino all'altro, perché tutti gli altri, quelli che non sono i suoi, li hai cancellati.

È brutto quando l'ultimo messaggio inviato è il tuo e devi solo aspettare. Quando hai paura di essere invadente. Quando, come in una partita a scacchi, pensi di aver sbagliato mossa e in un secondo ti senti uno sfigato. Immagini lei che dice alle sue amiche: "Questo mi sta martellando di messaggi". E quando sei in quella situazione non c'è niente da fare, ti senti in un angolo. L'unica soluzione è non scrivere più. Poi magari lei risponde e ti accorgi che ti eri fatto tutto un viaggio negativo che invece non esisteva.

Per fortuna passeggiare per Manhattan è una delle cose più belle al mondo. È una città piena di tutto, di stimoli, di gente, di colori, di profumi. Puoi camminare su un marciapiede e sentire odori di cibi che si alternano: lasci un profumo di pizza e ti accoglie uno di cibi orientali e poi subito dopo quello delle noccioline tostate. Odori di tutti i tipi. Le persone che vedi passeggiare ti danno la sensazione di essere come vogliono essere. Tutte vestite in maniera differente, come meglio credono. Quando sono a New York provo sempre la sensazione che tutto il mondo sia lì e che il resto sia semplicemente la periferia di questa metropoli. Spesso mi piace fantasticare sul fatto di vivere in un posto tranquillo in campagna o al mare, ma la verità è che io sono cresciuto in città e la città mi piace. Andare in centro e passeggiare guardando le vetrine, anche se poi non compro niente, mi fa sentire bene. Entrare in una libreria, fermarmi in un bar e sfogliare i libri appena comprati, leggere la copertina di un CD mentre sorseggio un tè. Questo sarà uno dei miei progetti per il futuro: capire dove voglio vivere. Perché i posti e le città sono diversi anche in base all'età e alle fasi della propria vita. Per questo chi abita sempre nella stessa città rischia di non cambiare mai.

Sono tornato in hotel. Alle quattro del pomeriggio ancora nessun messaggio da parte di Michela. Sono andato al bar a prendere una birra.

"Cosa avrà pensato quando ha ascoltato il messaggio?" mi chiedevo. "Qualcosa di brutto, visto che non ha richiamato, nemmeno per dire un no. Del resto me lo aveva anche detto, al bar, che mi aveva invitato a bere un caffè con lei perché stava dando un taglio alla sua vita e voleva iniziare una fase nuova. È vero che se non le faceva piacere rivedermi poteva trovare mille scuse per dire no, quindi una chiamata poteva anche farla. Forse non ha ascoltato il messaggio..."

Poi ho sentito una voce pronunciare il mio nome. «Giacomo!»

Mi sono girato: seduta da sola su una poltrona del bar c'era Dinah. Mi ha invitato a bere con lei. Stava aspettando il marito. Abbiamo chiacchierato un po', ma io ero distratto. Il pensiero di Michela mi assillava. Cominciavo ad aver paura della mia iniziativa, che attimo dopo attimo stava perdendo il fascino dell'avventura e mi sembrava sempre più una cazzata. Comunque Dinah era molto simpatica e alla fine mi ha fatto bene parlare con lei, per qualche secondo mi ha fatto dimenticare tutto. A un certo punto siamo stati interrotti dalla ragazza della reception, che mi ha chiamato dicendomi che c'era un messaggio per me.

Mi sono scusato con Dinah e sono andato a prenderlo.

Il foglietto riportava queste parole: QUANDO TORNI MI PORTI IL CAPPELLINO DEGLI YANKEES? DANTE.

È pazzesco come alcune persone sbaglino sempre i tempi senza nemmeno saperlo. Ho salutato Dinah e sono andato in camera. Alle otto sono sceso e sono andato ancora a camminare. Ho optato per Uptown, la zona dei grattacieli. Speravo stupidamente di incontrare Michela. Di vivere una di quelle strane combinazioni. Invece niente. Sono sceso nella metropolitana. Mi piace viaggiare in metrò, lo faccio in tutte le città in cui vado. Si capisce molto di una città viaggiando nelle sue gallerie. È come conoscere un corpo dal suo sistema venoso. New York per me è sempre stata più complicata di altre città. Il metrò di Parigi è uno dei migliori in assoluto, non mi sono mai sbagliato, mentre in quello di New York mi è capitato spesso di confondermi. Ma, quando non hai impegni di lavoro, anche sbagliare strada è bello. Spesso finisci per vedere posti interessanti. Dopo un paio di viaggetti avanti e indietro, sono risalito in superficie. Mi sono fermato a mangiare degli hot dog da un ambulante. Ne ho mangiati tre. Poi sono andato verso l'hotel. Mentre mi trovavo in una strada dell'East Side sono stato abbordato sul marciapiede da una puttana. Molto carina. C'ho parlato un po'. Mi ha chiesto di dov'ero: «Italiano».

«Italianooooo... io parlo italiano... dài vieni con me... se te lo succhio te lo cancello.»

Mi ha anche fatto vedere le tette per convincermi, ma alla fine ha capito che non ero interessato e mi ha mandato a quel paese. Avrei dovuto usare quella frase che disse Silvio durante un puttantour: "Non posso fermarmi, sono di fretta. Incartami un pompino che passo dopo".

Sono andato a letto. Non so se per colpa degli hot dog o per il fatto che Michela non avesse risposto al messaggio, quella sera ho fatto fatica a addormentarmi e, quando ci sono riuscito, ho dormito male. La mattina dopo, alle sei, ero comunque sveglio e alle otto ero già al Doma Cafe, di fronte all'ufficio di Michela.

Dopo un paio d'ore mi sono sentito veramente stupido e ridicolo. Anche se l'avessi vista, lei non mi aveva comunque risposto, per cui era tutto chiaro. Ho pensato di cambiare il volo di rientro e di rimanere ancora solo un paio di giorni. Ma mi scocciava essere arrivato fin lì e non aver avuto la possibilità di portarmi via almeno un semplice "no".

Sono andato verso l'hotel. Mi sono trovato a passeggiare nel parco di Washington Square. Pieno di gente. C'era chi studiava, chi leggeva, chi suonava, chi faceva attività fisiche, chi portava il cane nell'apposito recinto. Ognuno era preso dalla propria attività. Al centro c'è una statua di Giuseppe Garibaldi. "Ciao Garibaldi, sono Giacomo, il figlio di Giovanni, quello che se n'è andato di casa." Sono arrivato in hotel e, anche se ero lì da poco, avevo già le mie abitudini. Tipo passare nella sala colazioni prima che chiudessero. Ho preso un caffè e dopo qualche minuto è arrivata Dinah. Ormai ci sedevamo vicini senza nemmeno più chiedere all'altro. Eravamo due persone sole in un hotel. Abbiamo parlato un po', poi ci siamo salutati e io sono salito in camera. Dopo un quarto d'ora mi è suonato il telefono. Ho risposto subito. Era Dinah che mi chiedeva se volevo accompagnarla al Guggenheim. A quel punto non avevo molto da fare... perché no?

Ricordo di averle detto che avevo bisogno di dieci minuti.

«I'll pick you up» (ti passo a prendere).

Quando lei ha bussato alla porta, mi stavo lavando i denti. Le ho aperto e sono tornato in bagno. Dinah si è seduta sul bordo del letto. Dopo pochi secondi ci stavamo baciando. Quando le ho tolto i vestiti, ho pensato che con quell'intimo avesse deciso di fare l'amore prima di venire da me. E poi mi ha eccitato la sua mano con la fede. Quella mattina ho fatto una tripletta. Fra la prima e la seconda è entrata la donna delle pulizie. Non avevamo avuto il tempo di mettere il cartello Do not disturb.

Quando siamo usciti per pranzare erano già le due passate. Dopo lei è tornata in hotel ad aspettare il marito. Io ho preferito andare a fare un giro. Comunque, niente Guggenheim.

Quella sera, mentre uscivo per andare a cena, casualmente l'ho incontrata alla reception con il marito. Mi era piaciuto così tanto fare l'amore con lei che quando l'ho vista mi è venuto duro. Ci siamo dati un'occhiata veloce e poi ognuno è rientrato nella propria vita. Lei, il giorno dopo, sarebbe ripartita.

Avevo voglia di pizza e sono andato da John's Pizzeria, in Bleecker Street. Il ragazzo che mi ha servito era nato a Brooklyn, ma la sua famiglia era calabrese. I classici immigrati italiani, come si vedono nei film. Parlava un misto di americano e calabrese. Poco italiano. *How are you, cumpà?*

La sera, al mio rientro in hotel, la ragazza della reception mi ha chiamato. Mi piace sentire il mio nome pronunciato da donne straniere, spesso lo dicono con l'accento a metà... *Giacòmo.* Mi ha detto che c'era un messaggio per me. Sapevo che Dinah mi avrebbe lasciato almeno due righe di nascosto. Il messaggio, invece, era di Michela. Ho deglutito.

"Ciao Giacomo, ho sentito la mia segreteria dell'ufficio solo adesso. Ero a Boston per lavoro. Domani riesco a liberarmi per le cinque. Passa dove ho l'ufficio domani mattina, se puoi, e dai il tuo nome in portineria. Se hai tempo ci prendiamo un caffè per le cinque. Questo è il mio cellulare."

Mi ha lasciato anche l'indirizzo del suo ufficio, che però io già conoscevo a memoria.

Ero felice. Arrivato in stanza e superati i primi minuti di euforia, mi sono accorto di non aver capito una cosa: perché, se l'appuntamento era alle cinque, dovevo passare in ufficio da lei a dare il nome in portineria? Per bere un caffè bisognava essere schedati?

La mattina dopo, alle sette, ero già sveglio. Ho lavorato in stanza con il computer un'ora, poi ho pensato che potevo comunque continuare in un bar, anzi al Doma, così magari riuscivo anche a vederla di nascosto. Giusto per sapere che effetto mi avrebbe fatto. Anche per non esplodere e morire al primo incontro, per diluire l'emozione.

Ho preso, come sempre, il tavolino vicino all'ingresso. Praticamente in vetrina. Stavo fisso e immobile, e guardavo il suo palazzo come una civetta, invece di lavorare.

Il Doma era proprio carino. Pavimenti in legno, muro di mattoni pitturati di bianco con quadri di un artista sconosciuto. Mi piace sempre vedere cose originali, invece di stampe o riproduzioni di quadri famosi. In mezzo alla sala c'erano due colonne, anche quelle pitturate di bianco. Il bancone era vecchio, di legno, pieno di torte, muffin, biscotti e un paio di abat-jour. A fianco, una lavagna grande, con l'elenco dei piatti che si potevano mangiare.

La musica si alternava riprodotta da un iPod collegato alle casse del locale. Musica meravigliosa: Nina Simone, Crosby & Nash, Carol King, i Rem, Sam Cook, Janis Joplin, John Lennon, Cindy Lauper.

Ci saranno stati più o meno una decina di tavoli, tutti diversi, tutti di grandezza differente. In quelli più grandi si sedevano insieme anche persone che non si conoscevano. Le sedie sembravano prese da uno che aveva svuotato cantine e solai. Ho acceso il computer e ho continuato a lavorare. Faticosamente, perché ero continuamente distratto dal mondo intorno a me. Molti leggevano libri, altri scrivevano a penna, altri con il computer. Una ragazza scattava foto, anche a noi che eravamo seduti ai tavoli. Nessuno si infastidiva. Tra noi sconosciuti si respirava un'aria di complicità. Il tempo sembrava sospeso in quel luogo, scandito dal movimento lento delle pale dei due ventilatori.

Ho preso una fetta di torta di mele e una tazza di caffè. Nella torta c'era anche un po' di cannella. A New York in un sacco di dolci c'è la cannella e per me è già un buon motivo per farmi venir voglia di trasferirmi lì.

Non riuscivo a lavorare. Ho deciso di chiamarla sul cellulare. Sarebbe stata la prima volta che parlavo con

121

lei al telefono. Ho sperato di non disturbare. Non ho disturbato, almeno così mi ha detto.

«Ciao sono Giacomo.»

«Ciao, come va? Hai trovato il mio messaggio? Immagino di sì, visto che mi hai chiamata; scusa, sono un po' rintontita questa mattina. Allora, ci vediamo dopo?»

«Sì. Ma forse la ragazza dell'hotel ha capito male, devo passare da te prima?»

«Se puoi sì, c'è una cosa per te in portineria, se non riesci a venire te la porto io.»

«No, no, sono libero oggi. Passo. Spero di non esserti sembrato troppo sfacciato a chiamarti, ma sai ero da queste parti, mi sembrava giusto. Spero di non averti creato problemi.»

«Anzi, sono felice, hai fatto bene. Ciao, a dopo.»

«Ciao.»

«Non hai un cellulare?»

«No mi è caduto... per terra e la scheda non va più.»

Quando mi sono presentato in portineria, una montagna di uomo nero mi ha sorriso e mi ha consegnato un pacco.

For Giacomo.

Ho ritirato il pacco, ho firmato, ho ringraziato e sono tornato al bar. Ho preso una macedonia. Ricordo che c'era anche l'anguria dentro e a me non piace nella macedonia. Mi piace mangiarla da sola. Mia nonna la mangiava con il pane. L'ho visto fare solo da lei. Quando la mangiava mi diceva sempre: "Come è generosa la natura. Guarda quanti semi ci sono in una sola anguria. Questo è quello che si dice amare la vita". Non ho mai mangiato un'anguria senza risentire quelle parole. Però poi ricordo anche che mia nonna metteva nel frigorifero l'anguria senza coprirla e poi, quando la mangiavo, aveva assorbito come una spugna tutti i sapori degli altri cibi.

Quando mi sono seduto e ho aperto la busta, ho visto che dentro c'era una cosa che ho riconosciuto subito: il quaderno arancio in cui Michela scriveva tutte le mattine sul tram. Insieme al quaderno c'era un foglio con scritto: SE NON FOSSI VENUTO ENTRO I PRIMI SEI MESI TE LO AVREI SPEDITO. CI VEDIAMO ALLE CINQUE QUI SOTTO. BUONA LETTURA. MICHELA.

10

Il diario

Non avevo mai letto il diario di una donna. Solamente una volta, quando avevo circa vent'anni, una ragazza che ho frequentato per qualche mese mi ha fatto leggere alcune delle pagine che scriveva tutte le sere. Si chiamava Luisa. In una delle tante pagine c'era scritto di quella volta che mi ero dimenticato di portarmi i preservativi. Siccome lei era proprio nei giorni superfecondi, mi ricordo che non mi ero fidato e le avevo detto che, visto che avevamo poco tempo, era meglio aspettare e farlo senza fretta. Cazzate, insomma. Mentre andavo via da casa sua continuavo a ripetermi che ero un coglione per la mia dimenticanza. Nel diario quell'avvenimento era riportato come una conferma che io non uscivo con lei solamente per fare l'amore, ma perché ci tenevo veramente. Ah, le donne... Come quando si prendono loro la colpa della tua mancata erezione.

C'era una cosa che mi infastidiva di Luisa. Mi piacciono i baci sugli occhi, ma lei aveva la brutta abitudine di leccarmeli con la lingua supersalivosa; la saliva era così densa che alla fine facevo fatica ad aprirli perché le ciglia erano inzuppate e pesavano. Aveva le lumache in bocca.

Tenere in mano il diario di Michela mi emozionava. L'ho guardato bene prima di aprirlo. Mi ha riportato subito in mente l'immagine di lei sul tram che scriveva e le stesse emozioni che provavo vedendola. Quanto mi aveva incuriosito sapere ciò che stava scrivendo. L'ho aperto come un libro sacro. Ora potevo entrare nel segreto di quelle mattine.

Quelle pagine erano piene di me. Scriveva di me, di come ero vestito e di quello che di me immaginava. Amo leggere. Quel giorno ho scoperto che mi piace ancora di più leggere di me. Alcune pagine mi hanno sorpreso.

Giovedì

Sto scrivendo su questo quaderno. Non alzo la testa, ma sento che mi stai guardando. Sento i tuoi occhi su di me. Mi accarezzano, mi invadono. Quando mi guardi mi viene il desiderio di sistemarmi, aggiustarmi. Mi sento in disordine, come solo una donna riesce a sentirsi in disordine di fronte a un uomo.

Se il tuo sguardo mi concede delle pause, cerco di rubare immagini di te. Oggi sei distratto. Da una parte ho paura di non essere più una figura interessante, dall'altra mi permette di guardarti un po' di più. Questa mattina quando ho potuto ho indugiato sulle tue mani. Mani belle, oggi mani senza libro, ma piene di parole.

Martedì

Ho preso l'abitudine di guardare la tua fermata mentre il tram si avvicina. Non sempre riesco ad attendere per sapere. A volte chiudo gli occhi e li riapro solamente quando il tram riparte e ti cerco. Ti cerco tra mille forme poco interessanti. Oggi ci sei. Sembra che non hai dormito perché sei ancora più bello. I tuoi capelli sono disordinati, spettinati. Li pettino con le mie mani invisibili e poi, quando sei tutto in ordine, ti stropiccio nuovamente con un bacio. Passo la mano nei tuoi pensieri.

125

Oggi sei salito e sei di fronte a me. Io non scendo. Non scendere nemmeno tu, ti prego. Andiamo al capolinea. Andiamo fino in fondo. Al termine di questa corsa. All'inizio di un nuovo respiro. Rimaniamo qui, sui nostri reciproci infiniti.

Venerdì

Se è vero che l'incontro di due persone genera sempre reazioni che le cambiano entrambe, cosa accadrebbe a noi due se ci incontrassimo veramente? Se ci parlassimo adesso?

Chi sei, come sei senza me? E come saresti dopo il nostro incontro?

E io? Cosa cambierebbe nella mia vita, cosa diventerei che ora non sono?

Oggi con queste domande non sarei andata da nessuna parte se non ti avessi visto almeno il tempo di un istante.

Potresti essere la mia perdita di equilibrio. L'equazione del mio caos.

Lunedì

Oggi, quando ho visto il cielo grigio, ho smesso di respirare. Ho trovato l'aria solamente nella cesta dei miei giochi. Li ho portati qui con me per sopravvivere. Vuoi giocare con me? Scegli a caso, scegli una cosa. Tranne il gioco dell'indifferenza, oggi non si può. Ce l'ha già rubato il cielo quel gioco. Giochiamo a nascondino. Io mi nascondo, tu mi cerchi e se mi trovi io mi faccio piccola, così mi metti dentro il taschino della tua camicia. Oppure giochiamo che invece di nascondermi mi scopro.

Ho l'abito lungo. Perché oggi mi sento Cenerentola. Portami via da qui. Riportami al ballo. Danza ancora con me.

Tra poco scendo e scappo via. Ti lascio la mia scarpetta travestita da guanto. Sono patetica.

Giovedì

Oggi faccio finta di non accorgermi di te e non ti guarderò finché non scenderò dal tram. Mi piace farti attendere. Chissà come mi immagini. Chissà da vicino, nei tuoi occhi, come mi vedrei. Vorrei evaporare in mille bollicine e ricompormi sul vetro dietro di te, dove l'altro giorno ho visto la tua immagine e la mia riflesse. Vorrei essere la stessa immagine di me che l'altro giorno non ho riconosciuto. Tu l'abisso tra ciò che mi sento e ciò che stavo diventando. Prima di come sono adesso non ti avrei mai visto. Tu sei l'incontro fra me e noi. Forse in qualche modo ti aspetto. In qualche mondo ti ho aspettato. Ti aspetterò.

Giovedì

Domani parto, lascio questo tram con te sopra. Mi hai dato la forza di cambiare le cose che non mi piacevano. Non ti ho mai parlato, non so nemmeno se sei tu. Su di te ho proiettato il mio accompagnatore. Sei stato portatore di emozioni, pensieri, desideri. Tu sei stato la forza, il muscolo, l'azione. Ti lascerò qui seduto su queste mattine. Ti lascerò, portandoti per sempre via con me. Ti offro un semplice caffè.

Perché tu sei stato così rapido nel farti riconoscere dalle mie attese?

Quanti cucchiaini di zucchero vuoi nella "mia" tazzina?

Più andavo avanti più mi accorgevo di essere stato in qualche modo pilotato. La prova più evidente era scritta nell'ultima pagina. Il giorno in cui lei ha preso l'aereo per New York.

... ieri io e Giacomo siamo andati a bere un caffè. È molto dolce e simpatico, ma forse è un po' imbranato. A un certo punto, dopo un po' che stavamo parlando, ho provato il desiderio di baciarlo, ma ho preferito allontanarmi con la scusa di andare al bagno. Ho lasciato la busta sul tavolo. Speravo avesse il desiderio e il coraggio di prendere l'indirizzo, visto che non mi ha chiesto nemmeno la e-mail. Io sono partita e non so se lo rivedrò ancora. Comunque vada, è stato bello giocare con questo destino. Oggi, prima di entrare nell'area partenze, mi sono girata un attimo. Ho sperato venisse a salutarmi. L'ho fatto più di una volta, se ne è accorto anche mio fratello, mi ha chiesto se aspettavo qualcuno. Gli ho detto di no. Di noi, lo so soltanto io.

Forse avrei dovuto chiederglielo io, un recapito, un numero o una e-mail. Forse è stato solo orgoglio di donna. Hai sei mesi per chiamarmi, rintracciarmi o venire da me. Se non succederà, ti spedirò questo quaderno, ma dopo non avrà più senso rivedersi.

Non sapevo se essere felice o sentirmi un coglione. Era come essere in trappola, come se avessi seguito un percorso segnato da lei, come un topo da laboratorio. Io a casa per settimane a farmi seghe mentali, e lei qui che mi aspettava.

Alla fine, però, ero contento. Le sensazioni provate quelle mattine sul tram non erano un mio film, erano reali.

Mi sono alzato e con il suo diario in mano me ne sono andato. Sarei tornato alle cinque. Ero felice e la mia testa era leggera. Quella mattina, le persone che mi incrociavano sui marciapiedi di Manhattan potevano vedere un sorriso con le gambe. Una delle libidini dello stare all'estero è il fascino dell'anonimato. Il fatto che non incontri nessuno che ti conosce. Niente amici, vicini di casa, colleghi, gente della palestra eccetera. Nessuno sa chi sei, che lavoro fai, dove vivi. Nessuno ti conosce e tu non conosci nessuno.

Questo mi permette di fare delle cose che, dove mi

conoscono, non faccio. Per esempio, una cosa stupida è che spesso mi accorgo, mentre passeggio nella mia città, che sto canticchiando una canzone di qualche cantante del quale subito mi vergogno. Smetto immediatamente per paura che qualcuno mi senta. Magari mi è entrata in testa perché l'ho sentita in un bar ed è una di quelle canzoni che non trovano la via d'uscita, come quelle mosche che sbattono contro il vetro. Canzoni che canti senza nemmeno accorgertene. Quando mi succede all'estero, invece, continuo a cantare senza problemi. Quella mattina ero così felice che mi sono fatto un bel pezzo della 8th Avenue cantando *Uomini soli* dei Pooh. L'ho cantata tutta, o almeno tutta la parte che sapevo. In Italia avrei smesso subito, ma *Uomini soli* sull'8th Avenue è uno spasso di vergogna. Quando mi entrava il ritornello, poi: "Dio delle cittàààààààààà-àààààààà e dell'immensitààààààà..."

Alle cinque ero sotto l'ufficio di Michela. Dopo qualche minuto è arrivata lei, sorridente. Quando l'ho vista mi sono trasformato in mille emozioni. Ero agitato, felice, imbarazzato, fiero, contento. Di fronte a quell'apparente sconosciuta mi sono sentito già legato a lei in maniera sconvolgente, senza provare le solite paure. Quella sensazione l'ho decodificata più tardi, al momento dell'incontro ero solo frastornato e per niente consapevole di cosa stessi vivendo.

Anche Michela era emozionata. Si capiva subito.

Ci siamo seduti su una delle due panchine fuori.

«Mi sento un po' stupido a essere qui. Leggere il tuo quaderno mi ha fatto sentire come un topo di laboratorio che ha suonato tutti i tuoi campanellini, come un pesce in una rete.»

«Mi piaceva l'idea di giocare, di osare, per vedere se

sarebbe successo qualcosa. Eccoti qua. Qualcosa è successo. Ti ho sempre sentito vicino, non so perché.»

«Come facevi a sapere che sarei venuto?»

«Non lo sapevo.»

«E quando ieri hai trovato il messaggio in segreteria, che cosa hai pensato?»

«Finalmente. Dopo aver letto il mio diario avrai capito che mi ha fatto piacere. Anche se non sei qui per me, ma per lavoro... ovviamente.»

Queste ultime parole le ha dette con un mezzo sorriso che lasciava intendere che aveva capito tutto.

Ero talmente emozionato e contento che ho iniziato a parlare senza fermarmi, al punto che dopo un po' lei mi ha detto: «Ti faccio riposare un attimo parlandoti un po' di me. Cosa aspettavi a chiedermi di uscire quando eravamo sul tram? Non mi sembri timido. Le ho provate tutte. Ti ho perfino regalato un guanto. Ho pensato che fossi fidanzato e forse lo sei ancora...».

«Non sono fidanzato. Anch'io pensavo fossi fidanzata, il giorno che sei partita sono venuto all'aeroporto.»

«Come sei venuto all'aeroporto... e non mi hai vista?»

«Sì che ti ho vista. Ti ho vista con uno e me ne sono andato.»

«Era mio fratello.»

«L'ho capito solo adesso che ho letto il tuo diario. È un discorso un po' lungo. Vivo una fase della vita in cui sono emotivamente confuso. Anzi, la verità è che non è colpa di una fase ma sei tu che mi rendi così. Di solito sono più sciolto e meno imbranato con le donne. Ma alla fine sono contento di avere aspettato, con te. Non ho mai fatto una cosa così per una donna, e non so nemmeno perché l'ho fatto adesso.»

«Beh, è un buon segno, no? O preferivi essere ancora un'altra volta la stessa persona?»

«No, meglio così. Non so, boh!»

Abbiamo chiacchierato molto. A differenza della prima volta, anche se ero emozionato dopo un po' mi sono sentito bene, tranquillo. Ero felice, di una felicità frizzante, avevo le bollicine sotto pelle. Forse quella volta il film era uguale per tutti e due e, in più, lo stavamo proiettando a New York.

Tra le cose che mi piacevano di lei c'era che quando mi parlava non cercava di sedurmi a tutti i costi. Come fanno certe donne che usano lo sguardo, la voce, le parole o la gestualità. Lei era naturale. O almeno questa era l'idea che mi ero fatto.

«Che fai questa sera?» le ho chiesto dopo una risata.

«Cosa faccio questa sera? Speravo fossi tu a dirmelo.»

11

Cena romantica (hamburger e patatine fritte)

Con Michela ho capito, subito dopo quel breve incontro, che forse per la prima volta nella vita non avevo a che fare con una ragazza, ma con una donna. Non saprei nemmeno come spiegare la differenza. Era una sensazione, un profumo, un modo di parlare, ma soprattutto di guardare. Forse è lo sguardo che rende donna una ragazza. Sicuramente la consapevolezza. Una ragazza consapevole è donna a qualsiasi età. Michela era donna, lo si capiva per come attraversava lo spazio, per come muoveva l'aria.

C'eravamo dati appuntamento sotto il mio hotel. Mentre l'aspettavo, immaginavo la nostra cena in qualche ristorantino di Manhattan con luci soffuse, musica di sottofondo e pareti dai colori caldi, o mattoni bianchi. L'appuntamento era per le nove e mezzo. Siamo usciti dal Doma verso le sette; arrivato in albergo ho avuto la pessima idea di buttarmi un attimo sul letto dopo la doccia. Fortunatamente mi sono accorto che mi stavo addormentando e sono fuggito subito da quella stanza e soprattutto da quell'enorme batuffolo di cotone che era il letto. La mia valigia finalmente era arrivata, così ho potuto mettermi la mia camicia preferita. Non so se ce l'avrei fatta quella sera senza qualcosa di mio da indossare. Sono sceso al bar, dove ho bevuto un caffè triplo. Avevo paura di addormentarmi a cena, ma soprattutto, come succede quando sono stanco, di continuare a sbadigliare. Dopo che ho mangiato, soprattutto se ho bevuto del vino rosso, sbadiglio. *E se mi viene da farlo mentre lei sta parlando?*

Uscire a cena alle nove per me voleva dire le tre del mattino. Di solito, se sono stanco, non sono di quelli che fanno tardi. In quelle sere non riesco a fare cena-cinema-sesso, uno dei tre deve per forza saltare. Già al cinema, se vado al secondo spettacolo, non sempre riesco a stare sveglio.

Alle nove e qualche minuto un taxi giallo guidato da un signore con baffi e turbante mi ha consegnato Michela e quindi l'inizio della nostra prima serata insieme.

Lei, dopo avermi salutato, mi ha dato un cellulare. «L'avevo preso appena arrivata, prima di avere quello aziendale. Se vuoi usarlo... Ricordati che dopo ho anche il caricabatteria da darti.»

«Grazie.»

Poi mi ha chiesto che cosa volessi mangiare.

Rammentando gli insegnamenti di Silvia sul fatto che le donne amano gli uomini decisi, quelli che sanno dove andare, ho trovato una risposta che mi sembrava un buon compromesso: «Sono a Manhattan, a casa tua, per questa sera preferisco affidarmi a te. Ma solo per questa sera».

«Hai voglia di passeggiare?»

«Sì.»

Abbiamo passeggiato. Siamo andati verso il Greenwich Village.

Altro che ristorantino carino, con musica e luci soffuse... «Ti va di mangiare un hamburger?»

«Sì, perché no?»

Michela mi ha portato a mangiare degli hamburger giganti, superignoranti, con patatine fritte, cipolle, ketchup.

«Non mangio spesso questa roba, ma ogni tanto mi piace farlo. E quando lo fai lo devi fare bene.»

«Cosa?»

«Mangiare le schifezze che sai che non fanno bene. Questo è il posto dove fanno gli hamburger più buoni di Manhattan.»

Il locale si chiamava Corner Bistro, sulla West 4th Street. Un posto vecchio stile, con la televisione appesa al muro, nell'angolo dietro il bancone. Un locale poco curato, ma decisamente originale. Tavoli di legno pieni di nomi incisi, come quelli che in Italia trovi nelle paninoteche di provincia. Non c'era traccia di gioventù nella gestione o nell'arredamento. Gli hamburger venivano serviti con le patatine fritte su piattini di carta. Io ho preso l'hamburger classico, lei un cheeseburger.

Devo ammetterlo, è stato l'hamburger più buono che io abbia mai mangiato. Anche se poi ho dovuto bere un paio di coche per digerirlo. Le ho prese con il limone, anche se io preferisco sempre senza. Mi piace il sapore del limone, ma quando bevo la fetta viene sempre dove ho le labbra e la coca non passa bene. E non mi piace bere dalla cannuccia. Comunque quella cena non aveva niente a che fare con l'idea che mi ero immaginato della nostra prima uscita insieme; il locale non era per niente romantico, ma alla fine la nostra serata lo era diventata. Brava Michela.

Quando incontro una donna che mi interessa, mi piace scoprirmi con il *desiderio di piacere*. Vorrei dire cose che piacciono anche a lei. Trovare un particolare della vita che, quando lo racconti, lei ti dice: *Ma dài... anch'io ho sempre pensato così, credevo di essere l'unica persona al mondo ad averlo notato.*

Abbiamo parlato molto delle nostre mattine sul tram. Poi ridendo le ho fatto una domanda: «Senti, Michela, sei molto carina e non sei fidanzata. Qual è il tuo problema? Dov'è il difetto di fabbrica che purtroppo si scopre solo dopo un po'? Avanti, spara!».

«Beh, "sei molto carina" è una frase che non si può sentire, comunque ti rispondo ugualmente.»

Ecco, avevo sbagliato subito, anche con tutte le mie buone intenzioni.

«Non credo di avere un problema con gli uomini. Credo di averne molti...»

Parlava sempre con una specie di sorriso ed era sempre ironica nel farlo.

«In realtà uno grande ce l'ho. Ricevo sempre la risposta opposta a quella che cerco.»

«Cioè?»

«Il mio problema è che quando un uomo mi piace, e mi piacerebbe vivere con lui qualcosa di più del vedersi ogni tanto per scopare, succede che, se per sbaglio glielo faccio capire, si agita subito, mette le mani avanti e inizia a spiegarmi che non vuole legami, e alla fine scappa. Senza nemmeno aver capito che io non volevo fidanzarmi. Per cui ho imparato a vivere quello che gli uomini mi danno senza chiedere niente di più. Solo che a volte è poco emozionante. Se invece sono io che me la voglio vivere senza pensare a niente, trovo solamente uomini che mi dicono di essersi innamorati di me già alla seconda uscita e mi sotterrano di messaggi sdolcinati, poesie patetiche, pensieri notturni, promesse senza incertezze.»

«Anche a me una ragazza mandava sempre le poesie e le frasi romantiche... poi un giorno le ho risposto e credo che si sia offesa, perché non me ne ha più mandate.»

«Dipende da cosa le hai risposto.»

«Le ho scritto: "La nebbia agl'irti colli piovigginando sale!". Comunque abbiamo lo stesso problema. Anch'io spesso ho avuto il desiderio di fare o dire cose che andassero oltre la sessualità, senza che per forza diventasse tutto un percorso verso una storia d'amore, un legame esclusivo. Ma poi sono arrivate sempre delle richieste. Bisogno di certezze, garanzie, promesse. Pretese e aspettative che io dovevo assecondare.»

«Siamo un po' incasinati.»

«Abbastanza. E tu, New York, la vedi come un'esperienza a termine o pensi di trasferirti qui per sempre?»

«Non lo so. Sono qui da poco e, a parte qualche difficoltà iniziale, adesso sto bene. Mi mancano un sacco di cose della vecchia vita, ma sono contenta di essere in questa città.»

«Come mai hai deciso di venirci?»

«Volevo allontanarmi un po' dalla mia vita. La società per cui lavoravo in Italia è americana ed è stato facile chiedere un trasferimento. Mi è sembrata una buona occasione, visto che era da qualche tempo che volevo fare chiarezza e cambiare un po' di cose. Sono contenta di aver dato questa svolta alla mia vita.»

«Ma è successo qualcosa in particolare?»

«No, semplicemente non mi piaceva più come vivevo. Com'ero diventata. Era da un po' che ci pensavo. La spinta decisiva me l'ha data il mio ex l'anno scorso, quando mi ha chiesto di sposarlo e io l'ho lasciato.»

«Anche tu scappi! Ti eri accorta che era uno stronzo?»

«Magari... mi avrebbe facilitato le cose. No, era praticamente perfetto. Paolo è un bell'uomo, intelligente, mi amava veramente. A parte mio fratello, tutti mi dicevano che era un ragazzo d'oro, che ero fortunata perché uno così non lo avrei più trovato. Le mie amiche, mia madre, le mie due sorelle mi dicevano che era l'uomo giusto. Io non so nemmeno se esiste quello giusto. Anzi, penso che la persona giusta esiste solo se tu ci credi. Se ci credi puoi fare di una persona quella giusta. Per un po'. Anche se mi piaceva e riconoscevo ogni suo pregio, in fondo non lo amavo. O, meglio, lo amavo, ma come si ama un fratello, non un compagno. Comunque l'ho mollato e ti assicuro che lasciare una persona che ti ama è devastante. Richiede molta forza. Lui voleva qualcosa da me che io non potevo dargli. L'unica cosa che potevo fare, come atto d'amore, era non fargli perdere tempo con me. Se fossi rimasta con lui sarei stata ingiusta nei suoi confronti. Ma stiamo parlando di una me completamente diversa da come sono adesso. Sono cambiata molto di più nell'ultimo anno che in tutta la mia vita prima.»

«Lui ti ha chiesto di sposarlo e tu lo hai lasciato?»

«Beh, più o meno è andata così. Buffo, no? Mi ricordo ancora il momento in cui è accaduto. Perché tutto è successo nella stessa chiacchierata. Siamo passati dal paradiso delle sue parole all'inferno delle mie. Ricordo ogni singola frase e ogni singola espressione del suo volto. Ricordo anche quando alla fine mi ha detto: "Ma come, io ti chiedo di sposarmi e tu non solo mi dici di no, ma mi lasci anche? Allora se non ti dicevo niente restavamo insieme. Senti Michela... fai come se non te lo avessi chiesto, facciamo finta di niente e lasciamo stare". Non ho fatto finta di niente. Dopo due ore ero già andata via di casa.»

Ascoltavo Michela, seduta di fronte a me, con la sensazione di conoscerla da anni. Mi sentivo tranquillo. Mentre lei parlava io la immaginavo nuda. Desideravo baciarla e farci l'amore.

Quelle immagini mi distraevano, tanto che quando mi ha chiesto: «E tu che ci fai qui? Che tipo di lavoro ti ha portato a New York?» me l'ha dovuto ripetere perché non la stavo ascoltando. Dalla mia faccia deve averlo intuito.

«Nessun lavoro, sono qui perché mi andava di vederti. Non ti spaventare, però, non fraintendere. Non ti chiederò di sposarmi.»

«Non mi spavento.»

Dopo la cena, con gli hamburger ancora da digerire, mi ha portato da Magnolia Bakery, in Bleecker Street, a mangiare un dolce. Uno in due. Praticamente burro e zucchero.

«Spero che questo non sia il tuo modo di alimentarti quotidianamente. Il mio fegato urla vendetta.»

«No, solo per questa sera. Volevo portarti in alcuni dei miei posti preferiti. Vuoi un altro dolce?»

«Vorresti vedere l'esplosione di un corpo umano?»

Dopo un attimo di silenzio Michela mi ha chiesto: «Perché hai voluto rivedermi?».

«Perché mi sa che mi piaci, e ti pensavo spesso. Credo anche che la mia sia stata una prova di coraggio, che dovevo fare per me. Volevo rischiare di essere ridicolo. Un'amica mi ha convinto che era meglio aprire la porta che portava il tuo nome. Dall'indirizzo del tuo ufficio mi aveva trovato la e-mail, dicendomi di cercare un contatto con te. Poi un giorno ho deciso di venire direttamente, perché ho avuto la sensazione che fosse la cosa giusta da fare. Te l'ho detto, non mi sono mai comportato così per una donna, ma quel che mi stupisce è che mi sembra la cosa più naturale del mondo. Non penso di avere fatto una cosa strana. Venire fin qui senza sapere nemmeno se ti avrei incontrata e se ti avrebbe fatto piacere stranamente non mi dà la sensazione di assurdità. Cioè, mi rendo conto che è una cosa assurda, ma non la vivo così. Insomma, è tutto strano... Non è che sono innamorato di te, o che mi voglio fidanzare, o penso che tu sia la donna della mia vita. Ho solo seguito una sensazione senza chiedermi troppo se fosse giusto o no farlo. Forse sono qui per curiosità. Non so perché continuo a pensarti e vorrei capirlo. Probabilmente ciò che non mi è chiaro mi attrae.»

L'ho accompagnata a casa. Abitava in Prince Street,

sopra una panetteria, la Vesuvio Bakery. Desideravo baciarla. Delle sue confessioni nel diario non abbiamo mai parlato, ma mi facevano pensare che anche lei volesse baciarmi. Anzi, ne ero sicuro, ma lei non mi dava nessun segnale.

L'ho anche fissata un attimo mentre nella mia testa mi ripetevo: "Ci provo o non ci provo, ci provo o non ci provo...".

Stavo per avvicinarmi quando lei mi ha detto: «Sarai stravolto, meglio se andiamo a dormire».

«Sì, è meglio» ho detto improvvisamente, agganciandomi alla coda delle sue parole. Poi ho aggiunto: «Sei una persona piena».

«È un complimento? O vuoi dire che ho mangiato troppo?»

«No... cioè sì, è un complimento. Sei piena nel senso che mi sembri piena di cose, intensa. Non suona come un gran complimento, lo so, ma lo è.»

Ha sorriso. «Credo di aver capito. Anche nei complimenti sei complicato.»

Ci siamo salutati. Mi ha dato il caricabatteria ed è entrata in casa. Io sono tornato a piedi fino all'hotel. Durante il percorso ricordo che mi ripetevo continuamente: "Magari ha cambiato idea. Magari nel vedermi non le sono piaciuto più. Allora perché mi ha invitato a cena? Forse per togliersi il pensiero subito. Non capisco. Anch'io, però, che ho detto "sei molto carina"... Chissà se provandoci ci sarebbe stata?".

Non vedevo l'ora di arrivare in hotel per poter chiamare Silvia e sfogarmi con la sua segreteria.

A un tratto sul telefonino che mi aveva dato Michela mi è arrivato un suo messaggio: "Sono stata bene. Grazie. So cosa ti stai chiedendo: sarebbe stato sì".

12

Il giorno dopo

Da più di quattro giorni stavo a New York e non ero ancora andato in bagno. Mi sentivo gonfio. Mentre camminavo per strada spesso rilasciavo attimi di aria, che tra l'altro non sembravano miei. Non li riconoscevo, avevano un odore diverso. All'estero non sono le tue, sono straniere. In giro per Manhattan facevo quelle che si chiamano le "seguge". Pensi di liberartene mentre le fai e loro invece ti seguono. Sono dense e non ti mollano. L'errore più elementare con le seguge è farle prima di entrare in macchina pensando di lasciarle fuori: invece, dopo un secondo che sei seduto, le senti. Salgono come le nuvole in montagna.

In quei giorni ogni volta che andavo in bagno per fare la pipì cercavo di capire se, impegnandomi, riuscivo a fare dell'altro. Anche se sono un maschio faccio la pipì seduto, come le donne. Cresciuto con mia madre, mia nonna e mia zia ho sempre visto fare la pipì seduti. La faccio in piedi solamente quando sono in un bagno pubblico. Perfino a casa di amici mi siedo. Anche perché in piedi tutti gli schizzi vanno in giro e non mi piace. Poi ho tutte le mie abitudini per andare in bagno. A casa mi tolgo sempre la camicia. Ho paura che si infili da qualche parte. D'estate addirittura mi piace spogliarmi completamente nudo. Via anche i pantaloni, così posso allargare bene le gambe e mi sento libero. A gambe strette ho sempre l'impressione di cacare fettuccine.

In quei quattro giorni a New York mi sedevo e spingevo. Stringevo i denti e mi muovevo avanti e indietro con il busto. Sembravo Ray Charles al pianoforte.

I problemi di stitichezza di solito aumentano quando sono in viaggio. Ricordo una vacanza con Camilla che è stata da record. Il problema in quel caso era amplificato dalla sua presenza: con una persona in camera, infatti, era ancora più difficile. Anche se era la mia fidanzata. Ricordo che avevamo una stanza d'albergo con la porta del bagno a fianco del letto. Non riuscivo ad andarci, sapendo che mi separavano da lei solamente tre centimetri di legno compensato. Avevo paura di fare troppo rumore, ma non avevo il coraggio di dirglielo. Essendo figlio unico, ho uno strano rapporto con tutto quel che riguarda questi argomenti. Riesco a sfiatare come una trombetta camminando per strada all'aria aperta, ma il resto no. Di fronte a una fidanzata, poi, anche dopo anni, non potrei mai farlo. Un sacco di volte ho dovuto reprimere e strozzare l'aria che voleva uscire. Non riesco nemmeno a fare come mi ha suggerito una volta un amico che aveva il mio stesso problema: "Io vado in bagno e le faccio nell'asciugamano, me lo schiaccio sul sedere e non si sente niente. Attutisco. Credimi, funziona. Devi attutire".

Io non ci sono mai riuscito. Però mi sono chiesto spesso: "Quando blocco l'aria, dove va a finire? Dove sparisce? Se poi la fai appena sei solo, è la stessa di prima che torna indietro oppure quella è persa per sempre?".

Una volta ho accompagnato in macchina una ragazza a casa. Mi scoppiava la pancia. Appena lei è scesa l'ho mollata. Ho avuto paura che scattasse l'antifurto della macchina dalla potenza. Dopo un secondo lei è tornata indietro perché voleva dirmi una cosa.

"Che c'è?"

"Apri che devo dirti una cosa."

"Dimmi, ti sento."

"Tira giù il finestrino, allora."

"No, no, non c'è bisogno, ti sento."

"Vabbè allora non te la dico. Ciao."

E se ne è andata. Il nostro rapporto si era rovinato. Beh, è evidente che non era un gran rapporto, è bastato un colpo di vento (si fa per dire) per cambiarlo...

Quando in vacanza con Camilla avevo lo stimolo di andare in bagno, la convincevo a uscire con me per fare una passeggiata e appena eravamo alla reception fingevo di aver dimenticato qualcosa in camera e risalivo. Così mi toccava fare tutto in fretta, senza un minimo di soddisfazione.

Lì a Manhattan, dopo il quarto giorno, ancora niente. "Chissà se in America ci sono le supposte effervescenti" pensavo. "Me ne sparerei sette o otto. Farei volentieri la gara di rutti."

Mi è squillato il telefono. Era Michela. Mi ha chiesto se volevo passare da lei per pranzare insieme. Come il giorno prima, dopo un paio d'ore circa mi trovavo sotto il suo ufficio. Quando è arrivata siamo andati in un locale lì vicino. Morandi vini e cucina, sulla 7th Avenue South.

«Che hai fatto questa mattina?»

«Niente. Ho passeggiato. Dopo la cena di ieri mi sa che prendo un'insalata.»

«Anch'io.»

«Ma tu sai cucinare?»

«Sì, mia madre me l'ha insegnato. A me e alle mie sorelle. Sai, per come vede la vita lei è fondamentale per una donna saper cucinare.»

«Beh, non ha tutti i torti. Nel senso che credo sia positivo, a prescindere dal fatto che uno sia maschio o femmina. Saper cucinare mi sembra una bella cosa.»

«Sono d'accordo.»

«E con il tuo ex convivevi? Cucinavi tu?»

«Sì, convivevo. E cucinavamo tutti e due. Però più che convivevo sarebbe meglio dire coesistevo.»

«Che differenza c'è?»

«Forse convivere vuol dire più che altro condividere, e io preferivo non farlo.»

«Ed è uno dei motivi per cui te ne sei andata?»

«Anche. Ma prima di decidermi c'ho messo un po', te l'ho detto.»

«Io ho un'amica che sta vivendo la stessa situazione, solo che lei ha anche una figlia. Dev'essere dura vivere in una casa dove non si vuole più stare.»

«Abbastanza. Poi con i figli diventa più complicato, credo. Io ero arrivata al punto che la sera ero contenta se faceva tardi al lavoro. A casa cercavo di andare a letto prima di lui o rimanevo sul divano fino a tardi. Quando andavo a letto prima, a volte mi cercava e io fingevo di dormire, ma se avessi dormito veramente mi sarei svegliata a un certo punto; invece facevo degli strani lamenti e mugolii finché lui smetteva e si metteva a dormire. Non era stupido, lo capiva anche lui, ma gli innamorati fanno finta di niente e hanno il terrore di addentrarsi in certi discorsi, per non avere la certezza di essere i soli ad amare. È brutto dire "no, amore, non c'è niente, è che sono stanca e lavoro tanto in questo periodo". Basta, non voglio più mettermi in quelle situazioni. Nell'ultimo periodo mi infastidiva anche solo il concetto di plurale. Sai quando gli amici ti invitano o ti parlano e lo fanno sempre al plurale: venite, andate, uscite? Ma non riuscivo a lasciarlo. Forse anche perché i discorsi delle mie amiche e di mia madre mi stavano convincendo.»

«Alla fine ci sei riuscita, però. Non tutti ce la fanno.»

«Perché non è facile. Quando ho lasciato Paolo ho avuto dei problemi anche con la mia famiglia, oltre che con la sua. Sua madre mi telefonava e mi diceva di ripensarci, che suo figlio era un bravo ragazzo e, anche se non me lo ha mai detto esplicitamente, mi ha fatto capire che persino economicamente era conveniente rimanere con lui. Pure la mia famiglia faceva quei discorsi. I miei genitori mi hanno sempre vista come "una cosa strana". Si sono sempre occupati di me in maniera goffa. Io non sono mai stata come loro. Avevano spinto molto perché mi sposassi, pensavano che con il matrimonio avrei messo "la testa a posto", come dice mia madre. Un pensiero in meno. In ogni caso, tutti si aspettavano che io rimanessi lì con lui. Anche se non ero più innamorata. Questa è stata la cosa che mi ha fatto più tristezza. Un'amica mi ha detto che mi sarei dovuta sposare ugualmente perché Paolo era un bravo ragazzo, e in giro non è che ci fosse di meglio. Poi alla mia età mi conveniva rimanere con lui. "Hai quasi quarant'anni, dove vuoi andare?" A parte che ne avevo trentacinque... Ero stufa di vivere in mezzo a quelle persone che dopo i trent'anni iniziano a chiederti: "Come mai non sei sposata?". Una donna che non si sposa sembra sempre che lo faccia perché non ha trovato la persona giusta e non perché è una sua scelta. Sembra sempre una conseguenza. Pensa che bello se invece iniziassimo a chiedere alle donne: "Perché ti sei sposata?". Ero stanca di farmi guardare come una sfigata da donne che sognano di diventare mogli a ogni costo. Così ho cambiato aria.»

«E adesso cerchi l'uomo perfetto?»

«Spero di no... sai, credo che l'uomo perfetto giustamente cerchi la donna perfetta. Non avrei chance.»

«Allora cosa cerchi?»

«Non lo so. Forse niente, forse tutto. Magari adesso, più che cercare, voglio vivere quello che mi capita, quello che la vita mi dà. Amo giocare. Essere libera. Faccio un lavoro a New York che mi piace e che mi sono trovata da sola. Sono felice e fiera di me anche quando faccio la spesa e spingo il carrello. Se mi va la sera esco, altrimenti me ne sto a casa a leggere o a guardarmi un film o a cucinare qualcosa di buono per me, o per gli amici. A volte mangio a tavola e apparecchio, oppure mi siedo per terra con la schiena appoggiata al divano. Mi apro una bottiglia di vino anche se sono sola. Non devo discutere. Sono indipendente. Difenderei questa condizione con tutte le mie forze. Sempre. Eppure anch'io a volte avrei bisogno di un abbraccio, di arrendermi e perdermi tra le braccia di un uomo. Un abbraccio che mi faccia sentire protetta anche se so proteggermi da sola. Sono in grado di fare le cose di cui ho bisogno, ma a volte vorrei far finta di non esserlo per il piacere di farle fare a qualcun altro per me. È una sensazione. Ma non voglio stare con un uomo per questo. Non posso scendere a compromessi, e non posso rinunciare a tutto quello che ho, alla mia libertà, per quell'abbraccio che poi spesso con gli anni non c'è nemmeno più.

«Mi sono svegliata tardi. Io di uomini non ne ho avuti molti. Sono sempre stata fidanzata e fedele. Ho avuto storie di anni, alla fine i miei uomini si contano sulle dita di una mano. Mia nipote a diciannove anni ne ha già avuti più di me. Io prima non sono mai riuscita ad

145

aprirmi o a stare con un uomo senza che ne fossi innamorata o che fossimo comunque fidanzati.»

«Hai vissuto l'opposto di ciò che ho vissuto io. Pochissime storie e molte avventure. Pensa che io per stare
bene con una donna ho bisogno del contrario: meno mi
sento legato e più sto bene. Ma tu allora cosa vorresti
trovare in un uomo?»

«Ma che ne so... vorrei un uomo con cui stare bene.
Un uomo seduto al mio fianco quando sono al cinema,
o al ristorante, o su un pullman. Vorrei incontrare una
persona con la quale condividere delle prospettive. Non
voglio dire per forza matrimonio, figli eccetera. Ma
nemmeno uno di quegli uomini che si spaventano
quando chiedi una cosa più lontana di due giorni. Una
volta, a giugno, ho chiesto a uno con cui stavo cosa
avremmo fatto ad agosto in vacanza. Si è agitato così
tanto che per due giorni ha perso l'uso della parola e
poi ha iniziato a dirmi che mi doveva parlare e che forse
ad agosto gli avrebbe fatto piacere restare da solo. Non
cerco una famiglia, ma nemmeno una persona con cui
non riesco a progettare una vacanza perché gli vengono
le ansie. Mi sono rotta degli uomini bambini. Sono vecchia per fare quella giovane e sono troppo giovane per
fare la vecchia. Vorrei uno che mi piace e vorrei poter-
glielo dire senza che si spaventi, senza che mi faccia
sentire che gli sto troppo addosso. Vorrei un uomo che
con la stessa serenità mi cerchi quando non lo cerco io.
Come hai fatto tu, venendo qui. E poi soprattutto vorrei
un uomo che c'è.»

«Che vuol dire?»

«Io so cosa intendo, anche se non riesco a spiegarlo.
Un uomo che c'è. È uno sguardo. Uno sguardo dietro a
tutto. È un modo di guardarti in silenzio che significa
tutto per me. Significa che c'è.»

Michela parlava liberamente e, alla fine, sembrava cercasse nelle persone le stesse cose che cercavo io. Quando le ho detto che avevo avuto poche storie e molte avventure non sono sceso nei particolari. Non me la sono sentita di spiegarle per esempio che uno dei miei problemi in una relazione è che, se sto con una donna, con il tempo diventa tutto meno potente. Il corpo non mente mai. A me, dopo un po', cala il desiderio. Se mi capita di fare l'amore con una sconosciuta mi viene duro come il marmo, mi succede che vorrei averne sei perché uno non mi basta. Lo vorrei infilare ovunque. Mentre in una relazione duratura, dopo un po' la mia erezione è meno forte. Mi è capitato a volte di dovermi aiutare con le dita per farlo stare dentro. Una volta, mentre lo stavo facendo in quelle condizioni, da sotto lei ha voluto venire sopra e nel girarmi mi è scivolato fuori. In quel caso mi devo rimettere sopra io o dietro, che è una posizione che mi eccita sempre molto.

Perché la cosa che mi eccita di più in una donna è il mistero, la sconosciuta che abita in lei, scoprire come sono il suo corpo, la sua pelle, il suo odore, come ansima quando fa l'amore. Sono un esploratore, un navigante, un marinaio, un pioniere, un viaggiatore. Amo le donne. Per questo non sono praticamente mai stato fidanzato. Perché le amo, e non mi piace tradirle. Le altre donne mi distrarrebbero da quella con cui sto. Non riesco a rinunciare alle altre perché io sono vittima del bacio non dato, del corpo sconosciuto, dello sguardo misterioso. L'emozione del primo bacio, a lungo desiderato. Un corpo nuovo che ti offre la possibilità di toccarlo per la prima volta. Vedere finalmente il seno, che avevo solo intravisto dalle curve del vestito. Alzare una gonna e vedere le gambe, le cosce. La riga di confine delle mutande. Baciare un piede, annusare un collo. Scoprire le espressioni di una donna quando raggiunge il massimo del piacere. Accorgersi che il mondo si ferma quando una donna ti sorride. Il décolleté di una donna, anche non particolarmente bella, è come un incidente stradale: rallenti sempre per guardarlo. Su di me tutte queste sensazioni hanno lo stesso effetto degli stupefacenti.

Amo le donne, le ho sempre amate. Come si fa a non amarle? Perché le donne sono belle. Belli i loro contorni, le loro mani, la pelle, i fili contorti dei loro pensieri. Belli i profumi colorati dei loro desideri. Come le loro paure, i loro piccoli turbamenti. Amo la bellezza dei loro gesti. Amo come si asciugano le lacrime con la mano e il sorriso improvviso che fanno dopo aver pianto come bambine. Squarci di luce inattesi. Amo le donne. Senza di loro me ne sarei già andato. Senza di loro non sarei mai più tornato.

Sono sempre stato così. Quando parlo al telefono e sento che mi è arrivato un messaggio, non mi interessa più parlare, perché sono curioso da morire di sapere chi me lo abbia mandato. Mi distraggo da quel che sto facendo. Questo è sempre stato il mio pensiero con le donne: ho sempre creduto che se stavo con una avrei perso tutte le altre. Sono stato così in tutto. Nello sport, per esempio, ho fatto karatè, ping-pong, calcio, basket. Non mi sono mai focalizzato su un'attività sola. Ho scavato sempre mille buche, forse per questo non ho mai trovato niente.

Michela mi ha insegnato una cosa importante.

Ma in quei giorni ancora non lo sapevo.

13

Prima doccia insieme (e prima notte)

La sera siamo andati ancora insieme a cena. Fortunatamente in un ristorante. Prima di uscire sono anche riuscito ad andare in bagno: evvai! Abbiamo cenato alla
Macelleria Restaurant, nel Meatpacking. Ricordo che al
tavolo vicino al nostro c'era una coppia e lui aveva sul
collo un tatuaggio: delle labbra rosse, come quelle che
rimangono dopo un bacio con il rossetto. Non ho mai
avuto il coraggio di farmi un tatuaggio. Sempre per via
della paura legata al "per sempre". Magari un giorno lo
farò. Non sul collo, comunque.
   «Hai tatuaggi?»
   «No, ma ne voglio fare uno.»
   «Dove?»
   «Forse sulla caviglia.»
   «E cosa vuoi tatuarti?»
   «Mah, è da un po' che ci penso, ma non ho ancora trovato una cosa che mi piace. E tu ne hai?»
   «No... ma prima o poi me ne faccio uno.»
   Dopo cena abbiamo camminato senza meta e ci siamo
seduti su una panchina in Father Demo Square perché c'e-
rano una ragazza e un ragazzo giapponesi che suonavano.
Lui la chitarra elettrica e lei il basso. Suonavano le canzoni
famose dei film western. Guardandoli ho sperato che fos-

sero una coppia. Non so perché, mi piaceva l'idea che stessero insieme e che vivessero girando il mondo suonando.

«Secondo te suonano solamente insieme o sono anche una coppia?» ho chiesto a Michela.

«Secondo me sono una coppia.»

«Anche per me.»

Poi abbiamo attraversato la 6th Avenue e passeggiando siamo finiti in una piccola via, Minetta Street. Lì, tra una parola e l'altra, ci siamo dati il primo bacio. Ricordo di averle spostato i capelli e di aver preso il suo viso tra le mie mani. Un bacio bellissimo. Lungo, morbido, lento. Vero. Appena le labbra si sono toccate, ho sentito una scossa. Ero felice come quando, dopo tanto tempo che cerchi, trovi il pezzo di puzzle che ti serve per finire il cielo. Sarà che sono un baciatore, per cui mi emoziono sempre quando mi capita. Mi piace un sacco baciare. Sono rimasto quel ragazzino di quindici anni che ero. Non ho mai smesso di baciare, nemmeno da grande. Mi piace baciare prima di fare l'amore, durante e anche dopo. Sono uno di quegli uomini ai quali piace baciare anche dopo aver fatto l'amore. Addirittura mi piace senza che per forza sia un preliminare al sesso. Mi piace mettermi comodo sul divano e continuare finché mi fa male la mandibola e le labbra mi bruciano. Consumo le labbra delle donne. Possibilmente senza rossetti o lucidalabbra appiccicosi. Le voglio crude. Mi piacciono anche i baci rubati. Quelli che magari passi vicino a lei per andare a prendere una cosa nel frigorifero e ti fermi per un bacio. La spingi contro il muro e la tramortisci con le labbra. Baci improvvisi, inaspettati. Mi capita anche di interromperla mentre sta parlando solo perché non riesco ad aspettare. Guardo le labbra della donna che mi piace e non sento nemmeno più ciò che sta dicendo. Desidero solo sentire quelle labbra sulle mie. E me le prendo.

Quella notte ho dormito da lei e, prima ancora di fare l'amore, abbiamo fatto la doccia insieme. Il corpo della ragazza del tram che per mesi avevo immaginato mi si è presentato davanti tutto in una volta. Non l'ho spogliata pezzo per pezzo come accade la maggior parte delle volte. Solo dopo ho iniziato a guardarla e a conoscerla nei dettagli. "Faccio una doccia" mi aveva detto e io mi ero fatto scappare un: "Posso farla con te?". Mi era uscito così, come un bambino che non pensa a ciò che è giusto dire, ma dichiara senza filtri il proprio desiderio. Tra l'altro non è che io abbia un fisico pazzesco che mi aiuti nella conquista. Anzi. Infatti mi sono messo subito a fare l'elenco dei miei difetti perché ho pensato che se lo avessi anticipato non lo avrebbe fatto lei. Non sembrava molto interessata, mi ha guardato con dolcezza e ha anche riso delle mie battute. Il mio corpo è pieno di difetti. Alcuni inspiegabili, come per esempio il fatto che pur non essendo un uomo peloso ho sulla schiena, appena sotto le scapole, due ciuffi di peli. Due isole pelose. Non sono tanti, ma ci sono. Chissà a cosa servono. Quel difetto non l'ho messo nell'elenco quella sera perché, essendo dietro, potevo mascherarlo.

Alla mia domanda, lei aveva risposto subito senza nemmeno pensarci: "Certo. Ti prendo un asciugamano pulito".

Dopo qualche minuto ha iniziato a spogliarsi in bagno, l'ho intravista nella linea sottile di luce che separa la porta dallo stipite. Ero curioso di vedere la forma del suo corpo. Avrei varcato la porta e sarebbe stata lì, tutta per me, con il permesso di poterla toccare. Potevo sfiorarla, continuare a desiderarla e averla.

Quando sono entrato nella doccia lei era già sotto il getto d'acqua calda. Era bello vedere i suoi capelli che bagnandosi si schiacciavano sulla testa. Ho capito immediatamente che ciò che per lei significava "abbastanza caldo" per me era "ustione". Ho cercato di non vergognarmi del fatto che ero entrato già dotato di un'erezione. Ci siamo baciati. Aveva la pelle morbida. L'ho lavata. Ho preso del sapone liquido da uno dei barattoli posati per terra nella doccia e l'ho insaponata. Le spalle, il collo, il seno, la pancia. La schiena. Ho cercato di non andare subito là, anche se era proprio dove avevo voglia di toccare. Poi mi sono abbassato e le ho lavato i piedi. Come fosse una dea. E per me lo era. Poi le gambe, e alla fine là. Sempre rimanendo abbassato. Non mi sembrava vero di poterla toccare e baciare così. L'ho baciata stando in ginocchio. Posso dire di averla bevuta. Bevevo anche l'acqua che scivolava dal suo corpo.

Non sono entrato dentro di lei. Non abbiamo fatto l'amore. Dopo che ho finito di lavarla, lei ha lavato me.

Quando siamo usciti ho preso la salvietta, mi sono inginocchiato nuovamente e ho iniziato ad asciugarla per evitare che prendesse freddo. Ho iniziato con i piedi. L'asciugavo e subito dopo sulla pelle appoggiavo le labbra e la baciavo. Mi piaceva baciarle i piedi. E da lì sono risalito. Le gambe, le ginocchia. Asciugavo, toccavo e baciavo tutto. Profumava. Sono arrivato al seno, al collo, alle spalle. Le ho baciato piano le orecchie, per evitare quello schiocco fastidioso. Poi mi sono asciugato velocemente anch'io e sono tornato a dedicarmi a lei. I capelli. L'ho pettinata e poi l'ho baciata anche lì, sulla testa.

Siamo andati a letto, un letto alto, bianco, morbido. Sembrava una nuvola. Le ho messo la crema. Non le ho fatto un massaggio, le ho solo messo la crema. Farle un massaggio mi sembrava un po' da cliché. Quando stava a pancia in giù, risalendo lungo le gambe con la mano arrivavo oltre il confine. Era eccitata. Io anche. Volevo impazzire e farla impazzire. Volevo che facesse l'amore come non lo aveva mai fatto. Volevo farle dimenticare tutte le altre volte. Volevo essere la sua prima volta. Almeno in quello, avere avuto molte donne mi ha aiutato. Emotivamente ero legato, bloccato, contratto, ma nel fare l'amore mi sentivo padrone della situazione. Avrei voluto dirle la frase che mi dice sempre il mio meccanico quando gli porto la macchina: "Stai tranquillo, fidati, so dove metto le mani". Ma mi sembrava poco elegante. Michela mi aveva confessato di avere avuto pochi uomini e quasi tutti fidanzati e innamorati. Quasi sempre sono quelli che scopano peggio.

Ho iniziato a toccarla. Dopo un po' che la sentivo ansimare, delicatamente le ho chiesto di girarsi a pancia in su e di tenere gli occhi chiusi. Ho iniziato a baciarla saltando da un angolo all'altro del corpo. Volevo farle scoprire dov'erano le mie labbra solamente nell'attimo in cui la toccavo. Farle sentire il mio respiro. Sono rimasto lì per molto tempo. Era importante incontrare il suo sapore prima di fare l'amore. Rubarlo con la punta della lingua come fosse il nettare di un fiore. Rubarlo con le dita per portarlo alla sua bocca, sulle sue labbra. Ho continuato per molto tempo. Quando sono entrato dentro di lei, era talmente tutto *attesa*, che in pochi istanti ha raggiunto l'orgasmo. Ricordo che è successo sulle note dei Pink Floyd, *The Division Bell*. Toccare la sua pelle, guardarla negli occhi, annusarla, spingere il mio corpo contro il suo, schiacciare il suo seno con il mio petto. Vederla e sentirla godere sulle note di *Cluster One* o *Marooned* o *Coming Back to Life* è stata un'esperienza sublime.

Non so se sono riuscito a farle dimenticare gli altri uomini, lo spero. Dopo aver fatto l'amore siamo rimasti a letto con le teste sullo stesso cuscino a guardarci in silenzio. Poi siamo andati in cucina a farci una tisana. Lei avvolta come una madonna in un lenzuolo bianco. Io mi ero rimesso i boxer. La stanza era buia, illuminata solamente dalla debole luce della cucina, quella che sta sopra il fornello. Michela, il lenzuolo bianco, i capelli da *post orgasmic chill*, le due tazze bianche e lei che con il filo della bustina del tè sembrava stesse pescando pensieri astratti: non so perché quella immagine mi è rimasta così impressa. Mi ritorna in mente spesso. Forse era l'unione perfetta fra la mia fantasia e la realtà. Come la linea dell'orizzonte in cui si incontrano i mondi della terra e quelli del cielo. Ha bevuto la tisana rannicchiata sulla sedia, con le braccia intorno alle ginocchia. Piccola e sexy. In quell'istante ricordo di aver pensato proprio quello. Michela era esageratamente sexy. Da morire. Il suo modo di pensare era sexy. Il suo modo di parlare, di ridere, di camminare. L'odore della sua pelle mi ha fatto venire un'erezione al cuore. Mentre facevo l'amore con lei ho pensato che avrei voluto fare solamente quello nella vita. Starle addosso il più possibile.

Poi siamo andati a letto e tenendoci legati con il mignolo della mano ci siamo addormentati.

Alle sei e mezzo ero già sveglio. Filtrava un po' di luce dalla finestra. Il letto era alto. Il letto di Michela ha quattro cuscini e mi sono accorto che lei dorme su un fianco in posizione fetale e ne tiene uno tra le ginocchia. Ci sono molti modi strani di dormire. Io, per esempio, dormo spesso con una gamba sotto le coperte e una fuori. A cavallo.

Sono sceso dal letto lentamente, per non svegliarla. Tutta la casa, quando passeggiavo, scricchiolava. Il parquet dava voce ai miei passi. Sono andato in bagno a fare la pipì. Mi sono sempre chiesto se quando vai in bagno e la tua donna dorme sia peggio tirare l'acqua e rischiare di svegliarla o lasciare tutto così com'è. Ho tirato l'acqua, lei non si è svegliata. Sono andato in cucina e ho tentato di preparare la colazione, ma non sapevo cosa mangiasse di solito. Non la conoscevo ancora bene. Ho preparato un caffè, un tè, ho preso il succo d'arancia dal frigorifero, ho tostato del pane e messo tutte le marmellate in tavola. Poi ho acceso lo stereo in cucina e ho messo un CD. Ce n'erano una decina e non sapevo quale scegliere. Alla fine tra le mie preferenze erano rimasti Norah Jones con l'abum *Come Away with Me* e i Morcheeba con *Big Calm*. Ho scelto il primo. Ho abbassato il volume e ho svegliato Michela, chiedendole cosa voleva.

«Un caffè.»

Le ho portato il caffè a letto. Io ho fatto la doccia. Mi sono infilato i pantaloni e lei è venuta a tavola. Ha mangiato un po' di pane e marmellata.

«Grazie per la colazione» ha detto con la voce stropicciata.

Mi sono seduto sul divano a finire la mia tazza di caffè. Si era vestita con la prima cosa che aveva trovato: la mia camicia era decisamente grande e le arrivava quasi alle ginocchia. Vedere le sue gambe spuntare da sotto era un'immagine eccitante. Ci siamo guardati un istante mentre lei portava la tazza alla bocca nascondendo il viso e lasciando scoperti solo gli occhi. Uno sguardo chiaro, diretto e profondo. Poi ha accavallato le gambe e io ho perso il controllo. Mi sono alzato, mi sono seduto sopra di lei, le ho preso il viso tra le mani e l'ho baciata. Ho infilato la lingua il più possibile dentro la sua bocca, l'ho trascinata a terra, le ho sbottonato la camicia e la sua pelle chiara mi ha ipnotizzato. Ho preso il suo seno con una mano, mentre con l'altra le tenevo la nuca per proteggerla dal pavimento. Ho indugiato a lungo sulle sue spalle e sul collo. Tutto era morbido e profumato di risveglio. Sono entrato dentro di lei. I suoi baci, la sua lingua sapevano di caffè. Con la mano ha afferrato la gamba del tavolo e l'ha stretta forte. Quell'immagine si è stampata in maniera indelebile nella mia mente. Quando siamo venuti eravamo a letto. Quello sì che è stato un buongiorno. Ce lo siamo anche detti, ridendo, alla fine, mentre facevamo "naso-naso-ciglia-ciglia": «Buongiorno».

Poi l'ho accompagnata al lavoro.

14

Il gioco

Quella mattina avevo il suo odore addosso, mi piaceva. Non mi ero lavato apposta. Con il suo profumo addosso ho avuto l'impressione che quel giorno anche gli uomini fossero più gentili con me.

Dopo averla accompagnata, mi sono fatto una passeggiata e sono finito al Lotus Lounge Cafe, all'angolo tra la Clinton Street e la Stanton Street. Pavimento rosso, tavoli e sedie in legno, tutte di forme e colori differenti, e in fondo al locale una libreria. Anche qui pieno di ragazzi soli che scrivevano, leggevano, pensavano, guardando fuori dalla vetrina. Non ricordo di aver mai visto un ragazzo solo in un bar della mia città. Qui è normale. Da noi al bar si va o per un caffè veloce o in gruppo. Qui, con il computer acceso, stanno delle ore a lavorare e quando la batteria si scarica lo attaccano alla presa senza nemmeno chiedere il permesso. Ho bevuto il mio caffè, guardando anch'io fuori. Il cielo ero scuro, non c'era il sole quella mattina. Il passaggio delle persone mi incantava. Quasi tutte con il bicchiere takeaway del caffè in mano, la gente in bicicletta con le borse a tracolla, i taxi gialli, le macchine di una cilindrata così grossa che facevano il rumore delle navi. Mi sembrava di essere al cinema. Ero in un film. Ho mandato un messaggio a Silvia: "Ho fatto l'amore. Questa volta proprio con lei". Dopo due minuti mi ha chiamato. Abbiamo fatto una lunga chiacchierata. Un amico mi avrebbe chiesto subito nei dettagli com'era fisicamente e come scopava. Silvia invece era più interessata a come mi sentivo, cosa ci eravamo detti, se mi piaceva sempre come prima o se era cambiato qualcosa. Dopo averle detto tutto, ho sentito dalla sua voce e da quello che mi diceva che era felice per me. Quando succede lo sento. Ricordo che prima di mettere giù mi ha detto: "Vorrei essere lì per vedere la faccia che hai oggi".

A un tratto è entrata una ragazza bellissima. Carnagione chiara, capelli scuri, labbra rosse. Parlava con accento francese. Aveva in braccio un cucciolo di cane nero. Era piccolo. Una di quelle immagini che commuovono anche un rozzo come me. Per prendere il caffè e pagare lo ha posato a terra. Dopo un secondo il cane ha fatto la pipì. La ragazza si è scusata e con dei tovagliolini di carta ha cercato di asciugare, ma il ragazzo del bar le ha detto gentilmente di lasciare stare che avrebbe fatto lui. Mi è venuto in mente un giorno, quand'ero piccolo e mio padre se ne era già andato di casa, che mia nonna mi aveva portato da una sua amica dicendomi che c'era una sorpresa per me. Quando siamo arrivati, l'amica della nonna mi ha portato dietro casa nel suo cortile, dove c'era una scatola con dentro quattro cuccioli di cane.

Mia nonna mi ha detto: "Scegline uno". Io non sapevo che cosa fare, li avrei voluti tutti e quattro. Prendere una decisione era praticamente impossibile, tanto che a un certo punto la nonna mi ha detto: "Dài, Giacomo, decidi, non possiamo mica prenderli tutti".

Le avrei voluto dire: "Sei sicura? Sono piccoli, ci stanno a casa".

Alla fine uno dei quattro ha tentato di uscire dalla

scatola, facendo dei saltelli e cadendo all'indietro. Ho preso quello. Non ho scelto il mio cane, è stato lui a scegliere me. Era un maschio e l'ho chiamato Cochi. Mia madre però non lo voleva in casa perché sporcava e graffiava il pavimento, allora, anche se era il mio cane, stava dalla nonna. Intanto anch'io stavo quasi sempre da lei, quindi non è che cambiasse molto.

Ricordo che una volta, qualche giorno dopo averlo preso, Cochi ha fatto la pipì in cucina. Quando la nonna se n'è accorta è andata a prendere il cane, l'ha afferrato per la testa e come uno strofinaccio l'ha passato sopra la pipì asciugandola. Ha asciugato la pipì con la testa del cane. Io mi sono messo a piangere. Non avevo mai visto mia nonna fare una cosa tanto crudele, non era da lei. Poi mi ha spiegato che era per insegnargli a non farla più. Ho smesso di piangere, ho preso il cane e gli ho parlato, dicendogli di non farlo più. In mia presenza non è più successo, ma non so dire se quando io non c'ero l'avesse fatto ancora. Adesso avrei voluto dire alla ragazza bellissima di pulire la pipì con la faccia del cane e non con i tovagliolini. Chissà in che modo avrebbe reagito al mio consiglio. Non ho detto niente e sono uscito.

Ha iniziato a piovere. Pioveva forte. In America quando piove forte si dice: *it's raining cats and dogs*. Piovono gatti e cani... boh!

Mentre mi proteggevo dalla pioggia sono finito sotto la tettoia di un cinema. Il Sunshine Cinema, sulla East Houston Street. Erano le dieci e mezzo del mattino e mi sono accorto che alle undici proiettavano il primo spettacolo. Il cinema al mattino: che favola. Ho preso un biglietto e sono entrato. Si sentiva il profumo dei popcorn, ma a quell'ora mi dava la nausea. Ero solo nella sala. Quando il film è iniziato eravamo in cinque.

La mia insegnante di inglese mi diceva che uno dei

modi più veloci per apprendere una lingua è quello di andare al cinema o a teatro, anche se all'inizio non si capisce niente. Dev'essere una teoria diffusa perché sembravamo tutti stranieri in sala.

Nella lista delle cose che mi piacciono nella vita aggiungo: andare al cinema al mattino.

Quando sono uscito dal cinema ho trovato un messaggio di Michela: "Faccio pausa verso le due, se vuoi mangiamo insieme. Vorrei farti una proposta".

Sono passato un attimo in albergo e poi l'ho raggiunta. Davanti all'hotel ho trovato Alfred che, per il solito dollaro, mi ha raccontato un'altra barzelletta, la prima che ho capito: "Un uomo va dalla sua dottoressa e le dice: 'Scusi, dottoressa, ho un problema. Ce l'ho sempre duro, ventiquattr'ore al giorno, cosa mi può dare?'. La dottoressa gli sorride e gli risponde: 'Vitto, alloggio e mille dollari al mese...'".

Michela mi ha portato a mangiare in un negozio dove vendono gomitoli e tutto il materiale per fare la maglia. Si può mangiare perché è anche un bar, ma principalmente è un negozio dove la gente si siede ai tavoli e fa la maglia. Bevono, mangiano, chiacchierano e nel frattempo si fanno un maglione, una sciarpa, o altro. Ci sono anche un sacco di uomini che sferruzzano come vecchiette. Si chiama The Point, e si trova sulla Bedford Street.

Ho pensato a mia nonna: faceva sempre la maglia quand'ero piccolo, tanto che le avevo chiesto di insegnarmelo, e qualcosa avevo anche imparato. Su un tavolino c'erano due ferri con un pezzo di maglia già iniziato e chi voleva poteva andare avanti con il lavoro. Quando ho detto a Michela che ne ero capace, mi ha costretto a farne un pezzo. Ero lento, ma ancora mi ricordavo. Poi ci siamo seduti a mangiare.

«Che hai fatto?»

«Sono andato al cinema.»

«Una mattina di queste, se ti fa piacere, mi prendo un giorno libero e vengo in giro con te. Ti va?»

«Certo che mi va, sono qui per te, ricordi?»

«Mi piace quando me lo dici.»

Mentre mangiavamo un *bagle* con *cream cheese and tomato*, mi ha fatto una proposta.

«Ti ricordi che l'altro giorno abbiamo parlato del fatto che quando vuoi viverti una persona senza legami questa s'innamora, e se invece ci stai bene e glielo dici scappa?»

«Certo che me lo ricordo. Il problema del secolo.»

«Ti ricordi che hai detto anche che spesso ti censuri, perché se ti lasci andare finisce che magari fraintendono?»

«Certo che me lo ricordo.»

«Beh, io sono stata molto bene con te ieri sera, anzi, sono stata molto bene con te da sempre. Per assurdo, ancora prima di conoscerti, quando ci incontravamo sul tram.»

«Vale anche per me.»

«Allora vorrei farti una proposta.»

«Mi devo preoccupare?»

«No, è una cavolata, è un gioco. Ti piace giocare?»

«Sì... insomma, dipende.»

«Quanti giorni ti fermi qui a New York?»

«Più o meno ancora nove giorni.»

«Allora, per evitare che uno si censuri o che si spaventi per le attenzioni dell'altro, io avrei pensato a una cosa.»

«Dài, spara.»

«Fidanziamoci.»

«Come fidanziamoci?»

«Per il tempo che rimani. La mia proposta è che ci fidanziamo e, comunque vada, tra nove giorni ci lasciamo. Un fidanzamento a termine. Con la scadenza scritta bene in grande sopra la confezione.»

«Un fidanzamento a termine?»

«Sì, ci fidanziamo, ma decidiamo già adesso che ci lasceremo, vada come vada. Tu rimani qui a New York ancora per qualche giorno. Ci prendiamo cura l'uno dell'altra, facciamo tutto ciò che ci sentiamo di fare e allo scadere del nono giorno ci lasciamo. Così è impossibile fraintendere. Hai detto che ti piacerebbe amare una persona, lasciarti andare, regalare fiori, scrivere poesie e tutto il resto, ma non lo fai perché hai paura di coinvolgerla e poi di cambiare idea... Io quelle cose, se tu desideri darmele, le voglio, e se desidero dartele voglio poterlo fare. Visto che ci siamo e ci troviamo bene, perché prendersi solo delle cene e delle scopate? Lasciamo aperta ogni possibilità di esprimerci. È un gioco stupido, lo so, però magari è divertente, chi può saperlo? Ti sei mai messo con una persona sapendo già la data di scadenza? Non è scopare e basta, non è ti amerò per sempre, è un terzo modo di stare insieme. Che ne dici? Proviamo, che cosa abbiamo da perdere? Piuttosto che diventare dei semplici trombamici... Noi non dobbiamo costruire un rapporto, ma viverlo, nelle reciproche libertà. Proviamo a vedere se funziona, se riusciamo a bastarci e a prenderci in questo modo tutto quel che possiamo darci. Mi è venuta questa idea perché credo di aver visto qualcosa che ci rende simili. Un territorio familiare da vivere, da esplorare. Qualcosa che appartiene a entrambi. Sarebbe un peccato perderlo. È sempre emozionante incontrare un proprio simile. Per me, da quello che ho intuito, tu lo sei. Con te ho sentito la scintillanza.»

«Cos'è la scintillanza?»

«La sintonia con una persona. L'affinità elettiva. Ciò

che con alcune persone non riesci ad avere nemmeno dopo anni.»

Sinceramente non sapevo cosa dire.

«Adesso devo andare, pensaci... ciao, a dopo.»

Mi ha dato un bacio e se ne è andata. Mi sono trovato catapultato nuovamente in una lunga passeggiata con il pensiero fisso su quel gioco. Non ne capivo il senso. Che bisogno c'era di fidanzarsi? Sarebbe bastato vivere il momento. Ma Michela è una donna intelligente. Se mi aveva detto quelle parole dietro c'era un ragionamento. Mi è venuto in mente che quella mattina le avevo detto: "Senti, non voglio che ti spaventi, è che io ti sento molto vicina, mi viene naturale stare con te e ieri sera quando abbiamo fatto la doccia e poi l'amore mi è sembrato di conoscerti da sempre. È una sensazione che non ho mai provato. Però non ti spaventare. Questa mattina, quando mi sono svegliato, ho avuto anche il desiderio di scendere a comprarti i fiori, ma ho avuto paura che fosse troppo".

"Quella dei fiori" aveva risposto Michela "è una cosa che o la fai o nemmeno la dici. Per quanto riguarda lo spaventarmi, se fossi una che si spaventa tu non saresti qui. Giusto? Smettila di essere presuntuoso."

"Come presuntuoso? Quando lo sono stato?"

"Sei presuntuoso. È da quando sei arrivato che continui a dirmi di non spaventarmi, di non farmi venire le ansie. La prima sera quando siamo usciti a cena, per esempio, mi hai detto che eri venuto qui perché ti andava di rivedermi. Era bellissima come frase. È stata emozionante da sentire, mi ha fatto piacere. Perché poi hai dovuto aggiungere subito di non fraintendere, di non preoccuparmi? Anche adesso mi hai detto di non farmi venire le ansie. Sei presuntuoso. Credi di dover spiegare agli altri le cose, pensi di doverli difendere, proteggere, avvertire. Sembra una gentilezza da parte tua, ma in realtà è il comportamento di una persona che soffre del complesso di superiorità."

"Complesso di superiorità?"

"Tu hai a che fare con persone adulte: ognuno decide per sé. E se uno poi ci sta male vuol dire che doveva imparare e l'esperienza gli sarà stata utile. Questo non significa fregarsene degli altri, ma nemmeno continuare a preoccuparsi eccessivamente. Per le proprie paure, tra l'altro. Perché sei tu che hai paura. Io non so perché mi incuriosivi quando ti incontravo sul tram. Non tutto ciò che vivo deriva da una mia scelta. Mi incuriosivi. Punto. Adesso, invece, possiamo decidere che cosa fare. La vita non è ciò che ci accade, ma ciò che facciamo con ciò che ci accade..."

"Mi sa che sono qui per questo. Per imparare a vivere con più serenità. Tu mi piaci, Michela. E questa volta non aggiungo più che non devi spaventarti."

"Anche tu, Giacomo, mi piaci."

Con me Michela è sempre stata molto diretta. Come Silvia. Ma quella donna mi piaceva in un altro modo. Forse quel gioco aveva lo scopo di farmi sentire completamente libero di fare ciò che volevo. Forse lo proponeva per me e non per noi. Oppure era solo un gioco, ma in realtà era perfetto per me, perché stando lì mi erano venute un sacco di voglie. Desideravo fare l'amore, toccarla, annusarla, sentire il suo corpo sotto il mio. Tenere la mia mano aperta sotto la sua schiena e toccare le sue ossa mentre si inarcava. Avevo voglia di impressioni, respiri, confidenze, risate e parole sussurrate. Voglia di attenzioni, tenerezze, carezze. Avevo voglia di sussurrarle all'orecchio quanto mi piacesse. E baci. Avevo voglia di baciarla. Sempre. Voglia di restare a letto con lei dopo aver fatto l'amore, di sudare, mangiare la frutta, ridere del mondo. Volevo lasciarmi andare totalmente al mio sentire, senza misurare le parole, i gesti, le attenzioni. Senza dovermi né censurare, né trattenere. Libero di essere ciò che volevo. Michela era perfetta per quello. Dovevo solamente vivere quei giorni come meglio credevo, senza paura di illudere una persona, senza paura di dover scappare. Che meraviglia, con quel gioco non potevo essere frainteso, e non dovevo fare promesse.

Pensandoci bene, l'idea che, comunque fosse andata quella storia, sarebbe durata solo nove giorni stranamente mi tranquillizzava. Ognuno di noi, almeno una volta nella vita, ha incontrato una persona con cui si è sentito subito intimo e vicino. Qualcuno che parla la nostra stessa lingua. La persona che rende tutto più facile. Che Michela fosse questo per me l'avevo già capito la prima sera, quando le avevo detto che non avevo mai fatto una follia simile per una donna. Nel dire quella frase mi ero reso conto subito che avrei potuto anche non dirla, che era superflua, perché quel che c'era tra noi non aveva bisogno di spiegazioni.

Le ho mandato un messaggio: "Da questo momento sei la mia ragazza. Giochiamo".

15

Le regole

Quella sera io e la mia ragazza siamo andati a cena. Michela mi ha portato al Lucky Strike, sulla Grand Street. Abbiamo parlato del gioco e del fatto che forse aveva bisogno di regole. Sempre prendendo tutto con leggerezza e ironia ne abbiamo pensate alcune:

In questi giorni ognuno di noi promette di fare quello che si sente. Tutto ciò che si vive va condiviso, perché appartiene a tutti e due.

Quando uno fa una cosa e all'altro non piace bisogna dirlo subito. Niente strategie. Liberi.

Vietato dire "per sempre". Il per sempre è un'illusione. Troppo comodo, noi siamo per l'adesso.

Vietato trattenere un sentimento, o censurarsi: comunque vada, tra nove giorni ci lasciamo.

Vietato dire come si è, dobbiamo scoprirlo vivendo. Ci si presenta all'inizio del gioco vergini, come se fosse la prima volta che si sta con qualcuno. Visto che ogni persona con cui stiamo è come uno specchio che ci restituisce un'immagine ogni volta diversa di noi, che spesso persino noi ignoriamo, viviamo questo incontro senza portarci tutto il bagaglio di ciò che siamo stati. Viviamoci quasi fossimo un picnic. Non è che quando si fa un picnic ci si porta dietro il divano, la cucina, il letto e tutto l'arredamento di casa. Diventiamo leggeri, spogliamoci di ciò che siamo stati. A volte si ha un'idea vaga di noi. Spesso non conosci te stesso, ma dipingi te stesso per come ti vedi e ti percepisci. Noi lo capiremo vivendoci.

«Credo di essere già entrato nel sentimento del gioco, perché quando dici che, comunque vada, ci lasciamo, a me già un po' dispiace» ho detto.

«È vero. Però si sta più tranquilli.»

«Come l'hai pensata questa cavolata?»

«Quando questa mattina mi hai detto che avevi avuto paura a comprarmi i fiori perché pensavi fosse eccessivo, mi è dispiaciuto. In questo modo è tutto chiaro e non ci sono problemi.»

«Giusto. Mi sa che, anche se è una cavolata, magari funziona. E l'idea come ti è venuta?»

«Visto che il fidanzamento, il legame, la coppia sono la nostra malattia, ho pensato se si poteva guarire usando il principio della medicina omeopatica. La conosci?»

«Ne ho sentito parlare, ma non ne so molto.»

«Il principio della medicina omeopatica consiste nell'inserire nell'organismo una piccolissima dose della sostanza che crea un determinato problema. Per problemi di insonnia, ti danno delle pillole con una piccolissima dose di caffeina. Per stimolare l'organismo a reagire e a produrre le difese.»

«Per cui, per guarire dal fidanzamento, ne inseriamo nella nostra vita una piccola dose, un minifidanzamento.»

«Esatto. Oggi, mentre bevevo un caffè, ho sfogliato un giornale e ho letto un'intervista a un malato terminale. Spiegava che da quando ha saputo che gli restavano solo pochi mesi di vita, viveva tutto più intensamente. La coscienza di una fine a breve termine lo aveva indotto a dare attenzione a ogni piccolo istante della vita, a ogni piccola emozione. Spesso si vive come se fosse per sempre e ci si dimentica degli attimi. L'articolo si intitolava: *Alla gioiosa ricerca di emozioni.* Allora ho pensato che spesso anche nei rapporti di coppia con l'utilizzo della parola "per sempre" si dimenticano gli attimi e ci si abitua. Per questo un fidanzamento a termine mi sembra una possibilità di vivere in maniera diversa il nostro incontro. Senza paranoie sul futuro, senza mettere tra noi tutto il nostro passato.»

«E se poi nei prossimi giorni scopriamo che siamo troppo diversi?»

«Beh, saranno più interessanti le nostre conversazioni. Oppure ci lasciamo.»

«Vero, magari invece riusciamo addirittura ad andare al di là delle nostre differenze.»

Quella sera, al ristorante, ci siamo messi a fare una cosa che a me piace molto: commentare le altre coppie ai tavoli, farsi dei viaggi immaginari sulle loro situazioni, sul loro amore, su come vivono la vita di coppia. Cercare di capire chi è più innamorato dei due, da quanto tempo stanno insieme, e se volevano essere lì a cena tutti e due o se uno ha costretto l'altro ad andarci. È divertente. Con Silvia faccio spesso questo gioco. I commenti migliori vengono sempre quando la coppia non si parla. Mi è capitato anche di vedere due persone non proferire parola per tutta la cena.

«Alcune coppie sono proprio tristi. Ma perché non si lasciano?»

«Perché insieme stanno male, ma soli spesso stanno peggio. È un peccato, perché ci sono molte cose belle nel rapporto a due.»

«Il divorzio.»

«E l'amante. No dài, dico sul serio. Ci sono coppie

fantastiche. L'importante credo sia non entrare nel ruolo: fidanzato, fidanzata, marito, moglie.»

«E cosa c'è di bello nella coppia, scusa?»

«La complicità, il senso di appartenenza. A me, per esempio, piace conoscere una persona a memoria.»

«Come ti piace conoscere una persona a memoria? E la routine? La monotonia? Che cos'hanno di bello?»

«No, non parlo di routine o monotonia, ma di sapere a memoria una persona. Non so come spiegartelo, è come quando studi le poesie a scuola, in quel senso intendo a memoria.»

«Questa non l'ho capita.»

«Ma sì, dài, come una poesia. Sai come si dice in inglese studiare a memoria? *By heart*, col cuore.»

«Anche in francese si dice *par coeur*...»

«Ecco, in questo senso intendo. Conoscere una persona *by heart*, a memoria, significa, come quando ripeti una poesia, prendere anche un po' di quel ritmo che le appartiene. Una poesia, come una persona, ha dei tempi suoi. Per cui conoscere una persona a memoria significa sincronizzare i battiti del proprio cuore con i suoi, farsi penetrare dal suo ritmo. Ecco, questo mi piace. Mi piace stare con una persona intimamente perché vuol dire correre il rischio di diventare leggermente diversi da se stessi. Alterarsi un po'. Perché non è essere se stessi che mi affascina in un rapporto a due, ma avere il coraggio di essere anche altro da sé. Che poi è quel te stesso che non conoscerai mai. A me piace amare una persona e conoscerla a memoria come una poesia, perché come una poesia non la si può comprendere mai fino in fondo. Infatti ho capito che amando non conoscerai altro che te stesso. Il massimo che puoi capire dell'altro è il massimo che puoi capire di te stesso. Per questo entrare intimamente in relazione con una persona è importante, perché diventa un viaggio conoscitivo esistenziale. Quello che dice la tua amica Silvia delle porte da aprire... Capisci?»

«Uhmm... Sì, credo. Ma che ti hanno messo nel vino? Io sono incasinato, ma anche tu non scherzi. Per questo non stai con qualcuno, perché sei come Penelope che aspetta il ritorno del suo uomo.»

«Magari fossi Penelope. È vero che ha aspettato, però poi quello che è arrivato a casa era Ulisse. Pensa a come si sarà sentita con lui in casa. Che cosa avrà provato tra le sue braccia. Sicuramente si rendeva conto che lui la stava osservando anche se era di spalle. Magari stava lavando i piatti e lui era a tavola. Avrà sentito il suo sguardo addosso e che la stava amando. Si sarà sentita amata anche da uno sguardo invisibile. Qui invece rischi di aspettare anni e poi ti ritrovi in casa uno che non sa nemmeno riparare un rubinetto o che fa finta di niente e non dice una parola anche quando le cose vanno male. Il problema non è quanto aspetti, ma chi aspetti.»

Dopo cena siamo andati a casa. Anche se era venerdì sera, l'indomani mattina Michela doveva lavorare. Mi aveva detto però che la settimana seguente si sarebbe presa due giorni di vacanza per stare con me tutto il giorno.

Il vino rosso ci aveva resi allegri. Non ubriachi, il giusto. Come dicono gli spagnoli: *al punto*. Quella sensazione che quando entri in casa ti sbrani e alla mattina i pantaloni a terra hanno le gambe rovesciate e le tasche si sono svuotate sul pavimento. È proprio quello che poi è successo.

16

Conoscersi (– 8)

Potevo sbizzarrirmi: "Comunque vada, tra qualche giorno ci lasciamo". Ne mancavano esattamente otto.

Ho preso subito un'abitudine con Michela, da quando c'eravamo fidanzati. Scrivevo dei bigliettini e glieli mettevo nella borsa, nella tasca della giacca o della gonna, o dei pantaloni. Nel portafogli, persino appiccicati allo schermo del computer portatile, così aprendolo se li sarebbe ritrovati davanti. Era bello poter esprimere liberamente ciò che sentivo. La mattina Michela mi ha lasciato le chiavi di casa perché eravamo rimasti d'accordo che avremmo cenato lì e che avrei cucinato io. Sono andato a fare la spesa da Dean & Deluca sulla Broadway, all'angolo con la Prince Street. Mi sono dovuto trattenere perché tutte le volte che mi è capitato di andarci mi è sempre venuta voglia di comprare tutto. Pesce, dolci, frutta, verdura, cose per la casa. Ho preso solo quello che mi serviva per cucinare, un mazzo di fiori, una bottiglia di vino. Poi sono andato a comprare un pennarello non indelebile. Come si dice, "delebile"? Vabbè...

Sono tornato a casa. Prima di entrare ho notato che sullo zerbino del vicino di casa di Michela c'era una scritta molto divertente. Invece del solito *Welcome* potevi leggere: *Oh no! Not you again.*

Ho lasciato la spesa a casa e sono andato a fare una passeggiata. Era tanto che non facevo un viaggio da solo in una città lontana. Quando ero più giovane, invece, capitava spesso. La prima volta è stata dopo la maturità. A Londra. Volevo imparare bene l'inglese, quello scolastico mi era servito a poco. È stata la mia prima esperienza all'estero. Dovevo farcela da solo. Ricordo che avevo paura, ma quel sentimento era accompagnato anche da una sensazione che non conoscevo: il profumo della libertà. Una sorta di sfida personale, di mistero da affrontare, come se in fondo a quell'esperienza mi aspettasse qualcosa di importante, una linea d'ombra da superare. Che mi avrebbe fatto diventare più uomo. Erano gli anni in cui diventavo maggiorenne, in cui sentivo che dovevo fare qualcosa.

C'è un detto indù che recita: "Non c'è niente di nobile nell'essere superiore a qualcun altro. La vera nobiltà consiste nell'essere superiore al te stesso precedente".

Era praticamente il motivo per cui ero lì a New York.

Il viaggio a Londra è stato uno dei più importanti della mia vita. Ricordo che sono atterrato a mezzogiorno all'aeroporto di Heathrow dopo che l'aereo aveva fatto una deviazione in Svizzera per problemi a un motore. Adesso che ci penso, forse è stato quell'episodio che mi ha instillato la paura di volare. Comunque, sono arrivato a Londra a mezzogiorno e alle quattro del pomeriggio avevo già trovato un lavoro: lavapiatti in un ristorante vicino a Liverpool Station. Era un venerdì. Avrei iniziato a lavorare il lunedì. Mi sono fatto quasi tre giorni di vacanza.

All'inizio provavo una sorta di entusiasmo e di concentrazione che mi aiutava a superare le prime difficoltà, ma dopo un po' ho iniziato a stare male. Piangevo tutti i giorni. Piangevo, ma non volevo tornare a casa.

Mi sentivo solo, vulnerabile, sperduto in un mondo che non si accorgeva di me, che sembrava non mi volesse. Sin da piccolo, mi ero sempre sentito come uno che stava a una festa a cui non era stato invitato. Ma lì, a Londra, quel sentimento aveva creato in me il desiderio di guadagnarmi uno spazio. Io volevo farne parte. In quei giorni stavo male perché, mentre i miei amici erano al mare, tranquilli nella loro vita di sempre senza rischi, io mi sentivo l'uomo più solo al mondo. Mi chiedevo spesso perché avessi preso una decisione così stupida, mi ripetevo che mi stavo punendo e che invece avrei dovuto cominciare a godermi la vita.

"Perché non torni a casa e non te ne vai al mare con i tuoi amici e lasci perdere tutto?"

Quelle voci. Le sirene di Ulisse. L'ho capito dopo che le difficoltà superate hanno avuto un valore enorme, che porsi dei problemi e risolverli è stato essenziale.

Quando chiamavo mia madre le dicevo che stavo bene, di non preoccuparsi, ma poi chiamavo la nonna e le confidavo che era dura, trattenendo a fatica le lacrime. Allora lei mi implorava di tornare. Quando me lo diceva, non riuscivo più a controllarmi e piangevo, mentre la nonna ripeteva il mio nome al telefono. "Giacomo, Giacomo, Giacomo, non fare così." Smettevo di piangere e le dicevo che le volevo bene e allora iniziava a piangere lei.

Una cosa che mi ha sempre fatto sorridere di mia nonna è che ogni volta mi ringraziava per aver telefonato: "Grazie, neh... che mi hai chiamato".

Ciao nonna.

Della mia tristezza londinese ricordo in particolare un giorno. Era luglio, pioveva. Io passeggiavo sotto la pioggia e piangevo. Vagavo in quella città che maledicevo per la continua pioggia, per la lingua, per le facce di quelli che non mi guardavano mai, quelle persone che se pronunciavo una parola in maniera diversa mi dicevano che non capivano, ridendomi in faccia. Perso in quei pensieri, sono arrivato a un incrocio e prima di attraversarlo ho guardato che non arrivassero macchine. L'ho fatto nella direzione in cui ero abituato: a sinistra. Non stava arrivando nessuno, ho mosso i primi passi: un taxi dalla mia destra, inchiodando, si è fermato a pochi centimetri da me. Ho fatto un balzo indietro senza dire niente. Il tassista mi ha insultato, poi è ripartito. Io, sul bordo della strada, in lacrime, tremavo. Sono rimasto immobile, piangendo sotto la pioggia, per almeno venti minuti. Poi sono tornato nella mia stanza e mi sono messo a letto. Mi sono svegliato il giorno dopo.

Avevo affittato una camera in una casa con altra gente. Vivevo nella mia stanza, non uscivo mai da lì se non per andare in bagno.

Per non chiedere soldi a mia madre mi ero organizzato per spendere il meno possibile. Di giorno cercavo di mangiare sul lavoro. Rubavo qualcosa quando entravo nella cella frigorifera. Faceva così anche un altro ragazzo che lavorava con me, Duke. Era africano e a volte, quando riusciva a farsi un panino con il formaggio, ne faceva uno anche per me e lo nascondeva dietro il fustino del latte.

La complicità sul lavoro con Duke mi ha dato più forza per superare quel momento, mi ha aiutato a sopravvivere. Pian piano ho ripreso in mano la mia vita. Ho iniziato a parlare e a capire l'inglese. Poi è arrivata Kelly. Faceva la cameriera nel ristorante dove lavavo i piatti. Era bionda, con gli occhi chiari, e non sembrava nemmeno inglese. Non c'è stato nessun corteggiamento, né da parte mia né da parte sua. Una sera mi ha invitato a una festa. Ci sono andato e alla fine ci siamo baciati, abbiamo fatto l'amore e siamo stati insieme finché io non sono tornato in Italia, circa un mese dopo. Non so se è stato perché capivo poco la lingua, ma non mi sono nemmeno accorto di come ci siamo messi insieme. È successo in maniera naturale. Siamo scivolati dentro quella storia. Era una festa all'aperto. Su un telone bianco, grande come tutta la parete della casa, proiettavano immagini psichedeliche. Prima di entrare mi ha dato una pastiglia. Era la mia prima volta. Dopo la festa, finita verso le dieci del mattino, siamo andati a casa sua e ho dormito lì. Il letto della sua stanza era troppo piccolo, uno di quelli contro il muro, allora abbiamo dormito per terra, sopra una coperta, nella stanza dove c'era il divano. Ricordo però che ho dormito bene, forse perché ero veramente stanco. Ancora oggi non so che cosa fosse quella pastiglia. Ricordo solamente che quella sera amavo tutti. Volevo bene al mondo intero e lo avrei abbracciato continuamente, talmente forte da farmi lasciare il segno dell'equatore sulla pancia.

Abbiamo fatto l'amore sulla coperta, è stato indimenticabile. Al lavoro non avevamo detto niente di noi, per cui il nostro rapporto in quelle ore era fatto tutto di incontri clandestini, sguardi e parole in codice. Quando pelavo le patate spesso ne scolpivo una a forma di cuore. Lei rideva. Le donne inglesi non sono abituate al romanticismo latino. Per noi è un vantaggio.

La cosa strana del nostro rapporto è stata che ci siamo corteggiati dopo. Quando già stavamo insieme. È strano, lo so, ma era affascinante, ed è stato tutto naturale. Kelly sorrideva sempre, e io mi innamoravo di lei ogni giorno, tra una padella sporca, piatti da asciugare e verdure da pulire.

Non c'erano ancora le e-mail, noi due non avevamo indirizzi se non quelli di casa, e qualche mese dopo il ritorno in Italia ci siamo persi di vista. Lei poi si è trasferita in Australia. Sono passati molti anni e, benché a volte io faccia fatica perfino a ricordarne il viso, quando penso a lei provo sempre un profondo affetto e una grandissima malinconia. Vorrei rivederla, anche se, forse, non ci riconosceremmo nemmeno più.

Un'altra cosa che ricordo di lei è che spesso mi portava in un cimitero e rimanevamo su una panchina a chiacchierare quasi fossimo in un parco. Diceva che era il suo posto preferito a Londra. All'inizio la trovavo assurda come situazione, invece poi anch'io avvertivo in quel posto qualcosa di magico e seducente. Ogni volta che sono tornato a Londra, sono sempre andato a fare una passeggiata in quel cimitero. Grazie a Kelly, quando chiamavo mia nonna non piangevo più.

Dopo l'esperienza londinese ho fatto spesso viaggi da solo. Più o meno sempre di un paio di mesi. Cercavo lavoro e un buco per dormire in affitto. Spesso ho passato le mie vacanze estive in città all'estero. Parigi, Madrid, Praga, Berlino. Sempre con l'adrenalina dell'avventura, ma senza più la paura e le lacrime di Londra. Studiavo e l'estate lavoravo. A volte anche d'inverno facevo dei lavoretti per non essere di peso a mia madre. Arrivavo in una città senza saperne molto. Pieno di curiosità. Curioso di scoprire la faccia delle persone che avrei conosciuto, di immaginare la casa dove avrei abitato, la ragazza con cui avrei fatto l'amore. Perché prima o poi avrei fatto l'amore. Quando si viaggia da soli si scopa sempre. La vita era diventata il mio libro preferito, il mio film da vedere, la storia più bella da raccontare. La vita è la droga più potente al mondo.

Ogni volta, prima di partire, dicevo a tutti quelli che conoscevo di venirmi a trovare, perché pensavo che mi avrebbe fatto sentire meno solo. I primi giorni, quando non avevo ancora fatto nessuna amicizia, chiamavo al telefono; vivevo all'estero, ma mi tenevo legato alla vita di casa, come un aquilone. Invece, appena conoscevo qualcuno, e iniziavo a imparare la lingua, cominciavo a vivere una vita diversa, nuova, staccata dalla mia. E non volevo più che nessuno venisse a trovarmi. Se arrivava qualche amico, dopo due giorni ero contento se ripartiva. Perché vivere con loro era come tornare dentro quella vita da cui avevo preso una pausa. In seguito ho imparato a partire senza dire niente a nessuno. Anche perché spesso succedeva che, a furia di parlarne con tutti, quando poi dovevo partire, per colpa della mia immaginazione era come se quel viaggio l'avessi già vissuto. Vivevo le emozioni del futuro parlandone e il presente diventava passato. Praticamente arrivavo tardi su me stesso.

Quel giorno a New York, sono tornato a casa alle sette per preparare la cena. Michela avrebbe fatto tardi. Quando è arrivata, ho messo a bollire l'acqua per la pasta. Il sugo era quasi pronto. Il menu lo avevo deciso al telefono con Silvia. Le avevo chiesto un parere e lei mi aveva consigliato di fare una cena semplice "senza esagerare". Oltre alla pasta ho preparato anche del pinzimonio, un'insalata e delle bruschette con pomodoro e basilico. Avevo già stappato il vino perché era di quelli che vanno aperti prima. Ne abbiamo bevuto subito un po', assaggiando anche le bruschette. Un piccolo aperitivo: pomodoro, basilico e baci al sapore di vino. Appoggiato sul piano della cucina davanti alla finestra, il vaso con i fiori che avevo comprato. Avevo acceso anche qualche candela che avevo trovato in casa. Dalla finestra della cucina, si vedeva la casa di fronte. Di quelle tipiche di Manhattan, fatta di mattoni rossi, con la scala antincendio, proprio come quelle dei film.

Le piccole casse del mio computer suonavano nel frattempo una selezione musicale preparata appositamente per la nostra serata. Solo noi due, e il mondo fuori. Era tutto perfetto. Michela si è sdraiata un istante sul divano. Era stanca. Io dalla mia bocca facevo cadere il vino nella sua. Le ho anche fatto un piccolo massaggio ai piedi. Poi è andata a farsi la doccia. Da sola, io dovevo finire di cucinare. È tornata vestita con un abito estivo. Comoda, ma sempre sexy. Quei vestiti che basta spostare le spalline e scivolano fino ai piedi. Non vedevo l'ora.

Le ho fatto assaggiare il sugo con il cucchiaio di legno e poi l'ho baciata. Volevo assaggiare tutti i sapori del mondo sulle sue labbra.

«Sai cosa mi manca di casa mia in Italia?»

«Cosa?»

«La vasca da bagno. Di solito, quando tornavo dal lavoro, prima di cenare mi facevo un bel bagno. È un'abitudine che avevo da anni.»

Ha preso nuovamente il suo bicchiere di vino.

«Che bello, musica che non conosco in casa mia...»

«Vuoi mettere la tua?»

«No. Mi piace ascoltare musica che non conosco. A casa degli altri mi sembra sempre che si senta meglio. Questa sera invece è musica nuova, ma sono a casa... Chi sono?»

«Ho fatto una selezione appositamente per noi. Una sequenza nuova: Sam Cooke, John Coltrane, Miles Davis, Ray Charles, Bonnie Raitt, Stan Getz, James Elmore, Dave Brubeck.»

«Ti ricorderò come il fidanzato che mi ha fatto ascoltare la musica migliore.»

«Se posso scegliere, preferirei quello con cui hai fatto meglio l'amore. Sai che sono un cavernicolo.»

«Beh, vedremo, la concorrenza è alta.»

«Mi impegnerò. E tu per cosa vuoi essere ricordata come la migliore?»

«Quella con cui ti sei visto più bello. O come quella più sexy di tutte.»

«Sei sulla buona strada, ma la concorrenza è alta anche per te.»

«Come ti senti a essere il mio fidanzato?»

«Per adesso bene.»

«Secondo me anche i matrimoni dovrebbero avere una scadenza.»

«Rinnovabili ogni nove giorni?»

«No, nove giorni è poco, diciamo dopo qualche anno, che ne so, cinque, per esempio. Come un contratto a tempo determinato. Alla fine dei cinque anni se ci amiamo ancora e se ci va rinnoviamo, altrimenti ciao. Uno sta più attento e non dimentica certe cose.»

Quella sera le ho chiesto cosa le piacesse di me. Beh, ho scoperto che le piacevano un sacco di cose.

«La tua dolcezza. Il fatto che non la nascondi, che non fingi di essere diverso, più sicuro, ma sembri onesto, sincero. Anche se è presto per dirlo. E poi sei romantico, nonostante dici di aver avuto molte avventure e poche storie.»

«Sono stato costretto a non esserlo, te l'ho detto.»

«Mi sei piaciuto per come mi guardavi sul tram, mi faceva sentire accarezzata, mai invasa o a disagio. Beh, hai letto il mio diario... Mi sei piaciuto per come mi hai parlato quel giorno al bar e per come mi hai detto che ti dispiaceva che partissi. Il tuo sguardo, la curiosità che esprime. Il modo come gesticoli e come muovi le mani quando mi parli. È sexy il modo in cui muovi le mani. Mi piacciono il tuo collo, la forma della tua testa e le tue labbra. E poi i denti. Sai di pulito, come i panni stesi.»

In silenzio ho riflettuto su cosa mi piacesse di lei. A

parte tutte le cose che già sapevo, fin dall'inizio ho intuito che lei mi avrebbe fatto sentire diverso. Sarei stato quello che volevo essere in quel momento della mia vita. Ma a lei non ho detto niente.

«A cosa pensi?» mi ha chiesto.

«Alle classifiche vinte dalle persone con cui sono stato.»

«La donna che ti ha fatto soffrire di più?»

«Camilla, anzi no, forse Laura. Tu?»

«Attilio. Mi ha tradito con la mia migliore amica.»

«Lasciamo stare questo argomento. Monica "culo più bello e sesso animale".»

«Chi cavolo è 'sta Monica? Sul sedere magari no, ma mi impegnerò per batterla sulla seconda cosa che hai detto. Paolo primo nella categoria "ci sto credendo. E c'ho creduto un sacco".»

«Silvia prima in "rimaniamo amici". Laura per forza di cose prima nella categoria "prima volta".»

«La stessa che è prima in classifica nelle sofferenze? Sei stato male subito.»

«Sì. Ma perché avevo quindici anni. Diciamo Laura da adolescente, Camilla da adulto.»

«Comunque la prima volta non è proprio una categoria. Ma, se vale, il mio è Veronello.»

«Veronello? Ma che nome è? Come si fa a scopare con uno che si chiama Veronello? Per la prima volta poi...»

«Era il nome composto dai due nomi dei nonni, Veronica e Antonello. Almeno credo, non ne sono sicura.»

«Vince anche nella categoria dei nomi assurdi?»

«No.»

«Come no? E con chi cacchio sei uscita, con Topo Gigio?»

«Alle medie, senza farci l'amore. Vale ugualmente?»

«Facciamo che vale solo perché sono curioso di sapere come si chiamava...»

«Amarildo.»

«Sì, vabbè... vaffanculo, mi prendi in giro. Chi cacchio si chiama Amarildo?»

«Giuro. Amarildo Cocci, sezione E.»

«Amarildo e Veronello. Dove sono nati, a Disney World? Potrebbero fare le serate in discoteca come ospiti. Signore e signori, ospiti di questa sera i favolosi Veronello e Amarildo... un applausoooo! Sicuramente tu vinci nella categoria "collezione nomi mostruosi".»

«Allora tu vuoi essere il sesso migliore, giusto?»

«Giusto.»

«Intanto sei nei primi posti nella categoria "preliminari e baci". Sei contento?»

«Ma per "sesso migliore" chi sono i concorrenti da sconfiggere?»

«Beh, dovresti battere Veronica.»

«La nonna di Veronello?»

«No, un'altra, ma questa storia non te la racconto.»

«Come non me la racconti?»

«Sto scherzando, dài. Buona questa pasta. Ti do classificato nei primi posti con possibilità di leadership in "musica, cucina e preliminari".»

«Beh, non male... Tu prima in classifica nella categoria "non so cosa mi stai facendo, ma sto bene" e poi nella categoria "donna sexy da morire". E "casa accogliente".»

«'Fanculo casa accogliente, no dài, non la voglio. Comunque se ti piace stare qui e vuoi fermarti senza tornare in hotel puoi farlo, tanto io vado spesso a Boston in questo periodo.»

«Ah, grazie, mi inviti perché vai via?»

«Eh certo, e chi ti regge altrimenti?»

«'Fanculo.»

«Così impari a mettermi nella categoria "casa accogliente".»

«Prendi aerei come io prendo il tram.»

«Se potessi non andare lo farei volentieri, ma in questo periodo ci sono cambiamenti all'interno dell'azienda e la sede è a Boston. Riunioni pallosissime.»

«Non è che assumono, magari?»

«Tu lo dici per ridere ma, sapendo parlare inglese e italiano, sicuramente nella mia area non sarebbe così difficile, sai?»

«Se non sapessimo già adesso che tra qualche giorno ci lasciamo, ci penserei. Però io a Boston non ci vado tutte le settimane. Non mi piace prendere gli aerei.»

«Hai paura di morire o hai paura di volare?»

«Ho paura di morire volando. Anche se fino a qualche anno fa avevo paura di morire, ultimamente invece è diverso. La verità è che non ho paura di morire, ma mi scoccia da matti. Mi scoccia che un giorno non ci sarò più. Mi dispiace andarmene da qui. Ma non è paura, è semplicemente fastidio. Morire è una vera stronzata. Darei la vita per non morire.»

«Io una volta ho pensato che stavo per morire. Ci sono andata vicino.»

«Un incidente?»

«No, mi è successa una cosa strana. Una mattina, quando abitavo ancora con Paolo, mi sono svegliata e non riuscivo più ad alzarmi. Le gambe non mi reggevano. Era come se non avessi i muscoli. Non avevo la forza di stare in piedi. Sono stata in ospedale una settimana. Non riuscivano a capire cosa fosse. Credo di aver fatto ogni tipo di controllo e analisi, ma niente. Una notte non riuscivo a respirare e ho pensato di morire. Anzi, ne ero sicura. Ho chiamato i medici, che mi hanno calmata. La mattina dopo, quando mi sono svegliata, era viva in me ancora la sensazione che stavo lasciando questo mondo. Non so perché. La cosa che ricordo, però, ed è stato molto strano, è che all'improvviso, a differenza della sera prima, non avevo più paura. Mi sentivo pronta. Una strana sensazione di pace, di serenità, si è impossessata di me. Ero tranquilla. Pensavo di morire, ma non ne avevo paura. Poi sono guarita. Ma quello che ho provato quel giorno non lo scorderò mai. Sono guarita senza che nessuno ancora oggi abbia capito cosa avessi.»

Mi piaceva la mia ragazza e mi piacevano le sue storie. Era bello stare ad ascoltarla. Quello che provavo mi sembrava tutto così nuovo.

17

Brunch (– 7)

Domenica mattina ci siamo alzati tardi. Abbiamo fatto una colazione leggera e poi siamo andati in un centro benessere, il Rehoboth Spa Lounge, all'angolo tra la West 14th Street e la 6th Avenue.
Michela si è fatta manicure e pedicure, io un massaggio ai piedi. Dopo tutte quelle camminate, quando me lo ha proposto ho accettato subito. Ho anche visto fare una magia dalla donna che mi faceva il massaggio. A un certo punto, dopo che aveva buttato del sapone nella vaschetta dove avevo i piedi, la schiuma stava straripando, allora lei ha preso un'ampollina, ha fatto cadere nell'acqua due gocce di non so che cosa e la schiuma è sparita immediatamente. Ho avuto paura che sparissero anche i miei piedi. Il massaggio è stato un capolavoro, mi pigiava le dita sotto la pianta del piede, e anche se era piccolina e dall'aspetto esile, aveva nelle mani una forza erculea. La maga. All'inizio ho avuto la sensazione che mi stesse passando i piedi dentro la macchina che usava mia nonna per fare la pasta fresca. Quando sono uscito di lì mi sentivo leggero come una piuma. Ho dato la mano a Michela mentre camminavo, perché avevo paura di volare via come un palloncino.
Siamo andati a fare il brunch al Cafe Orlin, sulla St

Marks Place. Ho preso una spremuta d'arancia, fette di pane tostate, *scrambled eggs*, patate cucinate in mille modi e frutta.

Spettinato, con gli occhiali da sole per un lento ingresso nel mondo, seduto a quel tavolino all'aperto guardavo Michela e pensavo a quel che stavo vivendo. Mi capitava spesso di ritrovarmi a osservarla con una sensazione di sospensione dallo spazio tempo. Lei si è accorta che la stavo osservando. Con le mani le ho parlato attraverso l'alfabeto muto. Subito ho avuto difficoltà a ricordare come si faceva la "s" ma poi mi è venuto in mente. Fissandola negli occhi le ho mimato: "Michela sono felice. Da morire".

Ha sorriso. Sembrava imbarazzata. Si è alzata e mi ha dato un bacio.

Mi aveva regalato un balconcino sul mondo. Aveva riportato la mia vita nella dimensione del gioco. Grazie a lei, avevo ricominciato a giocare. Era tanto che non lo facevo. Ero convinto, prima di incontrare lei, che il gioco fosse una cosa da bambini o da artisti. Un giorno ho anche letto una frase che diceva: "Non si smette di giocare perché si diventa vecchi, ma si diventa vecchi perché si smette di giocare".

«Sai cosa ci vorrebbe dopo questa mangiata? Una bella sigaretta» le ho detto.

«Fumi? Non ti ho mai visto.»

«No. Però così come immagine, se fosse stato un film, secondo me adesso lui avrebbe fumato una sigaretta.»

«Chiediamo a qualcuno se te ne offre una.»

«Ma io non fumo.»

«Fumane una adesso, mica vuol dire che sei un fumatore o che prendi il vizio.»

«Okay, la fumo... Ne vuoi una anche tu, o nel tuo film fumava solo lui?»

«Anche lei, se vuole.»

Ci siamo fatti offrire due sigarette e le abbiamo accese sedendoci su una specie di panchetta di legno costruita attorno a una pianta lì di fronte; seduti al nostro tavolino non si poteva fumare anche se era all'aperto. Dopo i primi tre tiri ci siamo guardati e le abbiamo spente subito. Ci facevano schifo.

Quel pomeriggio siamo andati al Moma, sulla West 53rd Street fra la 5th e la 6th Avenue. Mi piace passeggiare dentro i musei, mi regalano una bella sensazione. Mi piacciono anche i negozietti alla fine, dove vendono le cartoline, i cataloghi, le matite e un sacco di altri oggetti. Non abbiamo comprato niente, abbiamo solamente preso un tè nel bar interno.

Poi abbiamo passeggiato verso Downtown sulla 9th Avenue e ci siamo fermati in una pasticceria. Aveva due panchette di legno color verde pastello fuori, sul marciapiede. Si chiamava Billy's Bakery. Sembrava quella dove Michela mi aveva portato la nostra prima sera insieme. Io ho preso un muffin con le gocce di cioccolato. Ogni volta che ci penso, sento ancora il sapore e il profumo. Michela ha preso solo un caffè. Fortuna che a New York cammino parecchio, altrimenti finirei per rimbalzare. Ci siamo seduti sulla panchina colorata.

«Quando eri piccolo, che cosa sognavi di fare da grande?»

«Il veterinario, e tu?»

«La maestra.»

«Wow! Che bambini intelligenti e studiosi: nessuno dei due astronauta, o ballerina, o calciatore, o parrucchiera...»

«Quindi abbiamo deluso i nostri sogni oppure sono cambiati con gli anni. Ti ricordi quando non hai voluto più fare il veterinario?»

«No. A un certo punto ho iniziato a ricordare che c'era stato un periodo che volevo esserlo, ma non saprei dire quando ho smesso. E tu?»

«Quando mia sorella ha detto che voleva diventare maestra anche lei, ho cambiato. Hai fratelli o sorelle?»

«No, sono figlio unico.»

«I tuoi sono separati?»

«Mio padre non c'è più.»

«Mi dispiace.»

«Non preoccuparti, se n'era già andato da parecchi anni. Ha lasciato me e mia madre quando ero piccolo. Credo che sia per questo che non riesco a legarmi a qualcuno... a parte i fidanzamenti a termine.»

Abbiamo sorriso.

«Non c'è sempre una risposta a tutto. Magari sì, magari no. Magari tu non sei fatto per quel tipo di rapporto. Punto.»

«Non lo so. C'ho pensato molto, però. Mi piace riflettere, cercare delle risposte. Forse le cose spaventano quando non si capiscono, perché se non capisci non controlli. Credo che il mio problema sia che sono ancora figlio di mia madre.»

«Non ti sei sentito amato?»

«Sì, anzi, anche troppo. La mamma mi è sempre stata addosso. Mi ha amato tantissimo.»

«Il fatto che ti sia stata tanto addosso non significa che ti abbia amato. Anzi. Avresti dovuto dire "vicino". Poi dipende molto anche dal secondo messaggio.»

«In che senso, il secondo messaggio?»

«Il secondo messaggio delle persone. Tutte le persone danno un secondo messaggio. Per esempio, mia madre sembra una persona buona, anzi, sicuramente lo è, ma dal suo modo di essere a me arriva anche il secondo messaggio. Un messaggio di paura, di sottomissione, di mancanza di coraggio, di sfiducia verso gli altri, di rassegnazione. Magari in casa nessuno dice niente in maniera esplicita, ma un bambino crescendo assimila inconsciamente anche il secondo messaggio.»

Quando ha detto così, ricordo di aver pensato a Margherita.

«Un sacco di disturbi e anche di malattie adolescenziali spesso sono causati dal secondo messaggio dei genitori» ha continuato Michela. «Io, per esempio, ho avuto un passato di anoressia.»

Siamo rimasti in silenzio. Cercavo di capire quale fosse il secondo messaggio di mia madre, invece mi è venuto in mente quello di Dante.

Ricordo che quella domenica è stata la giornata in cui abbiamo parlato dei momenti meno felici della nostra vita. La mia infanzia, la sua adolescenza. La sera abbiamo cenato a casa.

«C'è qualcosa che un uomo dice o fa che ti fa cadere tutto? Ti è mai successo?»

«In che senso?»

«Nel senso che magari sei uscita con uno, e lui ha detto o fatto qualcosa per cui non ti è più piaciuto e si è autoeliminato.»

«Mah... frasi o cose che mi hanno fatto passare la voglia... Una volta un ragazzo la prima sera mi ha chiamato "amore" al telefono e poi a cena si è presentato con un pupazzetto rosa a forma di rana e mi ha detto che me lo aveva comprato perché aveva gli occhioni grandi e dolci come i miei. Non l'ho più voluto vedere. Mi ha mandato messaggi per settimane. Un altro invece a fine cena, quando è arrivato il conto, ha fatto il calcolo di quel che avevo preso io e di quel che aveva preso lui. Aggiungendo che il vino lo pagava tutto lui. Sarebbe stato meno peggio se avesse fatto pagare tutto a me.

Avrei preferito. Una cosa invece che mi ha sempre dato fastidio, anche quando ero più piccola, è quando uscivi con un ragazzo e dopo cinque minuti che ti baciavi lui tirava fuori il coso, e te lo trovavi in mano subito. Mi ha sempre dato fastidio, anche se il ragazzo mi interessava. Comunque, al di là della frase, è anche chi te la dice, come te la dice e in che contesto... Tu, invece? Qual è la cosa che non ti piace sentirti dire da una donna?»

«A parte "sono incinta"?»

«A parte "sono incinta".»

«Dunque... la domanda che fanno tutte le donne quando stanno bene con un uomo.»

«E qual è?»

«"... Ma tu sei così con tutte?"»

«E tu cosa rispondi?»

«Tutte? Quali tutte? Ci sei solo tu nella mia vita.»

«Ecco, questa potrebbe essere una frase che mi fa venire voglia di tornare a casa. Ma so che scherzi. Perché scherzi, no?»

«Scherzo, scherzo... insomma. Una cosa che non mi piace in una donna è quando parla di sé chiamandosi per nome.»

«Cioè?»

«Una volta uscivo con una che si chiamava Sandra. Quando mi parlava di lei mi diceva per esempio: "Mi sono detta, Sandra devi essere più forte, Sandra non devi fare così, so che puoi farcela Sandra...". Mi dava sui nervi, quasi come quelle che fanno la vocina da bambina quando sei a letto.»

«E invece una cosa che ti piace sentirti dire?»

«"Scopi come un dio." No dài, scherzo... insomma, neanche tanto. Diciamo che la mia frase preferita è: "Con te mi sento libera di essere ciò che sono". Quando me l'hanno detta mi ha sempre fatto piacere.»

«È vero, tu dai questa sensazione. Non ci si sente giudicati con te. Ma allora sei così con tutte? Proprio ieri mi sono detta: "Michela, questo ragazzo è veramente carino".»

«Se lo fai tu non mi dà fastidio, ma non farlo più. E come mai hai detto che sono carino? Cosa ti piace di me?»

«Che noioso quando mi chiedi cosa mi piace di te. Comunque mi piace che non usi mai come un'arma le cose che sai.»

«In che senso?»

«Che noioso che sei...»

«Va bene, non ti rompo più, ma almeno dimmi una cosa che ti piace in generale degli uomini.»

«Un uomo mi piace quando mi sorprende. Quando è in grado di stupirmi, di spiazzarmi. Molti uomini, dopo un po' che li frequenti, diventano come le canzoni di un CD.»

«Che cosa vuoi dire?»

«Che sai già quale viene dopo. E quando finisce una canzone nella testa stai già iniziando a canticchiare quella dopo. Parlano e tu sai già dove vogliono arrivare. Anche quando ci fai l'amore, ti baciano e ti toccano e sai già dove andranno con la mano. Comunque, fammi pensare... mi piacciono quelli che la prima sera magari ci provano o ti fanno capire che gli piaci, ma non insistono.»

Io subito ho pensato alla nostra prima sera. Non c'avevo provato, ma chissà se le avevo fatto capire che mi piaceva.

«Mi piace un uomo che intuisce quando voglio stare sola. Non mi piacciono gli uomini gelosi. L'unica gelosia che mi è piaciuta nella vita era quella di mio padre quando tornavo a casa tardi. Quella mi piaceva da matti, mi faceva sentire la sua donna. E poi una cosa che mi piace in una persona, e non solo in un uomo, è quando ha un concetto ampio di "noi".»

«Cioè?»

«Non noi "io e lui", non noi "io e la mia famiglia e i miei amici", ma un noi ampio, fatto di persone che non si conoscono, addirittura un noi che comprenda anche gli esseri umani che devono ancora nascere.»

«Questa non l'ho capita.»

«Lo so, sono io che non sono in grado di spiegare questo concetto. Appena trovo le parole giuste te lo dico.»

Non me l'ha più spiegato.

Ogni volta che si affrontava un discorso, lei dava sempre l'idea di sapere come la pensava. Io a volte scopro come la penso su di un argomento quando ne parlo. È parlandone che scopro la mia opinione, insieme a quelli che mi ascoltano.

Siamo andati a letto. Mi ha chiesto, come nei film, di aiutarla ad abbassare la cerniera del vestito. Ha raccolto i capelli tra le mani e li ha alzati. Anche quell'immagine mi si è stampata nella testa e ancora oggi spesso, senza un motivo particolare, mi torna in mente. Il collo, le sue mani che sollevano i capelli e la cerniera che abbassandosi rivela la schiena luminosa. Sembrava un dipinto di Schiele.

Mi sono sempre chiesto se un uomo possa fare il gesto di abbassare la cerniera di una donna senza baciarle o morderle il collo e le spalle. Io non ce l'ho fatta. Sono rimasto con lei a letto aspettando che si addormentasse. Volevo andare via già dopo cena, ma mi aveva chiesto di rimanere finché non avesse preso sonno.

«Mi racconti una storia?»

«Quale?»

«Inventala tu.»

Sono rimasto in silenzio qualche istante e poi ne ho inventata una. Parlavo a occhi chiusi, immaginando quel che dicevo, mentre le accarezzavo la testa piano piano.

Dopo un po', si è addormentata. Ho continuato ad accarezzarla e mi sono addormentato anch'io. Succede. Mi sono svegliato, mi sono alzato e sono andato a lavarmi la faccia. Ho preso il pennarello che avevo comprato e ho scritto sulle piastrelle della doccia: "È bello passeggiare dove mi hai portato".

Per tranquillizzarla, ho aggiunto in basso: "Il pensiero è indelebile, il pennarello no".

In casa tutto dormiva. Mi sono appoggiato alla porta della camera a osservare Michela. Ero già vestito per uscire. Avevo lo zaino con il mio computer e le cuffiette con l'iPod acceso. Mentre i Radiohead suonavano *Creep*, versione acustica, la guardavo dormire. Sono rimasto lì per quasi tutta la durata della canzone. Una bambina. Il suo viso, la mano vicino alla bocca. In quel viaggio di immagini e suoni mi chiedevo: "Chi sei, chi sei tu veramente? Perché tu? Perché adesso? Ti accarezzerei in questo istante se fossi sicuro di non svegliarti, di non strapparti al sogno. Perché mi fai essere così, e perché sembra che tra noi debba essere tutto naturale?".

Sono sceso per strada, era quasi mattina. In quel momento i Radiohead suonavano *Nice Dream*. Il cielo non era più scuro, ma stava diventando sempre più blu. Si vedevano ancora alcune stelle. Mentre passeggiavo stavo bene, ero felice. Camminavo mentre la luce iniziava timidamente a illuminare la città. Faceva fresco quella mattina. Era come se avessi dormito molte ore, l'aria mi accarezzava l'anima e sentivo le stelle tra i capelli. Passeggiare per New York mi fa stare bene, mi sembra di perdere una parte di me e di camminare verso il mio destino, verso un nuovo io. Non so se è perché ho visto questa città in milioni di film, o perché fa parte del mio immaginario, ma queste strade, questi odori, tutte queste cose diverse mi piacciono e mi mettono di buonumore. Questa passeggiata, invece, sembrava venire da una nuova nascita, mi sentivo vergine. Forse era quella cosa che san Paolo chiamava "metanoia", il cambiamento dovuto a una rinascita spirituale. In quei giorni dovevo abbandonare l'armatura che mi aveva aiutato a vincere le battaglie nella prima fase della mia vita. Ci sono persone che non riescono a costruirsi l'armatura e altre che non riescono più a liberarsene. Io volevo riuscire a vivere questa nuova fase, fatta di fragilità, emozioni, dolore e gioia.

Era come se la vita fosse un gioco in scatola e io non avessi mai avuto veramente il coraggio di aprirla. Una cosa però continuavo a chiedermi e non ho ancora smesso di farlo: "Come può essere che io mi senta così? Due persone possono realmente decidere a tavolino di amarsi o comunque di essere felici insieme?".

A parte che noi non lo avevamo scelto a tavolino, ma c'eravamo sempre misteriosamente cercati. In qualche modo, c'eravamo scelti su quel tram. C'era sempre stata fra noi una sorta di tacita alleanza. Sul tram, sin dal principio, fra tutte le persone io vedevo e notavo solo lei. Lei e tutto ciò che faceva, anche i più piccoli gesti. Le altre persone erano solo maschere per me, lei l'unico viso. Forse il segreto è che basta aprirsi un attimo. Come quei muri che si vedono per strada: da una piccola crepa spunta una piantina. Ero diventato come quel muro. Da una mia piccola apertura era nata una piantina di emozione e di curiosità. Era come se le altre donne, le altre storie fossero state come bei mazzi colorati di fiori che porti a casa e metti nel vaso. Gli cambi l'acqua tutti i giorni, ma pian piano appassiscono e lentamente muoiono. Michela invece era una piantina che cresceva.

Il senso di libertà che ho avvertito quel mattino non lo avevo mai provato. Qualsiasi cosa mi sembrava diversa.

Mi pareva di poter fare tutto ciò che volevo. Avevo la vita in mano, la mia giornata, il mio destino. Tutto era lì.

Avere una giornata davanti a me senza impegni, orari, scadenze mi faceva sentire Dio. Mi sono seduto su una panchina. Non c'era una vista particolare. Solo desideravo guardare cosa accadeva in quella strada. Ho pensato molto a quel che stavo vivendo, a Michela, al tempo passato con lei. Al fatto che questo stupido gioco, questo ridicolo escamotage in realtà stava funzionando. Alla fine, con il suo gioco, Michela aveva trovato la password d'accesso per liberarmi delle mie paure.

"Vuoi giocare con me?"

"Sì."

Su quella panchina di New York, mentre aspettavo l'alba, riordinavo i miei pensieri. È bello ogni tanto avere la sensazione di smettere per cambiare. Non pensavo al futuro in quei giorni. Non pensavo al "per sempre". Come l'angelo nel film *Il cielo sopra Berlino*, che dice: "A ogni passo, a ogni colpo di vento, volevo poter dire ORA, ORA, ORA e non per sempre e per l'eternità".

Michela era quell'angelo per me. ORA, ORA, ORA!

Quel mattino a New York sono rimasto seduto, come quando al cinema vedi un bel film e alla fine, quando si accendono le luci in sala, non ti alzi subito. Rimani ancora un po' seduto per lasciare che le emozioni si depositino. Poi sono andato a fare colazione. Caffè e un muffin, e dopo aver passeggiato ancora un po' sono arrivato vicino all'hotel. Avrei voluto vivere ancora quell'inizio di giornata, ma cominciavo a essere stanco. Mi piaceva stare con Michela, anche se non facevamo niente, non avevo mai la sensazione di perdere tempo. Se mi fossi addormentato abbracciato a lei e mi fossi risvegliato vent'anni dopo non avrei avuto la sensazione di aver perso tempo. Perché?

Negli ultimi mesi della mia vita, prima di incontrare lei, la sensazione era proprio il contrario. Mi sembrava di buttare via il tempo. Come quando sei in coda per pagare una multa. Hai proprio la sensazione di buttarlo via. Capisco quando ho la sensazione di non aver vissuto bene una giornata, e di aver buttato via il tempo, perché la notte poi non vorrei mai andare a dormire. Sono quelle notti che ho una voglia incredibile di vivere. Vorrei vedere due o tre film, scrivere, leggere, disegnare, o anche semplicemente guardare fuori dalla finestra. Dormire mi sembra una perdita di tempo. Mi viene voglia di imparare. Qualsiasi cosa, ma imparare. Anche se poi il mattino dopo vorrei dormire tutto il giorno. Alzarmi mi sembra un'ingiustizia. Mi fa male la pancia. Ecco, dovrei invertire i due me: mettere la sera quello della mattina e quello della mattina la sera. A volte invece vorrei addormentarmi subito, appena entro a letto. Allora penso di farmi una tisana per dormire meglio e farmi una bella tirata fino al mattino, ma poi se bevo la tisana mi sveglio di notte per fare la pipì e non so cosa mi conviene fare. A volte è un casino anche andare a letto.

In quel momento Michela stava dormendo e io avrei voluto trovare il modo di entrare nel suo sogno e parlarle, dirle tutte le cose che ancora non le avevo detto. Non volevo tenerle per me.

A volte con lei mi sentivo in imbarazzo. Michela aveva la capacità di rendermi fragile. Avevo perso parte della sicurezza che solitamente avevo con le donne. Sentivo che mi leggeva dentro. E io avrei voluto essere più uomo con lei. Avrei voluto essere quell'abbraccio in cui desiderava perdersi, come mi aveva confidato. Protetta e libera di lasciarsi andare, perché tanto c'ero io a prendermi cura di lei, a difenderla dal freddo e dal male. Avrei voluto essere più... più tutto. Avrei voluto prenderla per mano quando attraversava la strada come solo un uomo sa fare, aspettarla ogni giorno fuori dal suo ufficio per vederla venire verso di me sorridendo. Avrei voluto saperle comprare un vestito che le piacesse. Essere una cosa bella per lei, un bel pensiero, una buona parola, un buon attimo di silenzio. Avrei voluto che mi chiamasse per nome quando parlava con le sue amiche e che il mio nome tra le sue labbra suonasse come una parola calda. Michela mi faceva venire voglia di infilarmi una camicia pulita, di pettinarmi e mettermi in ordine, di prendermi cura di me, di prendermi cura di lei. Michela mi faceva venire voglia di tagliarle la pizza, come si fa con i bambini.

Un giorno gliel'ho anche chiesto: "Michela, cosa posso fare di più, cosa mi manca, cosa mi posso inventare per te?".

"Niente Giacomo, non devi fare niente. Stai tranquillo e goditi insieme a me questi giorni. Impariamo ad accogliere questo tempo e viviamolo insieme. Senza pensare. Guardami. Guardami veramente Giacomo. Non vedi che sono una donna felice?"

Michela mi ha fatto notare che io penso sempre di non bastare mai. Quando me lo ha detto ho pensato a me bambino con mia madre.

Ancora con il sapore di caffè in bocca, sono andato a dormire. Con Michela il tempo profumava di cammino. Di conoscenza. Prima di addormentarmi ho scritto sul mio taccuino: "Cosa mi piace fare con lei: passeggiare, parlare, fare l'amore, esprimere la mia emotività liberamente. Stare in silenzio. Tacere con lei è un'emozione che riempie".

18

Sexy Manhattan (− 6)

La mattina mi sono svegliato perché ho sentito bussare alla mia porta. Ho aperto. Era Michela con la colazione e un girasole. Caffè americano nei bicchieri di carta take-away e muffin alla banana e nocciole. Abbiamo mangiato a letto, poi abbiamo fatto l'amore. Non avevo molta fame di cibo. Di Michela sì però. Mentre si rivestiva mi ha detto: «Qui sotto, all'angolo, ho incontrato un uomo che mi ha raccontato una barzelletta per un dollaro».

«Alfred.»

«Pensavo si chiamasse Bob. Lo conosci?»

«A volte mi fermo ad ascoltarle, ma non sempre le capisco. Però mi piace dargli un dollaro, perché ha avuto una bella idea. Perché pensavi si chiamasse Bob?»

«Perché mi ha raccontato una barzelletta dicendomi che, quando ha imparato a scrivere, era l'unico della classe che riusciva anche a scrivere il suo nome al contrario. Poi ha fatto una pausa e ha detto: "My name is Bob!". È un nome palindromo.»

Ho sorriso. E ho pensato a Dante.

Mi ha dato un bacio ed è andata al lavoro.

Mancavano ancora sei giorni...

Quella mattina passeggiando ho trovato un negozio che vendeva CD a pochi dollari. Ne ho approfittato per comprare della musica adatta alla nostra storia a Manhattan. Canzoni che non avevo nel mio computer. Il prezzo era così basso che ho fatto fatica a non comprare tutto il negozio. Ho preso Chet Baker, Roberta Flack & Donny Hathaway, Smokey Robinson & The Miracles, Nancy Sinatra, Billie Holiday, Otis Redding, Sarah Vaughan. Ho speso pochissimo e, con tutto quello che ho comprato, credo proprio di avere vinto nella classifica di Michela la categoria "fidanzato con musica migliore".

Ho preso anche un paio di CD più costosi ma meno datati: Arctic Monkeys e She Wants Revenge. Ho pranzato al 9th Street Market sulla 9th Street, vicino alla 1st Avenue. Mi piace molto passeggiare nel Lower East Side di Manhattan. Quel giorno l'ho speso praticamente tutto da quelle parti. Poi sono andato a prendere Michela al lavoro. Aperitivo e passeggiata.

Quella sera siamo passati davanti a un sex shop e siamo entrati. C'era di tutto. Anche oggetti che andavano oltre la nostra immaginazione. Michela, dopo un po' che gironzolavamo per il negozio, mi ha sussurrato: «Compra quello che vuoi e io gioco con te».

Poi è uscita.

Non sapevo che cosa prendere. Mi era capitato solamente due volte di fare acquisti in un sex shop. Una volta a Madrid con Maria, una ragazza che avevo conosciuto durante un viaggio in Spagna: avevo comprato un vibratore, che in Spagna meravigliosamente si chiama *consolador*. La seconda volta con Monica. C'eravamo andati insieme perché mi aveva detto che voleva provare qualcosa di nuovo. Siamo andati a fare un fine settimana apposta: abbiamo fatto un sacco di esperimenti e di giochi. Palline, vibratori, fruste, nastri di seta per bendarla e legarla. Anche l'ovetto vibrante, quello con telecomando. La sera prima di andare al ristorante gliel'ho fatto inserire e poi durante la cena ogni tanto lo azionavo: quando parlava con il cameriere era esilarante, o quando ha chiesto un'informazione per strada o al ragazzo della reception in hotel.

Con lei ho fatto anche il gioco del preservativo sottomarino: in una vasca da bagno si riempie un preservativo d'acqua e poi lo si infila dentro la donna. La parte che rimane fuori la si strizza e il preservativo si gonfia all'interno. A Monica piaceva. "Che faccio, lo propongo a Michela?" mi sono chiesto.

Adesso che ci penso, con Monica ho fatto anche il gioco del cazzo di ghiaccio. Si prende un preservativo, lo si riempie d'acqua, lo si mette nel freezer: alla fine si ottiene un pene di ghiaccio. Lei si rinfresca e anche tu, quando poi entri, senti tutto freschino. E a mano a mano che lo usi si scioglie. PS: Va lasciato nel preservativo. PPS: Meglio d'estate.

Non credo sia possibile dimenticare quel weekend con Monica: immagini e dettagli indelebili.

Non avendo grandi perversioni sessuali, alla fine nel sex shop ho preso solo dei nastri di seta, per bendarla e legarla, e l'ovetto vibrante, il *Wireless Vibration Bol*. L'ho usato qualche sera dopo. Abbiamo riso come pazzi. A quel punto ho inserito nel nostro rapporto tutte le cose che conoscevo e che avevo avuto delle remore a fare con lei. Ricordandomi anche della frase di Silvia: "La scopata educata è peggio di qualsiasi cosa". E poi non ci sono donne che fanno delle cose e altre che non le fanno. Ci sono donne che le fanno subito e altre che bisogna sapercele portare. Con Michela era tutto un gioco. Mai perverso. Potevamo passare delle serate baciandoci, facendoci solo carezze oppure giocare all'opposto. Ho passato anche delle giornate stando praticamente sempre a letto. Quelle giornate in cui si diventa tutto. Ci si trasforma continuamente, si cambia in un minuto. Si è amanti, e poi uno diventa padre, figlio, si diventa cibo l'uno per l'altra, si diventa barche, certezze, paure, mistero, incomprensioni. Ricordi, colori, pioggia. Grotte. Amore intorno a un fuoco. Cielo stellato, finestre sul mare. Spiragli di luce tra le foglie di un ramo. Frutti. Lenzuola bianche stese ad asciugare. Scatole di latta colorate. Abiti da sera. Esplosioni di luce... *legato con amore in un volume ciò che per l'universo si squaderna...*

Fare l'amore con lei era come farlo dopo aver litigato, ma senza litigare. Rimanere a letto a fare l'amore e ridere è vita pura.

Un giorno sono riuscito a fare con Michela una cosa che avevo provato già altre volte senza però riuscirci: rimanere dentro di lei senza muovermi. Avevo letto una volta su un libro che quando un uomo e una donna stanno l'uno dentro l'altra immobili, senza raggiungere l'orgasmo, si ricaricano di energia. Siamo rimasti a letto a chiacchierare, con me dentro di lei. Ci siamo accarezzati, baciati e abbiamo parlato per ore.

Ricordo ancora il suo viso tra le mie mani. I suoi occhi luccicavano come la mia vita in quei giorni. Parlavamo a bassa voce, sussurrando. Un'altra cosa mi è capitata con lei, e non mi era mai successo prima. Eravamo a letto, io ero sdraiato sopra di lei, non stavamo facendo l'amore, ci baciavamo e io le dicevo delle cose all'orecchio: lei ha raggiunto l'orgasmo senza che io la toccassi. Solo baciandola sul collo, sulle labbra e sussurrandole fantasie nell'orecchio. Non erano proprio fantasie. Le stavo semplicemente elencando a voce quello che da lì a poco avrei fatto.

Quella sera, con il pacchettino del sex shop in mano, ci siamo diretti verso il suo appartamento. Mentre passeggiavamo, Michela ha visto una persona che entrava nel portoncino di una casa. Gli è corsa incontro, chiedendogli di non chiudere perché abitavamo lì. Poi, tenendo la porta aperta, mi ha aspettato. Quando sono arrivato vicino a lei mi ha sussurrato: «Seguimi». Siamo saliti.

«Conosci qualcuno che abita qui?»

«No, non ci sono mai stata.»

«E dove stiamo andando?»

«A vedere se si può salire sul tetto.»

«E non potevamo salire sul tetto di casa tua?»

«Troppo lontano, adesso.»

Arrivati in cima all'ultima rampa, c'era una porta che permetteva l'ingresso sul tetto.

Era la prima volta che andavo sul tetto di una casa di Manhattan. Li avevo visti solamente nei film. Beh, lo spettacolo era incredibile. Si vedevano tutti i grattacieli di Uptown illuminati, sembrava di essere in un poster. Mentre ero incantato di fronte a quello spettacolo, Michela ha iniziato a baciarmi e mi ha detto che voleva fare l'amore lì, in quel momento. Si è appoggiata sul bordo di un muretto e mi ha tirato verso di lei. Abbiamo iniziato a baciarci, mi ha slacciato i pantaloni, le ho sollevato il vestito, spostato le mutande, lei ha alzato una gamba e mi ha avvinghiato. Guardavo lei e guardavo la città dall'alto. Facevo l'amore con lei, ma anche con tutta Manhattan.

Scendendo le scale ci fermavamo continuamente per baciarci. Fare l'amore, invece di calmarci, ci aveva acceso una voglia incredibile. Tornati a casa, ho preso i nastri di seta. Ricordandomi che il letto di Michela era di quelli a cui non ci si può legare ne avevo comprati cinque. Ho iniziato a legarne due intorno alle cosce come fossero due giarrettiere, poi due ai polsi. Fatti i nodi ho legato i nastri dei polsi a quelli delle cosce. Con l'ultimo nastro l'ho bendata. È stato eccitante giocare con lei quella sera. Quasi come quella volta che ho staccato dal muro lo specchio e l'ho poggiato a terra. Abbiamo fatto l'amore così, Michela appoggiata al tavolo, io dietro di lei, e nello specchio, là sotto, si vedevano i nostri corpi riflessi. È stata quella volta che scherzando mi ha detto che ero un erotomane romantico. Non so esattamente cosa volesse dire. Ho immaginato di essere uno che compra una rosa, ma poi cerca di infilarla nel sedere.

Alle quattro di mattina facendo una colazione prima di andare a dormire le ho detto scherzando: «Quand'è che facciamo un figlio insieme?».

«Beh, dipende dal nome che gli vuoi dare.»

«Hai ragione. Chissà tu che nomi orrendi hai in testa. Se fosse femmina come la vorresti chiamare?»

«Cassia, Lucia, Michela junior...»

«Michela junior non è male... E maschio?»

«Giacomo junior, Filiberto, Luigi, Clemente, Giacinto.»

«A parte Giacomo Junior, gli altri non mi piacciono, per cui niente figli. A questo punto anche Veronello potrebbe andare bene.»

«Sentiamo i tuoi, allora.»

«Femmina: Giada, Lucilla, Beatrice. Maschio: Matteo, o Alberto, come mio nonno.»

«Non ci siamo. Facciamo così: scegliamo in base al sesso, nel senso che se nasce maschio decido io, se nasce femmina decidi tu.»

«Michela, considerando i tuoi nomi per un maschio, preferisco non rischiare e fare il contrario: maschio scelgo io, femmina scegli tu.»

«Okay. Anche se mi spiace non poter chiamare mio figlio Filiberto.»

Dopo un attimo di silenzio ho pensato veramente se

volevo un figlio con lei: in quel momento avrei detto di
sì. Ho capito quelli che fanno i figli con qualcuno che
conoscono da qualche mese, perché c'è un tale entusiasmo che sembra che tutto vada bene e che non sia una
cosa difficile. Forse è anche vero che alla nostra età tutto
si accelera, nel senso che se uno vuole dei figli non è che
sta fidanzato anni prima di farli. Alla nostra età l'argomento viene a galla presto. Alla fine quella sera avrei
detto di sì, ma non sì "veramente". Avrei detto sì tanto
per dire. Un'ipotesi.

Mica sul serio.

Anche perché ci stavamo quasi per lasciare.

19

Picnic (– 5)

Il giorno dopo, mi ha svegliato la sua voce: «Hai le ali, hai le ali come gli angeli».

Ho aperto gli occhi, ho girato la testa verso di lei e ho visto che mi stava guardando la schiena.

«Hai le ali come gli angeli, me ne sono accorta adesso.»

Ho capito che si riferiva ai ciuffi di peli sotto le scapole.

«Sono peli schifosissimi che hanno deciso di crescere lì senza motivo.»

«Sono ali.»

Era la prima volta che li consideravo da quel punto di vista. Mi sono messo a girare per casa in punta di piedi, fingendo di volare.

Come promesso, Michela si è presa un paio di giorni di vacanza e abbiamo deciso di fare un picnic a Central Park per pranzo.

Lei ha cucinato, io non ho fatto niente. In realtà, io mi sono preoccupato delle cose da bere e sono andato a comprarle. Quando sono rientrato in casa, ho visto sul tavolo della cucina il cestino con i piatti che aveva preparato. Proprio come nei film. Un cesto con la frutta, dei contenitori chiusi e dei formaggi. Quando l'ho sollevato, mi ha detto di lasciarlo che lo avrebbe portato lei.

«Ma è pesante.»

«Ce la faccio, ce la faccio... tu prendi la tovaglia, le cose da bere e la radio.»

«Sei sicura?»

«Sono forte. Guarda che muscoli.»

Poi ha fatto una delle cose che fanno le ragazze e che mi piace da morire. Ha tirato il muscolo del braccio e mi ha detto: «Guarda che muscoli, tocca». Mi piace quando le donne fanno così. Sono come i bambini. Hanno quel tubicino con una riga in mezzo e sono fiere in volto.

«Tocca, tocca.»

Sotto casa abbiamo chiamato un taxi. Le ho chiesto se poteva fischiare per chiamarlo, come faceva Audrey Hepburn in *Colazione da Tiffany*.

«Non so fischiare.»

«Come non sai fischiare? Tutti sanno fischiare.»

«Cerco di fare un suono, invece esce solo aria, come se soffiassi. È il mio trauma da bambina. Mi sfottevano tutti.»

«È per quello che poi ti sei baciata Amarildo. Perché non ti voleva nessuno. Vabbè dài, io non so fare i tuffi senza chiudermi il naso con le dita. Senza mi entra l'acqua.»

«Non è difficile, basta soffiare.»

«Ti riferisci al fatto che non sai fischiare?»

Abbiamo sorriso.

Arrivati a Central Park, abbiamo apparecchiato tutto. Aveva cucinato delle uova, una torta salata, e aveva fatto della salsa guacamole. Io vado pazzo per la salsa guacamole. C'erano anche dei biscotti di nocciola e cannella e poi un thermos con del caffè. Nel frattempo avevo trovato una stazione radio che trasmetteva della buona musica. Abbiamo mangiato spiluccando un po'. Da bere c'era vino rosso, un vino californiano. Non era male.

Dopo aver preso il caffè, ci siamo sdraiati al sole. Lei con la testa sul mio petto. In silenzio. Prima senza far niente, poi lei ha iniziato a leggere. Nella testa mi frullavano un po' di domande. A un certo punto la radio ha trasmesso una delle mie canzoni preferite.

«Adesso vado negli studi di questa radio e mi bacio con la lingua il DJ.»

«Cos'è?» mi ha chiesto Michela.

«*Fly Me to the Moon*, nella versione di Shirley Bassey.»

«Bella.»

Quando è finita, ho rotto il silenzio dicendo: «Ma come ti è venuta in mente questa storia del fidanzamento a termine?».

«Mi sembrava che così potevi stare più tranquillo, se vedevi un inizio e una fine. E forse sono più tranquilla anch'io.»

«Almeno io ho il trauma infantile dell'abbandono. Da qualche anno riesco a ironizzare su questa cosa. Ma tu hai i genitori che stanno ancora insieme dopo una vita.»

«Anch'io ho il mio trauma. Quello della famiglia unita. Mia madre si è sposata vergine ed è stata solo con mio padre. Ed è stata felice di farlo. Secondo me, sono stati insieme perché la loro generazione nemmeno si chiedeva se c'era un altro modo di vivere. Che riferimento possono essere per me? Io non ci riuscirei mai. Quando ci penso è traumatizzante. Da una parte l'emancipazione della donna, la sua indipendenza, il lavoro e la sua libertà, dall'altra il voler stare a casa a fare la mamma in una storia d'amore invidiabile come è stata quella tra mio padre e mia madre. Fino a qualche tempo fa la vivevo anch'io, questa lotta interna.»

«Siamo messi malissimo, Michela. Come può essere, però, che io mi senta così? Che noi stiamo così bene? Due persone possono davvero decidere a tavolino di amarsi e di essere felici insieme?»

Michela ha chiuso il libro.

«A parte che se c'è una cosa che non abbiamo fatto è quella di esserci scelti a tavolino. Se tu sei qui, è perché ci siamo sempre cercati, dal primo momento che ci siamo visti. Comunque anch'io l'altra sera c'ho pensato e mi sono detta che non ha senso chiederselo. Ho pensato che se un'emozione la senti conviene viverla. Nel nostro caso sappiamo che tra qualche giorno, comunque vada, ci lasciamo, per cui... viviamocela. L'altra sera ho pensato che continuare a riflettere sul perché sto bene con te e cosa succederà quando ci lasceremo è come fare un giro in moto in campagna e continuare a dire: "E se buchiamo, e se inizia a piovere, e se finiamo la benzina?".»

La cosa che amavo di Michela era la sua voglia di essere libera e di giocare. E in quei giorni quel gioco mi stava dando tanto. Mi stava facendo provare il desiderio di aprirmi. Senza forzature. Michela non chiedeva mai più di quel che le stavo dando e così ero io a desiderarlo, a volerle dare di più.

"Quando il gioco dà, dai al gioco" si dice nei casinò, per cui ho pensato in pochi minuti che volevo rilanciare. "Rilancio e vedo", come nel poker. Ho pensato di chiederle di sposarmi, così sempre per gioco, ma poi mi è venuto in mente che quando lo aveva fatto il suo ex lei lo aveva lasciato. E poi Michela mi aveva detto che se ne era andata dall'Italia anche perché era arrabbiata con la madre e le persone che le avevano consigliato di sposarsi.

«Ma tu sei proprio contraria al matrimonio? Mi ricordo che eri incazzata con chi voleva che ti sposassi...»

«Io non me ne sono andata perché ero incazzata con loro, me ne sono andata perché la mia crisi era dovuta al fatto che ero incazzata con me.»

«Perché incazzata con te? Mi sembra che sei stata onesta.»

«Vedi, mia madre mi considera una donna fallita, perché alla mia età non ho ancora una famiglia, un marito e dei figli. Mia madre è così e io non ci posso fare niente, ma questo mi ha fatto riflettere: nella mia vita non sono stata in grado di creare qualcosa che potesse dimostrare a lei che non avere una famiglia non significhi avere fallito. Avrei dovuto costruire un'alternativa valida per dimostrarglielo. Per lo meno un'esistenza serena, una certezza, una convinzione. Invece sono piena di dubbi, di insicurezze e in mano non ho niente. Vedevo come mia madre mi guardava, come si vergognava di me quando era con le sue amiche. Io ero e sono tuttora per lei motivo di imbarazzo. E lei lo è per me. Non dovevo permettere a tutte quelle persone di trattarmi come mi hanno trattata, ma è solo con me che me la devo prendere. Mi stavo lasciando convincere da quel loro modo di vedere le cose, te l'ho già detto. Ho vissuto la fine della mia storia con Paolo come un fallimento, perché non ero riuscita a fare come mia madre. Anche a me piacerebbe condividere il resto della vita con una persona, ma non riesco a farlo con uno che non amo, solo perché non c'è di meglio. La medaglia d'argento. Conosco un sacco di persone che stanno con la medaglia d'argento, la seconda classificata, piuttosto che star sole.»

«Credo che tutta quest'attenzione e importanza che si danno al matrimonio siano dovute al fatto che è ancora un riconoscimento sociale, per cui quando dici "sono sposata" è come se dicessi "ce l'ho fatta", mentre se dici "sono single" sei una in attesa.»

«Esatto, le tue amiche si sposano perché sono meno oneste di te, alcune meno forti, altre perché si accontentano. In più ti guardano come se tu fossi una poverina. Non tutte, però molte. 'Fanculo l'orologio biologico, 'fanculo l'accettazione sociale» ha detto ridendo a mo' di slogan.

È vero non tutte, però io ne ho incontrate tante di

donne sposate perché volevano sposarsi e a un certo punto chi c'era c'era lo hanno fatto.

Dopo un attimo di silenzio ho parlato io. «Michela, devo chiederti una cosa. Ti va se ci sposiamo?»

Ha alzato la testa dal mio petto e mi ha guardato. «In che senso?»

«Nel senso che invece di essere fidanzati ancora per i giorni che ci restano, ci sposiamo. Poi ci lasciamo comunque nella data che abbiamo deciso. Decidiamo noi dove e come sposarci, ci inventiamo un nostro rituale. Sempre per gioco. Che ne dici? Se mi sposi ti insegno a fischiare.»

«Dico che ci sto. Sarei felice di sposarti. Per quattro giorni, ovviamente.»

«Vuoi che ci sposiamo adesso, qui a Central Park?»

«Perché no... anzi, se ti va ti faccio vedere un posto. È piccolissimo, diciamo che non è un parco, ma un giardinetto. Ci vado spesso. Mi piacerebbe sposarmi lì, se a te va bene.»

«Non c'è bisogno che me lo fai vedere... mi fido di te.»

«Vedrai, ti piacerà... però sposiamoci domani, non oggi.»

«Perché?»

«Perché voglio andare a casa, scegliere il vestito, andare a dormire con l'idea che il giorno dopo mi sposo.»

«Giusto. Ci servono i testimoni? Chi vorresti come testimone?»

«Non lo so, ci devo pensare. Mi piacerebbe avere come testimone... Dante.»

«Ma chi, il mio amico del liceo, il rompiballe?»

«Eh? Dante Alighieri...»

«Ah no, pensavo... non importa.»

«Oppure Neruda, o Virginia Woolf, o Mozart... o l'uomo più uomo mai esistito al mondo, Steve McQueen. Ci devo pensare. Tu?»

«Boh, in questo momento non mi viene in mente nessuno.»

«A che ora ci sposiamo domani?»

«Va bene alle dieci? Dopo andiamo a mangiare.»

«Okay.»

Ho chiamato subito Silvia per lasciarle un messaggio in segreteria ma stranamente il telefono era acceso e dopo qualche squillo ho sentito una specie di "Pronto?".

«Cosa fai sveglia a quest'ora?»

«Mi sono dimenticata di spegnerlo.»

«Scusa. Niente, ti chiamo domani. Volevo solo dirti che mi sposo. Ciao.»

«Ciao.»

Ho capito che non aveva capito. Stava proprio dormendo. Dopo un minuto infatti mi ha richiamato.

«Dài, te lo dico domani...»

«Ormai mi hai svegliato con la telefonata e soprattutto con quello che mi hai detto. Stai scherzando?»

«No.»

Le ho spiegato tutto. Abbiamo fatto una telefonata lunga, parlando anche di altro.

Ha messo giù dicendomi di portarle la bomboniera.

Mi sono ricordato che sulla Spring Street, all'angolo con la Mercer Street c'era un orientale che aveva una piccola bancarella e vendeva collanine, braccialetti, ciondoli e anelli. Ci sono andato e ho preso due fedine colorate.

Erano in un cestino insieme a tante altre, costavano cinque dollari. Ho preso anche un braccialetto d'argento per mia nonna. Quando l'ho visto ho pensato a lei, anche se non porta braccialetti: la nonna porta solo la fede e un paio di orecchini che le ha regalato mio nonno quando erano ancora fidanzati. Ero sicuro che il braccialetto le sarebbe piaciuto, era molto semplice, senza lavorazioni strane. E poi, dopo che per un mese, quand'ero piccolo, per farmi felice aveva indossato una collana fatta da me con il Das, avrebbe sicuramente apprezzato la semplicità del mio regalo. Quanto mi rendeva felice, da bambino, vederle indossare quella collana e sentirle dire che le piaceva da morire e che ero stato bravo. È sempre stato difficile farle i regali, non voleva mai niente. La cosa che la rendeva veramente felice era ricevere una cartolina dal posto dove mi trovavo. Era l'unica richiesta che faceva. Ho spedito cartoline a mia nonna da tutte le parti del mondo. Anche quella volta le ho scritto una cartolina da New York.

Sono tornato in hotel. Non avevo ancora trovato niente di carino per Silvia. Prima di andare a dormire ho ricevuto una telefonata in camera.

«Pronto.»

«Sono Dante, come stai?»

«Dante... ma cosa fai sveglio a quest'ora? Sono le cinque della mattina da te.»

«Pensavo. Sono uscito con un amico e abbiamo bevuto un po', poi sono tornato a casa e non riuscivo a dormire. E poi il cane del vicino sta sul balcone e spesso la notte abbaia. L'altro giorno gli ho anche tirato dei sassi con una fionda, ma poi la mattina il padrone li ha trovati e mi ha minacciato.»

«Mi spiace, spero tu possa addormentarti presto. Ciao allora.»

«Aspetta, devo chiederti una cosa, però non ti offendere.»

«Perché dovrei offendermi? Che cosa devi chiedermi?»

«Senti, pensavo... ma tu... non ti offendere, eh... hai la mia età, non ti sei mai sposato, non sei fidanzato, il tuo migliore amico è una donna... Mi è venuto un sospetto: non è che sei gay?»

"Scusa un po', Dante, ma tu, alle cinque di mattina,

sei ancora in piedi per farti i cazzi miei?" avrei voluto dirgli. Invece gli ho risposto: «No, non sono gay. Domani mi sposo».

«Come "mi sposo"?»

«Scherzo, non mi sposo, ma non sono gay. Dormi tranquillo, adesso.»

«Vabbè, allora scusa, spero di non averti offeso. Quando torni? Dài, che quando torni ci facciamo una birra, okay?»

«Okay, 'notte Dante. Usa il ghiaccio.»

«Cosa vuol dire usa il ghiaccio?»

«Invece di tirargli i sassi con la fionda, lanciagli i cubetti di ghiaccio... la mattina non trovano niente.»

«Forte... non ci avevo pensato. Ciao allora, vado a vedere che c'è nel freezer...»

«Ciao.»

Perché gli ho dato quel consiglio del ghiaccio? Mi ero pentito subito nel farlo.

20

Il matrimonio (– 4)

Mi sono sposato una mattina di fine aprile, con il sole. Tutti dovrebbero avere un appuntamento così, un matrimonio dove gli unici invitati sono gli sposi. Il parco scelto da Michela si chiamava Jefferson Market Garden, sulla Greenwich Avenue, tra la 6th Avenue e la West 10th Street. Più che altro un giardinetto piccolo, pieno di fiori e piante. C'era anche una piccola fontanella con i pesci. All'ingresso, due signore anziane sedute a un tavolino di legno che danno il benvenuto e un cartello che elenca tutte le iniziative che vi fanno. Come la giornata dei fiori e dei bambini, o le letture di romanzi, o piccoli concerti musicali. Il parco vive di donazioni e volontariato. Un posto delizioso.

Mi sono seduto su una panchina e ho aspettato la mia futura moglie.

Mi ero vestito con un paio di pantaloni blu e una camicia azzurra. Mi ero pettinato i capelli indietro, come faceva mio nonno. Lui usava la brillantina, io avevo messo una specie di gel. Mio nonno, quello con la brillantina, non l'ho mai visto. È la nonna che me ne ha parlato. Mi diceva sempre che durante la settimana lavorava tanto, ma la domenica, o come diceva lei "la festa", si vestiva sempre elegante, con la camicia azzurra pulita.

Si faceva bene la barba e si pettinava i capelli indietro con la brillantina. Mia nonna mi diceva che già da ragazzo faceva così e che la prima volta che lo aveva visto si era innamorata subito. Erano in piazza, alla festa del paese. Lui l'aveva notata e si era avvicinato per chiederle di ballare, ma lei gli aveva detto di no, non perché non volesse, ma perché aveva avuto vergogna per la troppa emozione. A ogni ballo lui tornava da lei per invitarla nuovamente. Al settimo tentativo, lei aveva risposto sì. Da quell'istante non si erano più separati; l'anno dopo, alla festa del paese, erano già marito e moglie.

Ero andato al Jefferson Market Garden con l'intenzione di lasciare un'immagine indimenticabile a Michela. Mi ero fermato a fare colazione e a comprare un mazzo di fiori per il bouquet. Come testimone per me avevo scelto Nick Drake e avevo portato il testo di una sua canzone. Non sapevo ancora chi avesse scelto lei.

L'ho vista arrivare da lontano. Mi sono alzato. Anche se era un gioco, ero comunque emozionato. Indossava un vestito estivo color panna. In mano aveva un libro e un sacchetto. Quando è arrivata davanti a me, ci siamo sorrisi. Era il nostro film e a noi piaceva fare gli attori, recitavamo la parte con emozione e divertimento.

Di solito per sposarsi bisogna credere che sarà per sempre. Anche se il per sempre non esiste. Ci devi credere.

Il rito è stato breve. Siamo rimasti in silenzio guardandoci negli occhi per qualche minuto. «Non vedo l'ora di sposarti» le ho detto.

«Anch'io» ha risposto lei.

Ho tirato fuori i due anelli e ce li siamo infilati reciprocamente.

A quel punto le ho letto le parole, tratte dalla canzone *Time Has Told Me*, che il mio testimone Nick Drake aveva scritto e che io avevo scelto per lei:

E il tempo ti dirà
di starmi vicino
di continuare a cercare
finché non ci sarà più niente da nascondere...
E allora lascia le strade che ti fanno diventare
quel che non vuoi veramente essere
lascia le strade che ti fanno amare
chi non vuoi veramente amare.
Il tempo mi ha detto
che è difficile trovare una come te
una cura tormentata
per una mente piena di problemi.
E il tempo mi ha detto
di non chiedere di più
perché un giorno il nostro oceano
troverà la sua riva.

Lei si è commossa, l'ho capito. Poi mi ha letto un pezzo del *Sonetto 116*: aveva scelto come testimone Shakespeare. La traduzione l'aveva fatta lei:

Non ammetterò impedimenti al matrimonio di due menti sincere.
L'amore non è amore se si altera di fronte a degli ostacoli.
Oh no, è un punto fissato per sempre che osserva le tempeste e non ne è mai scosso.
È la stella cui si riferisce ogni barca alla deriva.

Mentre leggeva mi ero completamente dimenticato che il nostro matrimonio era solo un gioco. Quelle parole le ho sentite vere.
Ci siamo baciati.
«Dobbiamo scambiarci la promessa. Io l'ho scritta mentre facevo colazione questa mattina» mi ha detto.

Ha tirato fuori un tovagliolo di carta e ha letto: «"Accetto te, Giacomo, come mio sposo, offrendoti di vivere profondamente questi giorni che ci restano. Di assaggiare con te i frutti delle mie decisioni, dei miei pensieri e dei miei sentimenti. Ho scelto come doni ciò che sono stata, ciò che sono e ciò che sarò. Tu sei quello che volevo succedesse alla mia vita." Tocca a te».

«Io non ho preparato niente, a parte Nick Drake.»

«Inventa.»

Dopo qualche secondo ho detto: «In tutta lealtà prendo te, Michela, come mia sposa per i prossimi quattro giorni. Prometto di non farti promesse, ma di vivere e condividere con te la capacità di amare e amarti, sempre in maniera spontanea. Tu sei la donna con cui mi sono sentito più bello e ciò che ho visto di me stando con te sarà eterno».

Mi ha dato un bacio. «Ciao, marito mio» mi ha sussurrato.

«Se qualcuno sapesse cosa stiamo facendo in questi giorni, penserebbe che siamo da ricoverare alla neuro tutti e due» le ho detto.

«È proprio questo il bello. Che solo noi possiamo capirlo. Che ci importa del mondo, adesso? Del loro giudizio, della loro opinione, dei loro aggettivi? E poi cosa c'è di meno folle nelle promesse di chi lo fa veramente?»

Poi, da sposati, siamo andati a pranzo. Il pranzo di nozze lo abbiamo fatto da Katz's Delicatessen, nella East Houston Street, abbiamo mangiato dei panini buonissimi, con cetrioli giganti e patatine fritte.

Nel pomeriggio siamo andati a fare una passeggiata e, senza averlo premeditato, mi sono ritrovato davanti al negozio di dischi. Quello dei CD a pochi dollari. «Compriamo un CD per il nostro matrimonio» ho detto. Abbiamo deciso di prendere Louis Armstrong e Ella Fitzgerald. Ci sembrava una buona scelta prendere una coppia per il nostro CD del matrimonio. Sulla musica Michela si fidava di me. Ho avuto la tentazione di prendere l'album *Porgy and Bess* di George Gershwin, ma alla fine l'unica canzone che conosceva lei era *Cheek to Cheek* e in quell'album non c'è. Abbiamo preso il disco: *Ella & Louis*. E *Cheek to Cheek* (guancia a guancia) da quel momento è diventata la nostra canzone.

Tornando verso casa, siamo capitati davanti a una chiesa, sulla East 3rd Street. Siamo entrati e ci siamo seduti. In silenzio. Non so a cosa pensasse Michela, io ricordo di aver pensato a noi, a mia madre, a mia nonna, a Silvia, al mio cane e a un sacco di altra gente. Quando ci siamo alzati per uscire, Michela si è fermata davanti a una statua della Madonna, si è sfilata l'anello di matrimonio, ha sfilato il mio, e li ha infilati nella fessura dove si mettono i soldi per le candele. Ne ha prese due e le abbiamo accese. Non ho detto niente, ero d'accordo con lei. A un certo punto l'ho guardata, dimenticandomi di tutto. Come se fuori da quella chiesa non ci fosse nemmeno più un mondo, l'ho guardata senza pensare che fosse assurdo sentirsi così con una persona che si conosce da poco. Sono andato per qualche secondo oltre qualsiasi ragionamento. Quando si è girata verso di me e mi ha fissato negli occhi, mi è venuta la pelle d'oca, una frazione di secondo piena di intensità.

Fuori dalla chiesa la luce del giorno ci ha obbligato a strizzare gli occhi.

«Era bella la chiesetta vero?» le ho detto.

«Sì. Mi capita spesso di entrare in una chiesa. Lo sai che ho fatto la tesi di laurea sull'iconografia mariana nel Medioevo?»

«Interessante... beh, un giorno mi spiegherai che cosa vuol dire. E credi in Dio?»

«Sono agnostica.»

«Agnostica? Che significa esattamente?»

«Agnostico è colui che afferma di non conoscere risposte su Dio, oppure che non è umanamente conoscibile una risposta, e che per questo non può esprimersi in modo certo sulla sua esistenza. E tu ci credi?»

«Mi sono accorto adesso che non so nemmeno se credo in Dio o no. Da piccolo sì, poi per un po' no, in seguito la fede mi è tornata. Vado a periodi. Da bambino ci voleva poco perché smettessi di credere in Dio. Lo ricattavo. Pensa che per un po' ho smesso di crederci perché non avevo i peli del pube. La mia fede va a intermittenza.»

«Beh, i peli del pube mi sembrano un buon motivo per perdere la fede. Comunque la tua si chiama "oligopistia", fede inconsistente, di breve durata.»

L'ho guardata in maniera strana.

«Okay, va bene, la smetto prima che ti esca il sangue dal naso. Andiamo a bere un caffè.»

La sera abbiamo cenato a casa e poi ho dormito da lei. La prima notte a letto con mia moglie! Ci siamo baciati, accarezzati, coccolati e abbracciati, ma non abbiamo fatto l'amore. Ci siamo scambiati milioni di attenzioni, di tenerezze. Ci siamo addormentati l'uno addosso all'altra.

La mattina dopo, scherzando, le ho detto: «Allora è vero che da sposati non si fa più l'amore».

Mancavano ancora pochi giorni alla nostra separazione. Come per Cenerentola, anche per noi il ballo e tutta la favola sarebbero finiti presto.

21

Neve e figli (– 3)

La mattina dopo, mentre la accompagnavo al lavoro, abbiamo visto Barrow Street ricoperta di neve. In una giornata di fine aprile con il sole, vedere un'intera via innevata è stata una vera sorpresa. Barrow Street è una piccola via alberata con le casette di mattoni rossi. Mi piaceva passare di lì quando passeggiavo in zona perché c'è la Greenwich Music School, dalle cui finestre esce sempre della musica. Quasi sempre suonata al pianoforte. Quella mattina in quella piccola strada c'era neve sulle piante, sulle macchine, sui marciapiedi. C'erano anche persone che passeggiavano vestite da inverno. Era bello, surreale, una cosa da film di Fellini. Ci siamo avvicinati ma non si poteva passare. C'erano delle transenne.

«Possiamo fare una passeggiata nella neve?»

«No, mi spiace, non è possibile, non potete nemmeno fermarvi.»

Poi si è sentita una voce da un megafono: «*Rooooll!*».

«Dovete spostarvi.»

Ce ne siamo andati. Stavano girando un film. Un passante diceva di aver visto Vincent Gallo.

«Peccato che non ci hanno fatto passare, altrimenti sul marciapiede dove c'era la neve avrei fatto l'angelo per te» le ho detto.

«Sì, ma ti avrei dovuto aiutare a rialzarti per farlo bene e non lasciare l'impronta della mano.»

Sono rimasto sbalordito da quelle parole. In quell'istante l'avrei sposata, se non lo avessi già fatto. Ci siamo fermati a prendere un caffè da Joe the Art of Coffee. Un bar carino con le panchine di legno fuori, sulla Waverly Place, all'angolo con Gay Street. Caffè buonissimo e biscotti alle nocciole da perdere la testa.

Mancavano pochi giorni alla fine della nostra storia.

«Regalami una cosa in esclusiva» mi ha detto Michela.

«Tipo?»

«Per esempio, dimmi una cosa che hai fatto e che non hai mai detto a nessuno.»

«Non saprei... adesso ci penso.»

«Non devi veramente averla mai detta a nessuno...»

Dopo un po' che ci pensavo ho deciso di dirgliela. Nel senso che mi era già venuta in mente, ma mi sembrava una cosa stupida. «È una cosa di cui mi sono vergognato per anni. Non sono mai riuscito a confidarla a nessuno. Nemmeno quando mi confessavo dal prete. È successo quando avevo circa nove anni...»

«Ma che potrai mai aver fatto a quell'età? Pensavo a qualcosa di più piccante, però se non l'hai mai detta a nessuno va bene, voglio liberare il bambino che c'è in te. Dài, racconta.»

«Un giorno il padre di un mio amico è venuto dove stavamo giocando e gli ha portato una macchinina nuova, telecomandata, bellissima. Il mio amico era felicissimo. Si sono abbracciati e hanno iniziato a giocare insieme. Io guardavo. Geloso e invidioso. Sia per la macchinina sia per il padre. Quell'abbraccio non me lo dimenticherò mai. Poi il padre se ne è andato e io e il mio amico siamo rimasti lì a giocare, ma lui non me la faceva provare. Solamente un attimo, qualche secondo, sicuramente meno di un minuto. Mi dava la possibilità di schiacciare il pulsante, ma il telecomando lo teneva sempre in mano lui. Non lo mollava. Quella macchinina era diventata il centro di tutto. E soprattutto il simbolo del distacco tra noi, della differenza. Era sempre in giro con la macchinina telecomandata, non si staccava mai dal suo nuovo giocattolo. Un giorno, entrando nel cortile di casa sua, davanti alla porta c'erano la macchinina e il telecomando. Non so che mi è preso, in un attimo l'ho afferrata e sono scappato via. Arrivato in un campetto, con un sasso l'ho distrutta e poi ho buttato i pezzi nell'erba alta, vicino a un palo della luce. Quando sono tornato, il mio amico era sotto casa che stava piangendo. Io l'ho guardato ed ero felice. Ero felice di vederlo star male. Mi vergogno ancora adesso mentre te lo dico. A un certo punto i miei occhi hanno incrociato i suoi: erano gonfi, pieni di lacrime, e ho avuto la sensazione che lui avesse capito che ero stato io, e soprattutto che ero felice di vederlo soffrire. Infatti, qualche giorno dopo, durante una litigata, lui mi ha detto: "Lo so che la macchinina me l'hai presa tu. Ladro". Per la prima volta ci siamo picchiati. Siamo rimasti comunque amici, ma quell'argomento non è più stato toccato, nemmeno da grandi. Vedi, è una cazzata. Eppure ancora adesso ripensarci mi ferisce.»

«Povero bambino» mi ha detto e poi mi ha dato un bacio.

«E tu hai mai fatto una cosa di cui ti sei vergognata o che non hai mai detto a nessuno?»

«Se vuoi ti racconto una cosa che non ho mai detto a nessuno, ma non è che mi vergogno tanto, anzi, non mi vergogno per niente. Però non lo sa nessuno, a parte me e la persona coinvolta.»

«Se non l'hai mai detto a nessuno vale.»

«Quando avevo vent'anni io, il mio fidanzato di allora, un suo amico e la fidanzata siamo andati in vacanza insieme. Avevamo preso una casa in affitto al mare venti giorni in Sardegna. Dal terzo giorno, per tutta la vacanza, ho tradito il mio fidanzato con la ragazza.»

«Come con la ragazza... Veronica?»

«Ti ricordi il nome?»

«Mi avevi detto che scherzavi!»

«Beh, non mi andava di dirtelo. Comunque nessuna delle due aveva mai avuto esperienze del genere, lei non era lesbica, ma c'era qualcosa che ci attraeva. Era bellissima e fino ad allora, a parte i bacetti stupidi al liceo con le amiche, non avevo mai pensato di fare l'amore con una donna. Una sera, mentre eravamo in camera a prepararci per uscire, mettendoci la crema e aiutandoci a vestirci, ci siamo baciate. Ce ne siamo accorte subito che c'era qualcosa tra noi. Io prima di quella vacanza l'avevo vista solo un paio di volte di sfuggita, ma non era successo niente, nemmeno nei pensieri, invece in quell'occasione appena ci siamo sfiorate abbiamo sentito una strana scintilla. Dopo il bacio in camera, quella sera ci siamo baciate anche nei bagni del ristorante e della discoteca. Dal giorno dopo trovavamo sempre delle scuse per stare sole. Nessuno poteva sospettare. Due donne in vacanza, sembrava sempre che avessimo da comprare o provare vestiti. La sera ci chiudevamo in camera come la volta del nostro primo bacio e ci mettevamo la crema. Ho immagini bellissime di lei nuda davanti allo specchio e io in ginocchio che la baciavo. Ricordo il nostro sguardo che si incontrava nel riflesso dello specchio. Era molto divertente. Non lo vivevamo come un tradimento, era un gioco eccitante. Non c'entrava niente con le nostre storie d'amore. Certo al mio fidanzato non l'ho mai detto. Comunque per la durata della vacanza ho fatto l'amore molte più volte con lei che con lui. Dopo la vacanza ci siamo viste ancora qualche volta in compagnia, ma non c'è stato più niente.»

Mentre mi raccontava quella storia io cercavo di immaginare due donne nude e abbronzate in una stanza di una casa al mare. Quelle stanze dove c'è la valigia aperta piena di scarpe con il tacco, sandali, creme, cinture, parei, vestiti. A me già quelle valigie lì, da cubiste, bastano per eccitarmi. Il suo racconto mi ha eccitato. La sera, quando abbiamo fatto l'amore, ero succube di quelle immagini. Mi veniva in mente che si baciavano, si toccavano e tutto il resto. Mi piaceva da morire quel pensiero. E poi Veronica la potevo immaginare come volevo io, invece Michela era lì.

«Ultimamente hai più visto Veronica?»

«No. So già a cosa stai pensando. No! È una fissa per voi uomini. E il tuo amico della macchinina lo hai più visto? Come si chiamava?»

«Andrea. Diciamo che io gli ho fregato il giocattolo e lui, qualche anno dopo, la fidanzata. Non ci sentiamo da un po'.»

«Beh, per lo meno siete pari.»

«Insomma, il giocattolo non è la fidanzata.»

«A quell'età sì. E poi non si tratta della fidanzata o della macchinina, ma del tradimento. È una questione di fiducia.»

Non so se in quel momento Michela mi avesse convinto, ma poteva avere ragione. Adesso la penso come lei.

«Alla tua età, quante sono le persone con cui non parli più? A parte Andrea.»

«Ci sono un paio di donne offese.»

«Beh, non è così grave come elenco.»

«Tu?»

«Il mio ex quasi marito e tutta la sua famiglia.»

«Beh, dài, tutto sommato pochi morti e feriti.»

Dopo questa chiacchierata sul nostro passato, lei è andata al lavoro e io ho passeggiato come sempre per New York. Sono finito a pranzare al Chelsea Market, sulla 9th Avenue tra la West 15th Street e la West 16th Street. È un posto meraviglioso: quando entri ti viene voglia di comprare tutto quello che vedi e di mangiare in tutti i ristoranti e bar che ci sono. C'è la macelleria ristorante Frank's Fine Meats, oppure le zuppe di Hale and Hearty Soups o il ristorante thailandese Chelsea Thay. E poi Amy's Bread e la Fat Witch Bakery, dove una volta ho mangiato un *brownie* buonissimo. Ci sono anche un negozio di prodotti italiani e in fondo, sulla sinistra, il T Salon, una sala da tè con tutti gli aromi del mondo.

Sono andato da Lobster Place, una pescheria dove oltre al pesce da portare via puoi prendere anche cose da mangiare sul posto. Vaschette con gamberetti, sushi, zuppe di pesce, insalate con tonno e salmone. Per gli amanti del pesce come me è un paradiso. Il Chelsea Market è un posto dove vorrei vivere. Espongono anche opere d'arte. Ho mangiato del sushi e una porzione gigante di gamberoni.

Ho chiamato Michela perché avevo visto che alla New York Philharmonic quella sera davano un concerto con musiche di Rachmaninov e Schumann.

«Ti va di andarci?»

«Volentieri.»

«Dovrò comprare un vestito elegante, secondo te?»

«Non credo che serva.»

«Peccato, mi sarebbe piaciuto andare con te, tutti e due eleganti, in abito da sera.»

«Beh... se vuoi io un abito elegante ce l'ho e tu non

c'è bisogno che lo compri. Te lo puoi affittare per questa sera.»

«Giusto, non c'avevo pensato. Ti va allora di andare così?»

«Sì.»

«Ti passo a prendere a casa verso le otto. Sarò bellissimo.»

E così abbiamo fatto. Ho affittato un abito nero e quando sono passato a prenderla in taxi sotto casa, lei era bellissima. Un vestito rosso da sera che le lasciava la schiena nuda e una sottilissima collana al collo. Quando è salita in taxi io sarei voluto scendere subito e tornare in casa, nella camera da letto. Le curve del seno evidenziate dall'abito erano invitanti come la strada verso casa e il suo viso bello come un risveglio in un luogo che senti tuo.

Una delle cose che mi piacevano con Michela era che con lei si poteva andare ovunque. Sia nei posti ignoranti, anche un po' squallidi, sia nei posti eleganti. Senza nessun problema. Aveva la capacità di scendere e salire dai tacchi, entrare e uscire da abiti o jeans senza mai essere diversa. Era sempre lei in qualsiasi situazione. Sembrava la donna giusta per me, almeno in quei giorni.

Il concerto è stato emozionante. Quando hanno suonato la *Sinfonia n. 2*, Michela mi ha preso la mano e per un istante ho avuto la sensazione che ci stessimo aggrappando l'uno all'altra come fanno le donne quando guardano i film dell'orrore. Perché forse la sensazione era quella. Tutto talmente delicato, potente e bello da fare paura.

Tornati a casa dopo il concerto, ho fatto l'amore con lei in piedi appena varcata la soglia. Naturalmente senza toglierle il vestito.

22

Il bagno (– 2)

Mancavano due giorni alla partenza. Era venerdì mattina. Il mio aereo era di domenica. Avevo dormito da lei,
quando mi sono svegliato era già andata al lavoro. Ho
trovato un biglietto sul comodino: "Pensa a cosa ci saremmo persi se non avessimo avuto il coraggio di noi.
Sei più di quello che avevo immaginato. A dopo. Tua
moglie. PS: Quando dormi sembri un bambino".
Il biglietto aveva una parola cancellata. Ho continuato a guardare il foglio controluce per cercare di capire
cosa avesse cancellato.
Le cancellature per me diventano più interessanti di
ciò che si legge. Perché non penso che siano stati errori
di ortografia, ma un ripensamento su una confidenza
ritenuta poi troppo intima. È sempre stato così, chissà
se guarirò mai.
Sono rimasto a letto almeno un paio d'ore, non avevo
voglia di uscire. Non era una bella giornata. Il tempo in
quella città cambia velocemente. Magari pioveva o era
nuvoloso e dopo un attimo spuntava il sole. Solitamente è il vento a Manhattan che fa la differenza: se fa freddo e non tira vento è un freddo bello, che respiri tutto,
che ti sveglia, ti dà forza, ma se tira vento ti taglia la faccia e ti sembra di essere in guerra. Chissà mia nonna co-

me avrebbe vissuto in una città come New York, con le sue gambe meteoropatiche.

Quella notte, prima di svegliarmi, avevo fatto il mio solito sogno. Il mio sogno ricorrente fin da quando ero piccolo è ambientato nel mio oratorio. Nel sogno sono bambino e devo tirare un rigore. La porta è vuota, senza portiere, ma dietro la rete c'è mio padre che mi guarda. Io ho paura di sbagliare. Spesso mi sveglio prima di tirarlo, a volte invece lo tiro. Sono più di vent'anni che tiro quel rigore e non ho mai fatto gol. Tiro e la palla va fuori, a volte fa solo un metro in avanti e si ferma. Ogni volta, però, dopo l'errore, mio padre se ne va.

Quella mattina, mentre ero ancora a letto, ho acceso la TV. Tutti i prodotti reclamizzati finivano con la cifra 99. Sei dollari e 99, nove dollari e 99, diciannove dollari e 99...

L'unico impegno della giornata era restituire l'abito. Poi mi è venuta un'idea e ho mandato un messaggio a Michela: "Puoi venire in hotel da me quando finisci di lavorare questa sera?".

Dopo cinque minuti è arrivata la sua risposta: "Okay... ti chiamo dopo. Riesco ad arrivare per le sette. Oggi niente pausa pranzo. Sono in una riunione pallosissima. Anche se non mi vedi, sappi che ho indossato questo vestito solo per te".

Più tardi sono andato a riconsegnare l'abito noleggiato e poi a mangiare. Ho mangiato al Paprika sulla St Marks Place, tra la 1st e la Avenue A. Dopo pranzo sono andato a comprare delle candele, una spugna e delle viti tipo Fischer. Poi sono tornato a casa di Michela. Da quando eravamo sposati mi aveva dato un mazzo di chiavi. Sono andato a casa sua perché quando facevo la doccia da lei mi ero accorto che aveva i barattoli di shampoo, bagnoschiuma e tutto il resto per terra. Mi sono fatto prestare il trapano dal portinaio e ho fissato il portasapone nella doccia. Che poi alla fine c'era tutto tranne il sapone. Insomma, porta quello che ci si mette. Così finalmente avrei potuto fare la pipì nella doccia senza farla sui barattoli, che tra l'altro sono pure rumorosi e rischi di farti beccare. In casa di alcune donne non si capisce con cosa lavarsi. Creme e balsami per capelli ovunque. Una volta non mi sono accorto e mi è capitato di lavarmi con il balsamo. Sono uscito che sembravo un peluche. I peli del pube potevano tranquillamente essere un nido di passeri.

Conclusa la mia operazione da marito fai-da-te, me ne sono andato. Mentre passeggiavo però ho avuto paura di essere stato invadente. "E se poi si incazza perché ho fatto una cosa senza chiedere? E se la vive come un'invadenza e non come una carineria? Se mi chiede di anticipare la fine del gioco? Vabbè, 'fanculo, chissenefrega."

Passeggiando per Manhattan mi capitava spesso di passare di fronte ai locali o per le vie in cui ero stato con Michela. In mezzo a tutto quel mondo nuovo e sconosciuto mi sembravano zone familiari. Punti emotivi che orientavano il mio cammino da turista. Perché anche dal punto di vista emotivo ero un turista, visitavo per la prima volta quel territorio d'amore. New York era diventata la metafora di ciò che stavo vivendo anche dentro di me. Un po' la conoscevo, come conoscevo la mia emotività, ma quella volta ero entrato più in profondità ed era diventata molto più misteriosa, sconosciuta, nuova, intestinale. Quando capitavo in posti conosciuti, posti in cui ero stato con Michela, era come se in quel momento rinnovassi il "noi". Io e lei.

Sono anche ripassato dove ci siamo dati il primo bacio. Le ho mandato un messaggio: "Sono tornato in Minetta Street, ho trovato un paio di baci nostri per terra.

Li ho raccolti e messi nel taschino della giacca. Questa sera ricordami di darteli".

Sono andato in un bar vicino al mio hotel. Ho preso un caffè e ho lavorato un po' al computer. C'era l'allacciamento wireless a internet.

Mi ha chiamato Michela, mi ha detto che entro una mezz'ora sarebbe arrivata. Sono andato di corsa in stanza e ho preparato tutto: ho fatto scendere l'acqua nella vasca da bagno, ho messo il bagnoschiuma, la spugna, e sullo specchio ho scritto: *Enjoy the bath*. Goditi il bagno. Ho acceso qualche candela intorno alla vasca e poi me ne sono andato, lasciando la porta accostata.

Mi sono nascosto nella hall e ho aspettato che arrivasse.

Mi piaceva l'idea che dopo aver lavorato tutto il giorno potesse rilassarsi un po'. E poi farsi un bagno era stato un suo desiderio, espresso quella sera che le avevo preparato la cena.

Volevo che l'inizio lo facesse da sola, in silenzio. Sapevo che avrebbe capito e che non mi avrebbe cercato. Dopo una ventina di minuti che era salita in camera sono andato da lei. Era nella vasca. Ci siamo guardati, mi ha sorriso e mi ha detto solamente: «Grazie». Poi ha aggiunto: «Vieni anche tu?».

Mi sono spogliato e sono entrato.

Appena sono entrato mi è squillato il telefono.

«Se non fossi qui con te andrei a vedere chi è...»

«Guarda che puoi andare, non mi dà fastidio.»

«Intendevo dire che se non fossi qui con te andrei a vedere se sei tu al telefono.»

Mi piaceva scherzare e giocare a fare il romantico. Lei capiva sempre che comunque stavo un po' scherzando, infatti rideva.

Siamo rimasti nell'acqua per un po'. Ogni tanto toglievamo il tappo per far andare via un po' d'acqua e per farne scendere altra più calda. Anche se, appena apri il rubinetto dell'acqua calda, per qualche secondo scende sempre fredda. Per questo, quando abitavo nella casa con mia madre, visto che a fianco alla vasca c'era il bidè, io, quando volevo aggiungere acqua calda, prima la facevo uscire dal doccino nel bidè finché smetteva di uscire fredda.

Mentre ero in acqua con Michela mi è venuto in mente che l'ultima volta che avevo fatto il bagno con una ragazza era stato con Monica. In quel weekend là, quello dei giochi erotici. Mi sono tornate in mente tutte le immagini di quel fine settimana. Indimenticabile.

Devo aver fatto delle espressioni strane, oppure è stata una pura coincidenza, fatto sta che Michela si è sollevata con la schiena, si è avvicinata verso di me facendo passare le gambe sopra i miei fianchi e mi si è seduta sopra. Dopo qualche istante ero dentro di lei e abbiamo fatto l'amore. Si muoveva lentamente. Vedevo crearsi delle piccole onde. Ho preso la spugna e facevo scivolare l'acqua calda su di lei. Strizzavo la spugna e osservavo l'acqua scendere dalle sue spalle sul suo seno, sulle braccia. Mi ha abbracciato e ha poggiato il viso sulla mia spalla. Il suo respiro, i suoi ansimi, il rumore delicato dell'acqua: tutto era un'enorme, invisibile carezza su di noi. Io ero pazzo di Michela. Era tutto troppo bello e mi sembrava di dover esplodere. Le ho alzato il viso. Volevo vederla e volevo baciarla. Mi sono accorto che stava piangendo in silenzio. L'ho baciata e ci siamo abbracciati nuovamente.

Ho imparato a non chiedere nulla alle donne in quei momenti. O lo capisci o niente.

Poi ci siamo lavati con il bagnoschiuma.

«Ma, a casa tua, tutti quei barattoli a terra nella doccia non ti danno fastidio?»

«No, non mi danno fastidio.»

Ho deglutito.

«Come non ti danno fastidio?»

«Non mi danno fastidio, certo, se sapessi usare il trapano monterei il portasapone, ma non essendo capace...»

"Beh, già meglio" ho pensato.

Michela ha chiuso gli occhi e ha appoggiato la nuca al bordo della vasca. Era rilassata. Forse anche un po' cotta dall'acqua calda. L'ho guardata attentamente per l'ennesima volta. A volte pensavo a lei e non l'associavo alla ragazza del tram. Era strano, ma nella mia testa capitava di avere come la sensazione che Michela fosse un'altra persona. Quella sconosciuta era riuscita a farmi vivere quei giorni liberamente e addirittura a farmi pensare per la prima volta che avrei anche fatto un figlio con una donna così. Anche se era stato un pensiero veloce.

«Ma tu hai mai pensato veramente a un figlio?» le ho chiesto.

«Certo che ci penso. Mi spiacerebbe non provare l'esperienza di essere madre.»

«Con me lo faresti?»

Senza aprire nemmeno gli occhi ha risposto: «Non lo so. Credo di sì».

Silenzio.

«Ci conosciamo da così poco tempo» le ho detto.

«Hai ragione. Ma non è nemmeno una cosa così strana.»

«Non ti ho nemmeno mai detto "ti amo"...»

Il fatto di essere nella vasca, in totale relax, creava lunghi silenzi tra una frase e l'altra. Le risposte non erano immediate. La nostra conversazione sembrava una lenta partita a ping-pong.

«Che c'entra che non mi hai mai detto "ti amo".»

«Come che c'entra? Se fai un figlio con una persona il minimo è che la ami.»

«Per me no.» Pausa. «Per me non è importante fare un figlio con te perché mi ami. O, meglio, non è sufficiente. Non è importante quello che provi per me, o quello che sei con me, ma quello che sei nella vita.»

«Cioè? Non ti capisco. Non si dice che i figli sono il frutto dell'amore?»

«Può essere, ma io non la penso così. Se facessi un figlio con te non lo farei certo perché ci amiamo.»

«E allora perché?»

«Quando avevo vent'anni avrei fatto un figlio con il mio fidanzato perché lo amavo. Perché credevo nella favola. Ma adesso le cose sono diverse. Adesso mi sento pronta per fare un figlio e quindi cerco un uomo con cui vivere e poter condividere questa esperienza. Ma non è necessario essere innamorati, anzi, per come la vedo io a volte è anche meglio non esserlo. Gli innamorati sono persone poco affidabili.»

Mi sembrava un discorso assurdo. Non avevo mai sentito una donna parlare così.

«Vorrei che il padre di mio figlio avesse delle qualità come uomo che vadano al di là del sentimento che prova per me. Mi sembrerebbe un discorso egoistico nei confronti di un figlio dargli come padre una persona che avesse come priorità l'amore per me. Per esempio, Paolo mi amava come credo nessuno abbia mai fatto, ma non ho mai pensato di fare un figlio con lui. Non avrei mai voluto fosse il padre dei miei figli. Vedi, una donna può anche essere innamorata di un uomo, avere una storia con lui e sapere però che va bene finché è un discorso legato solo a loro due. Un conto è la coppia, un conto è fare figli. È più importante che tu sia un uomo coraggioso che un uomo innamorato. Se poi sei anche innamorato, ancora meglio. A me tu piaci per come sei. Per esempio, sai che cosa mi ha fatto venire ancora più voglia di conoscerti? È stato un gesto che hai fatto e che mi è piaciuto da morire, il giorno che siamo andati al bar, quando ci siamo parlati la prima volta.»

«Che ho fatto?»

Ha riaperto gli occhi e la chiacchierata ha preso un ritmo più normale. «Hai aperto la porta del bar per fare uscire una signora e le hai detto di coprirsi che faceva freddo. Dal modo in cui lo hai fatto si è capito che era naturale. Tu eri l'unico sul tram che si alzava per far sedere una persona anziana, e quando lo facevi non ti guardavi in giro come molti per controllare se gli altri avevano visto il tuo gesto. Tu sei pieno di queste piccole attenzioni verso gli altri, ami le persone. Mi piace la tua intelligenza, la tua lealtà, la tua onestà. E poi hai la tua parte femminile scoperta. Sei femminile.»

«Come la mia femminilità scoperta?»

«Sì, tu sei un uomo molto femminile e questo mi piace, mi piace molto la tua fragilità, il fatto che non la nascondi.»

«E tu vorresti un figlio da un uomo femminile e fragile? Sei matta.»

«Molti pensano che essere uomini non abbia a che fare con la fragilità, anzi. Che voglia dire non essere femminili.»

«Beh, non so cosa ci sia di virile nell'essere fragile e femminile.»

«Perché quando dici femminile e fragile pensi a effeminato e debole. Fragile non è debole. Femminile non è effeminato. Sono due cose diverse.»

«E in cosa sarei femminile?»

«Per le cose che ti interessano della vita, per la tua sensibilità, per le attenzioni a certe cose, e per il fatto che non hai mai cercato di fare il macho, ma sei sempre stato quello che sei. Ti ricordi quando abbiamo fatto la doccia e ci siamo visti nudi per la prima volta?»

«Sì.»

«Non pensare che per una donna sia facile mostrarsi nuda. Almeno, per me non lo è. In quel momento mi sono accorta che non lo era nemmeno per te, ma tu hai iniziato a elencarmi i tuoi difetti, ironizzando su te stesso. Quella è una cosa da donne. Con la tua ironia sei stato capace di mostrarmi una paura e superarla. Sono le cose che nemmeno sai di fare che mi hanno fatto capire quanto mi piaci. Tu mi piaci come persona, e mi piacerebbe che i miei figli avessero un padre come te. Tutto qua. Io e te potremmo anche non piacerci più come amanti tra qualche anno, ma tu rimarresti comunque il padre dei miei figli per sempre, per cui l'amore che c'è tra noi non conta nulla. C'entra come siamo noi in quanto persone e non come coppia. C'entra la qualità del nostro dialogare, capirci, sentirci. Tu non devi pensare a quel che provi per me, devi pensare se ti piace come ragiono, come vivo, come mi comporto, e soprattutto in cosa credo. È più importante capire, nel nostro rapporto, quante cose puoi dirmi e quante non mi dici perché pensi che non capirei o che mi potrei arrabbiare o offendere o ferire. Poi, se dopo tutte queste cose sei anche innamorato, ben venga, ma per un figlio bisogna fare un discorso che vada al di là della nostra relazione.»

Anche se il discorso era un po' strano e probabilmente non l'avevo nemmeno capito del tutto, mi era piaciuto soprattutto sentire l'elenco delle cose che di me le piacevano.

Lei era un caos affascinante. Io non ho mai incontrato

una donna così. Non ci siamo mai detti "ti amo", o "sono innamorato di te". A ciò che c'era tra noi né io né lei eravamo in grado di dare un nome. Era diversa da tutte le storie che avevo vissuto. Se solo mi avesse chiesto di dirle cosa di lei mi piaceva, le avrei detto questo. Ma Michela non mi ha chiesto niente, ha richiuso gli occhi e siamo rimasti ancora un po' nella vasca, immersi nei nostri pensieri.

Dopo il bagno, siamo andati in un locale assurdo dove Michela aveva prenotato da tre giorni perché era difficile trovare posto.

Stranamente fuori dall'hotel c'era ancora Alfred. Di solito lo vedevo solo il giorno. Gli abbiamo dato un dollaro e lui ha detto: «No joke... tonight for you just the truth. You had made a supernova. Believe me».

Siamo andati via sorridendo.

The Corner, sulla Kenmare Street, visto da fuori sembra un normalissimo localino, ma quello non è il ristorante. Il ristorante è nascosto. All'ingresso c'è un ragazzo che ha la lista delle prenotazioni. Se sei nell'elenco ti apre una porticina e ti fa scendere da una scala, dove alla fine una ragazza ti chiede nuovamente il nome. Se anche a lei corrisponde, allora si può entrare, ma per andare ai tavoli bisogna passare nella cucina, tra fornelli, padelle e cuochi. Sembra un posto misterioso. Alla fine il ristorante è in una vecchia cantina in mattoni, piena di candele e quadri strani. Si chiama La Esquina. Che sarebbe poi la traduzione in spagnolo di *the corner*.

La cucina messicana di quel posto è veramente buona. Anche i *margarita*.

Avevo una fame pazzesca. Quando faccio il bagno mi viene fame, se faccio l'amore quando faccio il bagno mi trasformo in un lupo mannaro. Dopo avere ordinato è arrivato solo il mio piatto. Nel vederlo, proprio come un lupo mi è partita la salivazione, ma ho aspettato educatamente anche il suo. A un certo punto le ho chiesto: «Ma cosa hai ordinato, un puzzle da cento pezzi?».

Andando via siamo dovuti passare nuovamente dalla cucina, dove abbiamo fatto i complimenti ai cuochi. Ci siamo dovuti impegnare nel fare la scalinata finale. I gradini, dopo svariate birre e *margarita*, erano molto più ripidi di quando siamo scesi. Arrivati in cima Michela ha detto: «Chissà se ci regalano un peluche come premio dopo questa faticata».

Eravamo pieni. Ci siamo seduti un attimo su una panchina di fronte al locale, dall'altra parte della strada.

Quella sera non abbiamo dormito insieme. Entrambi eravamo confusi. In quei giorni eravamo stati invasi da una valanga di pensieri e imprevisti. Avevamo bisogno di solitudine per metabolizzare le emozioni e per fare un po' di ordine nella nostra vita. Ciò che stavamo vivendo non era come quando si è innamorati, era una cosa nuova. Forse non migliore, ma sicuramente diversa. Era come se avessimo scoperto che anche senza essere innamorati, o senza amarsi nel senso classico, esisteva un territorio fatto di attenzioni, emozioni e scoperte che si potevano vivere, condividere e donare. Non stavamo costruendo un rapporto, lo stavamo semplicemente vivendo.

Non avevo mai vissuto una storia così, mai "conosciutoamato" una persona provando quelle sensazioni. Il bisogno di dare, di ricevere, di esprimere. E pur sapendo in fondo che era un bisogno, ci piaceva ugualmente giocare così. La gioia di donare amore mi stava riempiendo come non mi era mai successo prima.

... ciò che dai è tuo per sempre...

La nostra storia stava per finire. Michela sarebbe stata la mia ragazza, anzi, mia moglie, ancora per due giorni.

Tutto ciò che mi aveva sempre spaventato adesso mi dispiaceva perderlo. Sarebbe diventata la mia ex. Stavo per mandarle un messaggio per dirle quanto fosse bella, ma mentre scrivevo me ne è arrivato uno da lei.

"Grazie per il portasapone... Sei bello."

Mi ha rubato le parole dalle dita.

23

Game over (– 1)

Il mattino dopo, verso le otto, dormivo ancora. Stavo facendo un sogno assurdo: ero andato a cena a casa della compagna di mio padre, c'era anche Elena. Nessuno parlava. Loro hanno aperto il freezer, hanno tirato fuori una ciotola e preso un po' di minestrone congelato. L'hanno messo in un pentolino. Facevano tutti i movimenti lentamente, come se stessero maneggiando un cristallo prezioso. Lo hanno riscaldato e me ne hanno dato un po', dicendomi che quel minestrone lo aveva fatto Pier Paolo Pasolini prima di morire. "Quando abbiamo saputo della notizia che lo avevano ammazzato lo abbiamo congelato. Questa è l'ultima cosa che ha fatto prima di morire, l'ha fatto lui con le sue mani". Quando ho portato il primo cucchiaio alla bocca, ricordo che mi piaceva da morire e anche che avevo voglia di piangere.

"È buono... mi fa venire voglia di piangere."

"È normale perché è... DRIIIIIIINN!"

Il telefono sul comodino mi ha svegliato di colpo.

«Pronto?»

«Sono io, Silvia.»

«Ma che ore sono?»

«Qui sono le due del pomeriggio, quindi da te le otto, credo.»

«Le otto... sei matta...»

«Senti, devo dirti una cosa.»

«Cosa?»

Parlavo, ma non riuscivo a svegliarmi, diciamo che biascicavo suoni appena comprensibili.

«Oggi hanno ricoverato d'urgenza tua nonna.»

Mi sono svegliato di colpo.

«Cos'è successo, è grave?»

«Non lo so. Mi ha chiamato tua madre e mi ha detto di avvisarti perché trovava il cellulare spento e non riusciva a chiamarti. Ma non le hai dato il numero nuovo?»

«Mi sono dimenticato.»

«Chiamala... ci sentiamo dopo.»

Mi sono seduto sul letto, mi sono sfregato la faccia e ho chiamato mia madre.

«Che è successo?»

«La nonna si è sentita male. L'abbiamo ricoverata. I dottori dicono che può anche riprendersi come ha fatto le altre volte, come invece no. Sai, a quell'età ogni momento può essere quello buono.»

Non sapevo che dire. C'era la difficoltà dell'argomento, sommata al fatto di parlare con mia madre.

«Puoi anche non tornare, fai come vuoi. Volevo solo che lo sapessi.»

Ecco tutta mia madre in quella frase: "Puoi anche non tornare, fai come vuoi".

«Va bene... ci sentiamo dopo.» E ho messo giù.

Che risveglio infernale. Mia nonna in ospedale e mia madre che voleva dirmi torna, invece mi ha detto quel che mi ha detto.

Erano le otto del mattino. Il mio volo per tornare in Italia era per la sera del giorno dopo. Al momento non sapevo cosa fare. "Anticipo il rientro? Aspetto fino a domani?"

Un giorno o due potevano non cambiare nulla.

"Sai, a quella età ogni momento può essere quello buono."

Che frase del cazzo! Ma era vero. Fosse stata una settimana avrei anticipato, ma il giorno prima...

Mi sono alzato. Ero nervoso. Ho acceso il cellulare. La prima cosa da fare era vedere se c'erano posti sui voli di quel giorno. C'erano ancora due posti: la compagnia aerea mi ha detto che con soli cinquanta dollari potevo cambiare il volo. Alle nove ho chiamato Michela e le ho raccontato la situazione. Lei mi ha consigliato di cambiare il volo e partire subito. Io non sapevo ancora cosa fare. Mancava solamente un giorno alla fine del nostro gioco. Alla fine ho chiamato la compagnia aerea e ho cambiato il volo. Michela nel frattempo mi ha raggiunto in albergo.

Dentro di me in pochi attimi era esplosa una bomba di emozioni. Non capivo se ero più sconvolto all'idea che forse mia nonna stava per morire o perché io e Michela ci stavamo lasciando. Tra l'altro un giorno prima della scadenza fissata. Non ero pronto, probabilmente non lo sarei stato nemmeno il giorno dopo, ma non avevo ancora avuto il tempo di pensarci seriamente. Siamo scesi e abbiamo preso due caffè. Poi siamo andati a passeggiare e ci siamo seduti su una panchina sull'Hudson. Di fronte a noi, l'oceano.

Avevamo parlato tanto in quei giorni insieme. Ma lì, seduti su quella panchina, nell'attimo in cui forse avevamo bisogno di parlare più di ogni altra volta, non ci siamo detti nulla. Ci siamo guardati in silenzio, riflessi nell'orizzonte di fronte a noi. Eravamo arrivati al punto, al risveglio dal sogno, alla fine della favola. Il momento della scarpetta persa. In realtà, ci siamo detti poche parole perché c'era poco da dire. Sapevamo tutti e due che rimanere fedeli al gioco era la cosa giusta da fare. Che se fossimo rimasti legati l'uno all'altra ci saremmo visti qualche volta per qualche mese e tutto sarebbe sfumato, peggiorato, banalizzato. Almeno quello era ciò che pensavamo in quel momento.

Ricordo solo che Michela, a un certo punto, mi ha detto: «È la prima volta che vivo un'esperienza del genere, Giacomo. La possibilità di poter esprimere tutto ciò che ho desiderato nel profondo del cuore senza la paura di essere fraintesa. Senza dover giustificare o spiegare mai un sentimento, un'azione, un gesto, una parola. Qui, in questo nostro posto, ci siamo arrivati insieme. Non saprei tornarci da sola. Non conosco neppure la strada per tornare indietro e non ne vedo una. Se ragiono con il cuore, penso solo che non sono mai stata così con una persona. Soprattutto in così poco tempo... Se ragiono con la testa... beh, sai già cosa penso».

Mentre parlava, avevo l'immagine di lei sul tram, i primi giorni. Per me era sempre stata una finestra spalancata sulle cose belle della vita.

Quel momento, su quella panchina, rivive nella mia testa con attimi di vuoto. La mia mente ha ingarbugliato tutto, ha trattenuto solo alcune parole strappate dal discorso. Come fossero lampi, pallottole, sassi pesanti buttati nel mare. Parole dette. Parole sentite.

"Lasciamoci adesso... È stato bello... non funzionerebbe... Tu vivi dall'altra parte dell'oceano... meglio così... rimarrai sempre... anche se fa male, è la cosa giusta... dobbiamo essere felici... salutiamoci ora... non dobbiamo chiamarci... non dobbiamo sentirci..."

Ci siamo abbracciati. Forte forte forte. Abbiamo pianto. Io piangevo per tutto.

Stavo male, non riuscivo a staccarmi. Stavo male, stavo male, stavo male.

Spesso ciò che è meglio non è quello che fa stare bene. Spostavo la testa solamente per baciarla. Le baciavo il viso bagnato con il mio viso bagnato.

«Mi riaccompagni in hotel?»

«Andiamo.»

Abbiamo passeggiato in silenzio tenendoci per mano. Per la prima volta in vita mia sentivo il dolore di un'altra persona dentro di me. Stavo male per me e per lei. Il suo dolore mi dava dolore. Avrei voluto toglierle tutta quella sofferenza e liberarla. Sarei esploso in mille pezzi per lei. Come da bambino per mia madre.

Ho capito in quell'istante di essere veramente innamorato, ma nel senso della parola inglese: *in love*. Forse non eravamo nemmeno due persone innamorate l'una dell'altra, ma innamorate di ciò che ci univa. Come due musicisti jazz: ciò che li unisce non è l'amore dell'uno per l'altro, ma l'amore che entrambi hanno per la musica. Ciò che creano. Mentre camminavamo, mi era venuta in mente quella frase famosa che dice: "L'amore tra due persone non è guardarsi l'un l'altro, ma guardare tutti e due nella stessa direzione".

Vicino all'hotel, all'improvviso Michela mi ha detto: «Non ce la faccio. Scusami. Non ce la faccio, ho bisogno di andare». E ha chiamato un taxi alzando la mano.

«Aspetta, Michela, non andare via così... aspetta, ti prego, ancora un attimo.»

«Non riesco, scusami... lasciami andare. Sto male.»

Il taxi si è fermato. Ho cercato di trattenerla. Ci siamo dati un bacio sulla bocca premendo con forza le labbra. Era un bacio schiacciato. Quando ci siamo staccati mi ha guardato dritto negli occhi, mi ha accarezzato il viso ed è salita sul taxi.

Ho guardato quella macchia gialla che si stava portando via Michela da me. Per sempre. Mentre il taxi si allontanava vedevo la sua testa da dietro spuntare dal sedile. Poi si è piegata in avanti e non l'ho più vista. Ho continuato a piangere. Sono arrivato in hotel con gli occhi rossi e gonfi. Cosa mi era successo nell'ultima settimana? Ero io quell'uomo che piangeva come un bambino per le strade di Manhattan?

Ho fatto la valigia, ho pagato l'hotel e mi sono fatto chiamare un taxi. Poi, visto che le cose non capitano mai per caso, aspettando il taxi ho sentito Alfred che diceva a una coppia: «*No joke... for you just the truth. You had made a supernova. Believe me*». E io che avevo pensato a una cosa magica, detta da un uomo saggio, talmente saggio da essere un *homeless*. Quella era la frase standard per le coppie, che rincoglionito.

Quando sono partito pioveva. Pioveva mentre fuori dal taxi c'era il sole. Quella pioggia era solo una sensazione. Quando sono salito sull'aereo un signore vicino a me ha preso una pastiglia dicendomi che con quella avrebbe dormito tutto il viaggio. Me ne sono fatta dare una anch'io. Ricordo che, prima di addormentarmi, tutte quelle emozioni che vivevano dentro di me in quel momento mi avevano riportato alla mente vecchi ricordi, quelle storie d'amore che si vivono da adolescenti al mare. Con Michela, all'età di trentacinque anni, ho rivissuto una di quelle storie d'amore estive. Pensavo che non mi potesse più succedere. Alla nostra età solitamente diventa tutto più complicato. A volte esci a cena con una ragazza e ti sembra di dover rispondere a un questionario per vedere se vai bene. Con lei, invece, ho rivissuto la leggerezza e la freschezza di quegli incontri estivi. Eravamo stati due adolescenti. Forse immaturi, ma eravamo stati bene e alla fine questo era quello che contava.

Quel gioco mi aveva reso migliore. Avevo fatto progressi enormi nell'espressione della mia emotività. Il fatto che stavo male voleva dire che avevo fatto passi da gigante.

Michela era stato un bell'incontro.

Mentre mi addormentavo sull'aereo, ho ricordato Laura. La prima volta che ho fatto l'amore avevo circa quattordici anni e l'ho fatto in vacanza al mare con lei. La conoscevo da tre anni. La incontravo solamente nel periodo estivo perché abitavamo in due città diverse. Infatti lei per me aveva il fascino esotico ed erotico della straniera. A quell'età un'altra città era come un altro mondo. Già l'anno prima ci eravamo fidanzati, ma non avevamo fatto l'amore. "Non mi sento pronta" mi aveva detto. Non avevamo fatto l'amore, ma ci si baciava per ore. E ci si "spalpocciava" anche. Più che altro io toccavo, lei meno. Se da me o da lei non si poteva, si andava in una piccola pineta dietro le case. Allora il sesso aveva il profumo di pino. Ancora adesso quando respiro l'aria in un bosco penso a Laura.

Avevo passato tutto l'anno scolastico pensando a lei. A tutti i compagni di scuola dicevo di avere la fidanzata, anche se poi durante l'inverno mica ci sentivamo. Non le ho mai parlato, nemmeno al telefono, durante l'anno. Era una cosa normale rivedersi l'estate dopo e ricominciare da dove si era rimasti. A parte i primi giorni, in cui comunque c'era un po' di imbarazzo.

L'anno dopo abbiamo fatto l'amore. Alla faccia di chi mi diceva che non era vero che avevo la fidanzata al mare. Era pomeriggio, tutti i miei amici erano in spiaggia e io ero andato da lei. Ricordo l'agitazione che ho provato lungo il tragitto. Perché un po' si era intuito che prima o poi in quella vacanza sarebbe successo e quando lei mi aveva detto: "Vieni da me oggi pomeriggio, i miei non ci sono..." beh, il sospetto era forte. Ricordo il percorso che ho fatto per arrivare da lei. Dalla spiaggia a casa sua si doveva passare per un sentierino di sabbia, pieno di cespuglietti piccoli, qualcuno pungeva anche. Faceva caldo, il sole picchiava fortissimo, c'era silenzio, mi sono girato indietro per guardare il mare. Era calmo. Alcuni ombrelloni in spiaggia erano aperti, ma molti erano andati a pranzo e si erano fermati a fare la pennichella a casa. Quando sono arrivato, lei era sdraiata sul dondolo, mi aspettava. Mi sono seduto con lei tenendo la sua testa sulle gambe, in silenzio, incapace quasi di trovare la forza per parlare, e visto che eravamo ancora ragazzini, anche di apprezzare quella calma. Almeno apparente, perché io ormai pensavo solo che volevo fare l'amore con lei. Ci siamo fatti delle carezze e dei grattini per un po', poi ci siamo spostati in camera con la scusa che lì faceva troppo caldo.

Le persiane erano semichiuse. Ricordo il silenzio, si sentiva solo il suono delle cicale. Il profumo di mare, quella stanza con un piccolo soffio di luce, ricordo i corpi caldi, sudati, le lenzuola che si appiccicavano addosso per l'umidità. La sua pelle, il suo sguardo un po' spaventato mentre cercavo di entrare dentro di lei. I baci. Il desiderio di prometterci amore eterno. Ho veramente pensato che Laura non l'avrei mai più lasciata, che sarebbe stata la donna della mia vita per sempre. Non mi sembrava possibile avere il desiderio di stare con un'altra. In quel periodo ero monogamo in tutti i sensi e in tutti i modi. Solo dopo sono diventato monogamo emotivamente, ma non fisicamente. Nel senso che non sono un uomo sessualmente monogamo, ma lo sono emozionalmente. Riesco a fare l'amore anche con più donne, ma non ad amarne più di una.

Con Laura l'idea di altre ragazze non era concepibile, per me. Chissà cosa è successo dopo, che cosa mi ha fatto cambiare.

Quel pomeriggio al mare con lei ero sconvolto da tanta bellezza e potenza della vita. Un'altra goccia di felicità e sarei esploso. Quando quell'estate è finita pensavo di morire senza di lei. L'ultimo giorno che ci siamo visti abbiamo pianto, promettendoci che ci saremmo scritti tutti i giorni. Non c'erano i cellulari a quei tempi. Nemmeno le e-mail. Poi non lo abbiamo fatto. La vita fuori dalle vacanze estive era un'altra cosa. Ti distraeva anche da quell'amore. Avevo solo un po' paura che lei durante l'anno si fidanzasse con un altro. Ed è successo: si era fidanzata con uno che veniva in vacanza anche lui dove andavamo noi, e che per mia sfortuna era della sua stessa città. Anche lui l'aveva corteggiata, ma io ero sempre stato il preferito. Tranne quell'anno. Non ricordo di avere mai sofferto così tanto per una donna. Quando sono arrivati dove passavamo le vacanze insieme, nel posto dove di solito ero io il suo fidanzato, lei non me lo ha rivelato. Diceva solo che non voleva più stare con me, che tra noi era finita e che non mi amava più. Allora io, avendo il sospetto che stesse con quel tipo, le ho fatto uno dei miei primi: *Già so.*

Con gli anni sono diventato un maestro dei "già so". È una tecnica per fare confessare all'altro un tuo sospetto, dichiarando che è una cosa che già sai. Con gli anni l'ho affinata, facendo anche il nome di chi mi aveva fatto la confessione. Nonostante io sia un esperto e un grande utilizzatore del "già so", non sempre sono in grado di sopportare e reggere la risposta. Fare i "già so" è un azzardo, è un bluff, e come tale necessita poi della padronanza del viso. Bisogna reggere la conferma dei sospetti con faccia ferma e impassibile. Come chi bluffa con le carte. Come chi gioca a "faccia di pietra", un gioco che si fa da grandi tra maschi. Ci si siede tutti a tavola senza pantaloni. Poi una ragazza va sotto il tavolo e sceglie a chi fare del sesso orale. Il fortunato deve fare "faccia di pietra", nel senso che non deve farsi accorgere dagli altri. Se viene scoperto è eliminato.

Comunque, con Laura l'avevo scoperto così, con il "già so". Che pugnalata. Rassegnato al fatto che non avrei più fatto l'amore con lei e un po' anche per vendicarmi, mi sono messo con una sua amica che sapevo essere innamorata di me da anni. Quando Laura ci ha visti insieme si è arrabbiata e non ci siamo più rivolti la parola per un po'; poi un giorno abbiamo deciso che dovevamo parlare. Ci siamo dati appuntamento, suscitando la preoccupazione dei rispettivi fidanzati. Lei mi ha confessato che, se avessi lasciato la mia ragazza, lei avrebbe lasciato il suo e ci saremmo rimessi insieme. Non ho accettato.

Che storie meravigliose a quell'età. Come la mia storia con Eva. Quando avevo diciassette anni uscivo con una certa Eva. Siccome era fidanzata, non voleva fare l'amore con me perché non voleva tradire, però mi faceva delle gran pompe. Diceva che quello non era un vero tradimento, e che perciò non le faceva venire i sensi di colpa. Passavo interi pomeriggi seduto sul divano di casa sua, con lei in ginocchio davanti a me.

Stavo tornando alla vita di sempre. Portatore di un'esperienza da me mai vissuta prima. Con Michela tutto era stato differente.

La pastiglia mi ha fatto crollare in un sonno profondo. Come un bambino dopo un lungo pianto.

Mi sono svegliato che l'aereo stava atterrando. Ho recuperato la valigia. Non riuscivo a parlare. Per tutto, anche per la pastiglia credo. All'uscita dell'aeroporto c'era un sorriso che mi aspettava. Silvia.

24

Nonna

Dall'aeroporto sono andato direttamente in ospedale. Ho trovato mia nonna a letto; di fianco a lei, seduta su una sedia, c'era mia madre.

«Ciao.»

«Ciao.»

«Come sta?»

«Si è addormentata un paio d'ore fa. È stata sveglia tutta la notte. A volte sembra che non abbia niente, a volte straparla o si lamenta dei dolori. Comunque adesso non c'è bisogno che stiamo qui. Io vado a casa e poi torno per fare la notte.»

Ho guardato mia nonna dormire. "Mannaggiaattè!" ho pensato con affetto. Le ho dato un bacio sulla fronte e sono andato anch'io a casa. Uscendo dall'ospedale ho accompagnato mia madre alla macchina.

«Com'è andata a New York?»

«Bene.»

«Come stai?»

«Bene, bene. Senti, mamma, posso fare io la notte se vuoi, tanto con il fuso orario non faccio fatica a rimanere sveglio. Poi domani mattina vieni tu.»

«Non ti preoccupare. Ho un sacco di cose da fare, ma ce la faccio ugualmente a venire.»

«Dico veramente, è stupido stare svegli in due.»

«Va bene. Devi venire verso le otto.»

«Okay. Ciao.»

Puntuale, alle otto sono andato in ospedale. Mia nonna mi ha salutato chiamandomi con il nome giusto. Le ho dato il regalo che avevo preso per lei. Il braccialetto.

«Come sei caro» mi ha detto. Era una frase che mi ripeteva spesso quando facevo qualcosa di carino per lei.

Siamo stati svegli tutta la notte. In realtà, lei faceva dei piccoli pisolini e poi si risvegliava.

Dov'era finita la donna che conoscevo da piccolo, quel donnone enorme? La persona di fronte a me in quel momento non era più lei. Le assomigliava. Mia nonna è sempre stata una donna forte, un punto di riferimento. Vedova presto, ha cresciuto due figlie da sola, andando a lavorare e pensando a tutto.

«Come stai, nonna?»

Mi ha guardato, ma sembrava non avesse nemmeno sentito la mia domanda.

«Ti ricordi quando dicevi che schiacciavi un pisolino?»

«Quando?»

«Quand'ero piccolo tu gridavi e poi dicevi di aver schiacciato un pisolino.»

Non mi ha risposto. Poi mi ha detto: «Domani, quando vieni, portami gli orecchini, quelli con le perle. Sono nella scatolina dentro il cassettone, in fondo, sotto le mutande».

«Cosa te ne fai degli orecchini, nonna?»

«Perché il nonno Alberto ieri mi ha detto che tornava presto.»

Quando mi parlava del nonno, io mi commuovevo sempre un po'.

«Quando te lo ha detto?»

«Ieri, quando è venuto a trovarmi.»

A volte, in passato, di fronte a queste stranezze, avevo cercato di spiegarle che non era possibile. Tentavo di farla ragionare, pensando che, parlandole, si sarebbe svegliata da quel tipo di incantesimo. Poi ho imparato invece ad assecondarla e farla parlare a ruota libera.

«Eri felice quando lo hai visto, nonna?»

«Certamente, mi ha detto che ero bella e se lo dice lui ci credo, non è mica un tipo facile il nonno. È stato lui che mi ha detto di mettermi gli orecchini. Dice che quando me li vede addosso si ricorda il giorno che me li ha regalati.»

«E poi cosa ti ha detto?»

«Niente. È stato qui un po'. Era lì in piedi, vicino alla sedia dove sei tu, ma c'era seduta la mamma. Mi guardavano. Lui le accarezzava la testa. Poi la mamma ha iniziato a piangere e allora lui se ne è andato via. Ma mi ha detto che torna e mi porta anche il gelato.»

Poi mi ha fissato come se dovesse dirmi la cosa più importante del mondo.

«Cosa c'è, nonna?»

«Lo mangerei volentieri, un gelato. Però adesso, non quando me lo porta il nonno. Tu ce l'hai un gelato?»

«A quest'ora dove lo trovo, nonna? Non si può. Te lo porto domani. Prima del nonno.»

Poi ho pensato che magari c'erano quei distributori che vendono anche i gelati confezionati. Ho chiesto a una infermiera e mi ha detto che ce n'era uno giù a piano terra, vicino all'ingresso.

«Aspettami, nonna, che vado a prenderti il gelato.»

Sono sceso a cercarglielo e mentre camminavo pensavo che la nonna non mi sembrava poi così grave se aveva persino voglia di un gelato, anzi, mi sembrava anche meglio di altre volte. Ho preso un gelato e sono risalito. Quando sono entrato nella stanza la nonna dormiva.

"Che faccio, la sveglio o la lascio dormire?" mi sono chiesto.

L'ho svegliata.

«Nonna, il gelato.»

«Grazie, Alberto. Scusa, non ho ancora gli orecchini.»

Ero nuovamente diventato il nonno.

«Nonna, sono Giacomo, tuo nipote.»

«Lo so, non sono mica matta.»

Ha mangiato il gelato, era uno di quelli con il bastoncino di legno. Come al solito, non lo ha scartato del tutto, ha abbassato la carta come fosse una banana. Il bastoncino lo teneva sempre nella carta, credo per non sporcarsi le mani. Anche quella sera ha usato il suo stile. Mentre mangiava il gelato, le ho parlato di Michela.

«Lo sai, nonna, che in questi giorni ho giocato tanto, come mi hai sempre detto tu?»

«Hai fatto bene, devi giocare sempre. Dopo mi prometti che vai ancora, eh... ma non giocare con i cinesi però.»

«Te lo prometto. Ma perché sei fissata con i cinesi?»

«È che sono cattivi, li vedo io... E tu sei contento?»

«Adesso sto un po' male, perché l'amica con cui giocavo mi manca, ma sono felice di avere giocato con lei.»

Io parlavo e lei guardava il gelato. Come a voler decidere dove dare il morso. Se lo gustava proprio. Come una bambina.

Poi ha detto: «Ti ricordi, Alberto, quando mettevo le cose di lana per te?».

Parlava da sola, o veramente mio nonno era lì. Io a quelle cose un po' ci credo, per questo mi è venuta la pelle d'oca. La storia delle cose di lana me l'aveva raccontata un sacco di volte. Ogni sabato mia nonna, durante il giorno, metteva la maglietta e i mutandoni di lana di mio nonno per allargarglieli un po', renderli più

251

morbidi e soprattutto per fare in modo che pungessero di meno. Perché mia nonna era più robusta di mio nonno. Così lui metteva negli inverni freddi le cose di lana calde senza che pungessero. Era una versione "vecchio stile" dell'ammorbidente.

L'ho guardata e per rompere il silenzio ho detto una frase di circostanza: «Se vai avanti così, tra qualche giorno ti fanno uscire».

Lei ha continuato a guardare il gelato come fosse la prima volta che ne vedeva uno e, dopo un attimo di silenzio: «Ma io devo morire. Lo sai che devo morire?».

Quelle parole mi hanno spiazzato.

«Ma cosa stai dicendo?»

«Sì, sì, mangio il gelato e poi muoio. Io lo so.»

«Smettila di dire stupidate.»

Ha continuato a guardare il gelato e poi come una bambina ha fatto spallucce, come a dire "che importa". Ero abituato alle sue assurdità, ma quella volta mi aveva spaventato. Ho pensato a tutte le cose strane che succedono alle persone prima di morire. Ero terrorizzato dalle sue parole.

Poi, sempre come una bambina, mi ha detto: «Tu senti male e sei felice, io non sento più male. Non sento niente. Allora nella vita, quando non senti niente, neanche il dolore, stai solo aspettando di morire... io mangio il gelato e poi muoio».

«Nonna, smettila.»

«Dài Giacomo, fai il bravo. Aiutami a morire tranquilla, non fare così.»

«Se continui così vado via.»

Lei ha fatto nuovamente spallucce. Io avevo gli occhi lucidi.

Comunque, più che sembrare una bambina lo era veramente. In quella camicia da notte bianca, con i ricami rosa e quel fiocchetto piccolo nel mezzo. Era diventata così minuta e fragile che, quando la aiutavo a tirarsi un po' su nel letto, avevo paura che mi si rompesse in mano.

Ha finito il gelato e ha appoggiato il bastoncino sul comodino. Avevo paura, osservavo i suoi movimenti come se mi aspettassi che dovesse cadere da un momento all'altro. Dopo un po' che aveva finito il gelato non era morta.

Non era morta: "Porcaputtana, nonna, che paura".

Sono rimasto sveglio tutta la notte. La nonna un po' parlava un po' guardava verso la finestra in silenzio, un po' dormicchiava. Poi, al mattino presto, l'ospedale si è svegliato, le luci si sono accese, sono arrivate altre infermiere a fare il letto, insomma, il solito viavai prima della visita dei dottori. Alle sette la nonna era sveglia. Quando è arrivata la colazione, me ne sono andato. Le ho dato un bacio.

«Ci vediamo questa sera. Ti porto gli orecchini.»

«Ciao Giacomo.»

Alle otto del mattino ero nel mio letto. Sono crollato. Mi sono anche svegliato dopo qualche ora e c'ho messo un po' a capire dov'ero. È stata la lucina rossa della televisione ad aiutarmi come riferimento.

Quando mi sono svegliato, nel pomeriggio, ho saputo da mia madre che alle dieci la nonna era morta.

25

Mamma

Mia nonna è stata una delle persone più importanti della mia vita, ma la cosa che mi ha sorpreso in quei giorni, dopo la sua morte, è stata scoprirmi preparato ad accettarla. Era una tristezza profondamente malinconica, ma serena. Sentivo dentro di me il suo amore. Un amore eterno, fatto di tanti piccoli gesti che avevano sempre reso speciale il nostro rapporto. Mia nonna è stata un balsamo nella mia vita.

Dopo circa due settimane dal funerale, io e mia madre ci siamo trovati a liberare la casa di nonna. Fortunatamente mia madre e mia zia hanno un buon rapporto e non si sono rubate le cose a vicenda come spesso succede in questi casi. Per esempio, la signora anziana che abitava vicino a mia madre è finita in ospedale. Era grave. I medici, vista anche l'età, ottantanove anni, l'hanno data per spacciata avvisando i familiari che non sarebbe sopravvissuta. Stranamente due giorni dopo la signora si è ripresa e quando è tornata a casa le figlie le avevano già svuotato la casa. Io non ci volevo credere, a questa storia, ma purtroppo è vera.

Restare per ore in stretto contatto con mia madre e rovistare tra le cose di nonna mi metteva a disagio. E poi vivevo come un'invadenza aprire i suoi cassetti, mi pareva di spiare nella sua intimità. Non mi sembrava giusto. Non che mia nonna avesse grandi segreti. Se succedesse a me di morire improvvisamente, chissà cosa penserebbe mia madre nel trovare DVD di film porno, vibratori, palline vaginali, bende e un preservativo pieno di ghiaccio nel freezer. Ho anche un video in cui faccio l'amore con Monica. Ho sempre sperato di non morire all'improvviso. Non solo per questo motivo, ovviamente. Per la stessa ragione, spesso in passato, quando mi masturbavo a letto prima di addormentarmi, siccome portavo la carta igienica per pulirmi, dopo averlo fatto andavo in bagno a buttarla. Non la lasciavo sul comodino perché avevo paura appunto che se nella notte fossi improvvisamente morto avrebbero trovato le tracce della mia pugnetta. Le sere in cui ero particolarmente stanco, prima di uscire dal letto per buttarla, guardavo la carta sul comodino e cercavo di capire se potesse sembrare che mi ero soffiato il naso. Forse era ancora colpa di quel piccolo trauma vissuto nell'età dell'adolescenza, quando una sera, dopo essermi masturbato, ho nascosto la carta tra il materasso e la rete del letto. Andando a scuola la mattina, a un tratto mi è venuto in mente di essermi dimenticato di buttarla. Quando sono rientrato a casa il letto era già stato fatto e la carta non c'era più. Nessuno mi ha detto niente, ma per qualche giorno non sono riuscito a masturbarmi pensando che mia madre avesse scoperto tutto.

Aprire quei cassetti dopo che la nonna era morta era diverso da quando lo facevo prima. Tutti gli oggetti che per anni avevo visto in quella casa erano sempre nello stesso posto, eppure avevano qualcosa di diverso. Ho aperto un cassetto pieno di mutande e reggiseni. Tutto era enorme. I reggiseni di mia nonna avevano sempre una rosellina cucita nel mezzo. Quelle cose andavano nel sacco delle donazioni, senza nemmeno chiedere.

Sotto, in un altro cassetto ho trovato la scatola con gli orecchini.

Ho chiesto a mia madre se potevo tenerli.

«Se ti fa piacere, sì.»

Dentro quella scatola c'erano anche la fede di mio nonno, il suo orologio e il pennellino con cui si faceva la barba.

La mamma non si è fatta scappare nemmeno una lacrima in quei giorni, nemmeno al funerale. Doveva averle sprecate tutte quand'ero bambino. Non aveva voluto nemmeno che l'aiutassi. Ho dovuto insistere e dirle che lo facevo per la nonna e non per lei.

Abbiamo staccato i quadri e abbiamo messo negli scatoloni i piatti, i bicchieri, le posate e tutto il resto. Io ho svuotato la vetrinetta dove c'erano le tazzine praticamente mai usate del caffè, un paio di foto di mio nonno e le bomboniere dei vari matrimoni e comunioni. C'era anche la mia, quella della prima comunione: un bambino con un cagnolino.

«Faccio un caffè, mamma, lo vuoi?»

Stranamente ha risposto di sì, aggiungendo però: «Lo faccio io, tu vai avanti, non preoccuparti». Mia madre.

Poco dopo mi sono trovato con lei in cucina a bere un caffè. Io seduto, lei in piedi.

«Le tazzine potresti tenerle, sono praticamente nuove» le ho detto.

«Credo che non terrò niente, ho già la casa piena. E poi in questi giorni sto rifacendo la cucina e ho già comprato quel che mi serve. Tu, piuttosto, a parte gli orecchini non vuoi tenere niente? Ho già parlato con la zia l'altro giorno e mi ha detto che lei vuole solamente il quadro che c'è all'ingresso. Il resto possiamo tenerlo noi o buttarlo.»

«A parte gli orecchini io non prendo niente. Come mai cambi la cucina, non funzionava più?»

«Sì, funzionava, ma era vecchia e poi era ora di cambiarla.»

Silenzio. Un silenzio rumoroso.

È difficile comprendere la solitudine degli altri, ma credo di poter dire che mentre nella mia vita mi aveva fortificato, la solitudine che aveva vissuto mia madre aveva avuto un effetto distruttivo. Anche se ha avuto un altro uomo. Ho capito che, anche se non deve essere stato facile superare il trauma di un uomo che se ne va di casa, so anche con assoluta certezza che molti dei nostri problemi sono dipesi dal carattere di mia madre, da come ha reagito alla situazione.

«Mamma... ti siedi un secondo?»

«Un attimo che volevo sistemare questi piatti...»

«Per favore, lo fai dopo.»

Si è fermata, mi ha guardato un istante e poi faticosamente ha cercato di dimenticare i piatti e si è seduta. Osservavo mia madre di fronte a me e ho capito che era ora di deporre le armi anche con lei. Chiaramente quei pensieri non li ho fatti tutti in quell'istante, era un po' che ci pensavo. Già da quando avevo parlato con Silvia quella notte al pronto soccorso. Cercavo solo una buona occasione per farlo. Quella mi sembrava perfetta.

«Che c'è?» mi ha chiesto.

«Mi dispiace, mamma, mi dispiace veramente.»

«Lo so, anche a me... ma a quell'età prima o poi bisognava aspettarselo.»

«Non parlo della nonna, parlo di noi, di me e di te.»

È rimasta in silenzio. Ci siamo guardati negli occhi per qualche secondo. Dritti, senza nemmeno battere ciglio. Non guardavo mia madre così da molti anni, anzi, in quel modo non l'avevo mai guardata. Com'era cambiata.

«Mi dispiace per come sono andate le cose. Per com'è stata la tua vita... e la mia. Meritavamo di più.»

«Vabbè, ma cosa c'entra adesso questo discorso... anche a me spiace, ma le cose a volte vanno così. Lo so che sono stata una pessima madre, Giacomo.»

«Non dire così, mamma. Non nasconderti nuovamente dietro queste parole.»

«Nascondermi?»

«Sì, quando dici così ti nascondi e scappi. Non sei stata una pessima madre. Non voglio che tu mi chieda scusa. Voglio solo dire che è andata come è andata, ma che adesso, pian piano...»

Avrei voluto finire la frase dicendo: "Pian piano voglio iniziare un cammino di ritorno verso di te". Ma non ci sono riuscito. Comunque si era capito.

Un attimo di silenzio. Abbiamo portato le tazzine alla bocca. Poi, dopo che lei l'ha appoggiata sul piattino, mi ha detto: «Sai cosa mi ha detto la nonna l'altro giorno? "Non sei mai stata tranquilla"».

Abbiamo sorriso.

«Mi dispiace che per sopravvivere sia stato costretto ad allontanarmi dalla persona che amavo più di tutte al mondo. Io senza di te, mamma, sarei morto, e con te anche.»

«Hai fatto bene ad andare. L'ho capito, sai? Pensa, l'ho capito anch'io, il che è tutto dire.»

«Dovevo sopravviverti. La cosa che mi avete insegnato tu e il papà, prima lui poi tu, è che legarsi a qualcuno voleva dire stare male. Per questo non sono più riuscito per anni a vivere in intimità con una donna.»

«Credi che sia stato facile per me? Io mi sono ritrovata sola. Ho fatto quel che potevo.»

«Nessuno si deve scusare. Posso solo dirti che mi spiace di essermene andato e di non essere riuscito a farti capire perché l'ho fatto. Mi spiace di averti delusa e ferita, di non essere stato in grado di aiutarti veramente. In questo periodo ho capito molte cose, mi è più chiara anche la mia vita di quegli anni. Molto più ora che è passato tanto tempo. Ho pensato spesso a tutto ciò che non ho avuto. Avevi così paura di non farmi mancare niente che alla fine mi è mancata l'aria e soprattutto la possibilità di sbagliare. E, anche se ci siamo dovuti allontanare, volevo dirti che io in quest'ultimo periodo ho amato. Ho imparato ad amare, e voglio che tu conosca questo amore che mi porto dentro. Tutto qui.»

Mentre parlavo, a mia madre scendevano silenziosamente le lacrime. Continuavo a parlare senza fermarmi e ho iniziato a piangere anch'io. Ha cercato anche lei di dire qualcosa, ma non ci è riuscita. Per tutta la vita si era rifiutata di guardarsi dentro. Sapevo già cosa avrebbe voluto dirmi. Singhiozzava, piangeva, poi taceva. Le ho detto che quello che doveva dirmi me lo avrebbe detto un'altra volta. E così è stato. Negli ultimi mesi a poco a poco ci siamo riavvicinati. Basta lacrime. Mi ha anche regalato l'asciugatrice.

Prima di uscire da quella casa, ha voluto dirmi che nella nostra chiacchierata c'era sicuramente lo zampino della nonna. Le ho detto che lo pensavo anch'io.

«Io vado, ciao mamma.»

«Ciao.»

Fare veramente pace con qualcuno con cui hai litigato è una cosa potentissima. Avviene anche tra persone che si sono appena conosciute. Si diventa anche più buoni. Prima di uscire ho detto: «Salutami Fausto».

Fausto è il suo compagno, era la prima volta che lo chiamavo per nome.

Preso dall'entusiasmo di aver fatto pace con mia madre, sono andato a fare una passeggiata e sono entrato in un negozio di giocattoli. Ho comprato un regalo che ho fatto impacchettare, e poi ne ho preso un altro uguale anche per me.

Sono andato dove lavorava Andrea. In ufficio non c'era, gli ho lasciato il pacchetto sulla scrivania con scritto: "Scusa. A presto... spero". Poi sono tornato a casa e prima di salire, nel cortile, ho giocato un po' con la mia macchina telecomandata. Quella che avevo appena comprato per me. Ero contento di aver finalmente consegnato la macchinina al bambino che ero stato, e a quello che avevo reso triste tanti anni prima. Non mi sentivo buono per aver fatto quelle cose, quel giorno. E non lo ero certamente diventato ora. Per niente. Ma leggero, quello sì.

26

Chiacchierata con Silvia

In quel periodo Silvia mi è stata molto vicina. Avevamo molte cose da dirci. Mi sembrava anche dimagrita. Io, invece, dal viaggio a New York ero tornato con un paio di chili in più. Nei giorni passati con Michela credo di aver mangiato tutte le cucine del mondo: indiano, giapponese, thailandese, venezuelano, messicano, russo. Un giorno, mentre io e Silvia stavamo prendendo un caffè in un bar, mi ha detto: «Mio padre ha fatto un incidente in macchina».

«Quando?»

«Ieri.»

«Si è fatto male?»

«Si è rotto una spalla e ha battuto la testa. Non aveva la cintura. Lo hanno portato al pronto soccorso e poi ricoverato per accertamenti. Dovrebbe uscire oggi o domani.»

«Si è spaventato?»

«Credo di sì. Io invece sono sconvolta.»

«Vabbè, dài, guarirà presto. Se la botta in testa fosse stata grave te lo avrebbero già detto.»

«Non sono sconvolta per l'incidente.»

«E per cosa, per la macchina?»

«Non era solo. Era con una donna, che non si è fatta niente. È la sua amante.»

«Il fatto che fosse in macchina con una donna non significa per forza che sia l'amante.»

«Lo è da circa tre anni.»

«E a te, chi te l'ha detto?»

«Mia madre.»

«Come tua madre?»

«Ti rendi conto? Mio padre, a sessantacinque anni, da più di due ha l'amante e mia madre lo sa. E non mi ha mai detto niente.»

Non sapevo cosa dire.

«Tu lo sai cosa mi dice mia madre da quando le ho confidato che non amo più Carlo e che lo voglio lasciare? E cosa ha detto mio padre quando gli ho detto che Giulia si separava? Te lo ricordi?»

«Certo che me lo ricordo. Tua madre che dovevi sopportare e sacrificarti, e tuo padre di Giulia ha detto che era una puttana. Ma sei arrabbiata per questo?»

«Non sono arrabbiata, sono incazzata nera, furiosa. Con tutti e due. Mia madre ha sessant'anni e si ritrova con niente in mano. E non dice nulla perché si è rassegnata. Ma la cosa che mi fa incazzare è che invece di raccontarmi queste cose e di aiutarmi a non fare la sua fine, mi parla di sacrificio e di rinuncia. Ma come si fa, dico io, a essere così? Sono sua figlia e mi vorrebbe veder fare la fine che ha fatto lei, come a dimostrare che non c'è alternativa. Sono fuori di me. E mio padre, che ha passato una vita a puntare il dito su tutti facendo il moralista... poi scopro che il pomeriggio non va a giocare a carte con gli amici, ma a casa dell'amante.»

«E con lui ci hai parlato?»

«Sono andata a trovarlo e a chiedergli come stava. Poi gli ho detto che la sua amica stava bene e che poteva dormire tranquillo. E me ne sono andata. Non so come andrà a finire, io ho deciso che inizio a cercare una casa in affitto, anche piccola, per me e Margherita. A casa con Carlo non riesco più a starci. Sono esaurita. Ho cercato di avere i miei genitori dalla mia parte, di avere il loro consenso. Adesso non mi sembra più il caso. Lasciamo perdere... Ma sono curiosa di sapere tutto di te e Michela. Vi sentite in questi giorni o veramente è come vi siete promessi: "Comunque vada, ci lasceremo"?»

«Che senso ha risentirsi? Lei vive a New York, io qui. Cosa faccio, mollo tutto e mi trasferisco da lei? E poi? Un conto è qualche giorno, un altro una storia seria. Sentirci renderebbe il distacco ancora più difficile. Quindi evitiamo. Anche se lo vorrei, lo vorrei tantissimo. Sai che a un certo punto avrei anche fatto un figlio con lei?»

«Un figlio, ma sei impazzito?»

«Lo so, ma è così. Ne abbiamo anche parlato, un giorno, e se non fossi tornato così all'improvviso e di fretta forse lo avrei anche fatto...»

«Tu un figlio! Ma se solo a parlare di fidanzamento ti veniva l'orchite. Sei partito che non riuscivi nemmeno a farti un weekend con una donna, e dopo due settimane vuoi fare il papà? A parte che l'ho sempre pensato che tu, un figlio, lo avresti fatto senza pensarci, ma così all'improvviso...»

«Con lei mi sento libero. È stato diverso. Oddio, sto parlando come tutti... "per noi è diverso". Però lo è stato veramente, per lo meno diverso da quel che avevo sempre sperimentato. Sono stato con lei come mai in vita mia. Certo, dieci giorni a New York non hanno niente a che fare con una relazione vera, lo so anch'io, ma lei mi piace per come pensa, come ragiona, come sogna e cosa sogna.»

«Guarda che nella vita queste cose succedono.»

«Un giorno, parlando per gioco di figli, mi ha fatto un

discorso che io forse nemmeno ho capito. Un discorso assurdo sul fatto che è più importante che il padre dei suoi figli sia un uomo coraggioso, piuttosto che un uomo innamorato. Che un figlio lo avrebbe fatto non per quello che provava per me, ma per quello che pensava di me. Una matta.»

«Però ha ragione. Guarda me. Se Carlo fosse più uomo e più coraggioso, non mi troverei a dovere affrontare tutto da sola.»

«Fa ancora finta di niente?»

«Peggio. Fa finta di niente e comincia pure a addossarmi delle colpe. Dice che se me ne vado, mi devo prendere la responsabilità della sofferenza di Margherita. Ho paura che le dica che è tutta colpa mia e mi metta mia figlia contro.»

«Che stronzo. È arrivato ai ricatti morali?»

«Sì. E non si rende conto che più fa così, più mi convince che non posso stare altro tempo con una persona del genere.»

«Una frase famosa dice: "Se vuoi conoscere veramente chi hai sposato, lascialo".»

Siamo usciti dal bar e Silvia mi ha accompagnato a casa con la sua macchina.

I giorni passavano, e io uscivo lentamente dalla storia con Michela. Strisciando. Come quando il bancomat sembra non voglia ridarti la carta e la fa uscire a fatica. Io ero così. Dopo qualche mattina che prendevo il tram, ho deciso di andare al lavoro in bicicletta. Non ero più in grado di vedere quel vuoto. Lo sentivo molto più di quando se ne era andata la prima volta. Sul tram, privo di lei, il mio sguardo inciampava e cadeva nel nulla. Stava arrivando l'estate, per cui con la bicicletta avevo risolto il problema.

Il nostro era stato solo un pezzo di vita vissuto insieme, pieno di emozioni. La mattina, quando mi svegliavo, la immaginavo a letto addormentata, ancora avvolta dalla notte di un fuso orario diverso dal mio. Dall'altra parte del mondo. Quando pensavo a lei in quel letto vedevo sempre un corpo luminoso. Michela per me era così. Avevo trovato in lei così tanto di me che sarebbe stato un vero peccato non essere andato a New York. Quei giorni avevano allontanato per un istante tutti gli affanni della mia vita. Per dimenticare Michela, ho iniziato a uscire con altre donne. Il famoso chiodo scaccia chiodo. Ho scoperto subito, però, che non solo non funzionava, ma su di me aveva addirittura l'effetto contrario. E lì ho iniziato a preoccuparmi. Più uscivo con le altre, più pensavo a lei. Tutte mi lasciavano un senso di vuoto infinito. Con le altre non riuscivo ad andare dove ero stato con lei. Magari erano anche belle, simpatiche, intelligenti, ma con loro non riuscivo a tornare dove ero stato con lei, in un posto che apparteneva solo a noi due.

Con Michela c'era qualcosa che rendeva tutto facile, con lei non dovevo... non dovevo. Ecco, con lei non dovevo. Punto. È difficile da spiegare. Mi era venuta anche l'idea di proporre un fidanzamento a termine a una di loro, ma non so perché mi sembrava di tradire. Come se quel gioco appartenesse solo a me e a Michela. Invece era vero il contrario, quel che lei mi aveva insegnato si poteva applicare alla vita. Pensavo a tutti quei miei amici che si vedono per mesi, a volte anche anni, con delle persone e alla fine scopano e basta. Meglio invece storie più brevi, ma più intense ed emozionanti: minifidanzamenti con taglio netto finale. Dopo averlo fatto con Michela, però, non riuscivo a farlo con altre. Vivevo una sorta di stallo. Non potevo stare con lei e non riuscivo a stare con altre. Come quella volta da piccolo che in piscina ero salito sulle scale di un trampolino alto e poi arrivato sopra non avevo il coraggio di buttarmi e non potevo tornare indietro perché sulle scale c'erano gli altri bambini che stavano salendo. E tutti aspettavano che mi buttassi. Aiutooooooo!

Forse avevo bisogno di più tempo. Era come quando fissi per qualche secondo il sole. Dopo, su tutto quello che guardi trovi un cerchio nero. Così era successo con lei. In ogni cosa che vivevo ci trovavo la sua immagine. Michela era ovunque, nelle briciole di pane schiacciate a tavola dopo una cena, dentro il secondo silenzioso, dopo una risata, nel giro lento della ruota della bicicletta quando la portavo in spalle su per le scale, Michela era un pensiero erotico mentre bevevo il caffè.

Ho riprovato a svegliarmi la mattina con una donna nel letto e provarne rifiuto. A crollare di stanchezza dopo aver scopato e non avere la forza di rialzarmi per farle capire che era ora di andarsene. Sono quelle notti che ti addormenti nudo e la mattina il pisello è incollato al lenzuolo. Mattine di fastidio. A volte era sufficiente trovare un capello o l'odore di una sconosciuta sul cuscino. È brutto quando mi costringo a vivere così. Tra l'altro io ho sempre avuto uno strano rapporto con i capelli delle donne. Quando sono attaccati alla testa sono una delle cose che mi piacciono di più, mi affascinano, ma quando sono staccati mi fanno schifo.

Svegliarsi con una donna della quale non te ne frega niente è veramente squallido e fastidioso. Soprattutto la domenica, quando hai il panico di essere costretto a passare tutta la giornata insieme a lei. Una volta ho fatto finta di dover andare a lavorare. Mi sono vestito, sono sceso con lei in strada, l'ho salutata, ho fatto il giro del palazzo e sono tornato a letto. Quante storie inutili... Quand'ero più giovane è successo persino che una ragazza, svegliandosi, mi avesse trovato con il suo portafogli in mano: se ne è andata gridando che volevo rubarle i soldi. Non sono riuscito a spiegarle che cercavo solo la carta d'identità, per sapere il suo nome. Come quando mi sono svegliato a fianco di donne che, prima di andarsene, mi hanno lasciato il loro numero di telefono e non sapevo come memorizzarlo. "Memorizzalo tu sul mio telefono" dicevo. E poi quando se ne andavano facevo scorrere la rubrica per cercare il nome nuovo.

Una mattina, guardando fuori dalla finestra del bagno, mi sono accorto che il giardino interno dove mesi prima avevo creato il mio angelo nella neve era pieno di fiori. Il mio angelo imprigionato nella neve non c'era più. Proprio in quell'istante, mi è arrivato un messaggio di Monica. Avevo ricominciato a vederla proprio in quei giorni. Ripensando alle varie classifiche che avevo fatto con Michela, avrei dovuto aggiungerla in quella "numero di volte che ci siamo lasciati". Avrò detto basta almeno mille volte. Sempre subito dopo aver fatto l'amore. Ogni volta ci credevo. Ma più che degli addii erano degli *addiivederci*. Bastava un messaggio con scritto: "Che fai?" e dopo mezz'ora eravamo di nuovo avvinghiati. Ma in quel periodo nemmeno Monica funzionava come una volta.

Ho letto il suo SMS: "Ci vediamo più tardi? Ho voglia di te".

Per la prima volta ho risposto: "No".

Non mi hanno stupito più di tanto, nei giorni successivi, i suoi messaggi pieni di insulti e odio. "Sempre meglio delle botte del suo fidanzato" pensavo.

Erano passati quasi due mesi da quando me ne ero andato da New York e avevo lasciato Michela, e ancora non avevo ritrovato la serenità. Un giorno ho pensato che comunque la mia improvvisa partenza da New York mi aveva tolto un giorno con Michela e stava nascendo dentro di me il desiderio e il pensiero di tornare comunque da lei per quel giorno. Forse era proprio quello che mi mancava: il giorno in più.

Avevo già pensato un sacco di volte di tornare da Michela. Senza dirlo a nessuno, nemmeno a Silvia. La prima volta che ci ho pensato è stata quando con mia madre ho svuotato casa della nonna. Mentre aprivo i cassetti, le scatole e i bauli, mi era venuto in mente quando da bambini mia nonna diceva a me e ai miei cugini che quand'era piccola suo padre le aveva regalato un sacco magico, ma che non sapeva più dov'era andato a finire. Qualsiasi immagine o fotografia si mettesse nel sacco, il giorno dopo veniva restituita... vera. Per cui io e i miei cugini passavamo i giorni a cercare il sacco e a ritagliare dai giornali le cose che desideravamo. Anche se magari erano più grandi del sacco. Una volta mio cugino aveva chiesto a mia nonna se il sacco avrebbe potuto far comparire un carro armato. Avevamo una cartelletta piena di ritagli di giornali: biciclette, astronavi, locomotive, cavalli. Una volta ho ritagliato un bambino piccolo perché volevo un fratellino.

Mentre rovistavo tra le cose della nonna avevo immaginato di trovarlo, e mi sono chiesto cosa avrei voluto. Non desideravo niente di materiale. Non la macchina nuova, o dei soldi, o una casa. Se avessi potuto scegliere una cosa solamente, o addirittura tre, come la lampada di Aladino, avrei desiderato altro: momenti, situazioni, attimi.

Quel giorno, a casa di mia nonna, ho scoperto invece che avrei voluto riavere le cose che avevo perso. Ho iniziato a pensare che avrei desiderato le domeniche con mio padre, e le volte che mi prendeva in braccio. Rivivere quel pomeriggio con Laura, la nostra prima volta. I grattini sulla testa che mi faceva la nonna, le sue lasagne e il suono della sua voce. Sarei voluto tornare al giorno che avevo rotto la macchinina ad Andrea per non farlo più. Le mattine sul tram con il mistero di Michela. Il mio cane che non c'era più e che mi mancava come fosse una persona. Quando è morto per me è stato come se fosse morto uno di famiglia. Una volta ho litigato con uno che mi ha detto: "Vabbè, certo che dispiace, ma è un cane, non una persona". Io sono stato male come se fosse morta una persona. Forse perché mi sembrava l'unico che mi capisse e amasse veramente. E poi il giorno che è morto l'ho portato io dal veterinario a fargli la puntura. Anzi, le tre punture. La prima per tranquillizzarlo, la seconda per addormentarlo, la terza è quella letale. Non dimenticherò mai i suoi occhi quando l'ho portato a morire. Ho avuto la sensazione che sapesse dove stavamo andando, e nel momento in cui gli hanno fatto l'ultima puntura ero certo che lui capiva tutto.

Se avessi mai trovato quel sacco, io non avrei voluto cose nuove. Avrei rivoluto le mie. Ma forse il mio vero desiderio era riavere tutto quello che avevo vissuto con Michela.

Un'altra volta che ho pensato seriamente di tornare a New York è stata dopo una serata con Silvia. In quel periodo andavo spesso con lei a vedere delle case. L'agenzia era di un nostro amico. Un giorno aveva trovato una casa che le piaceva e mi aveva chiesto se potevo accompagnarla la sera dopo cena, per vedere com'era a quell'ora. Ci siamo trovati a passare una serata insieme, seduti per terra in una casa vuota. Due pizze nel cartone e un paio di birre. La casa era bella, come l'annuncio la descriveva. Io ho sempre avuto molta fantasia, infatti quando leggo gli annunci mi bastano due o tre elementi e le case mi sembrano sempre belle. In base alla descrizione me le immagino con finestre luminose, con i colori che piacciono a me. Poi, quando le vedo, tutto crolla.

Alla fine, poi, Silvia quella casa l'ha presa. Abbiamo fatto una bella chiacchierata e forse ha scelto la casa anche per quella serata. Aveva una buona energia, si chiacchierava bene, era silenziosa e aveva belle finestre su un cortile interno.

Quella sera Silvia, parlandomi della sua situazione con Carlo, mi ha fatto capire molte cose di me e Michela. Mi ha aiutato di sponda.

«Nella vita ho sempre cercato di risolvere i problemi delle persone a cui voglio bene. Li vedevo soffrire e avrei fatto qualsiasi cosa. Ho sempre messo la felicità degli altri prima della mia. Ho sempre pensato che tanto io alla fine casco sempre in piedi, che mi rialzo sempre. E adesso che chiedo più attenzione per me sembro io la viziata. Tu lo sai, Carlo, mi conosci. Scusa, ti ho chiamato Carlo.»

«Stai attenta. Finché mia nonna mi chiamava Alberto andava anche bene, ma Carlo no, ti prego... Ti ricordi quando mia nonna mi chiamava Alberto?»

«Certo che mi ricordo.»

«L'altro giorno pensavo che, dopo aver passato tutta l'infanzia cercando di sostituire mio padre per mia madre, sono finito a sostituire mio nonno per mia nonna. Ho fatto l'ometto di casa.»

«Siamo stati buttati fuori da noi stessi e non possiamo prendercela con nessuno, se non con noi stessi.»

«Possiamo ancora rientrare in noi stessi? Recuperare quella traiettoria perduta, il nostro sentire?»

«Credo di sì, dobbiamo azzardare.»

«Io azzardo e mi mangio anche la tua metà di pizza, che vedo che non vuoi più.»

«Prendila... sai cosa ho capito, Giacomo? Vedi che l'ho detto giusto... Ho capito che è bello stare con qualcuno quando il rapporto aiuta a promuoversi alla propria altezza.»

«In che senso "promuoversi alla propria altezza"?»

«Per esempio, io con Carlo ero meno di come potevo essere nella vita. Ma questo lui nemmeno lo vedeva. Non gli interessava sapere se avessi realizzato o no i miei sogni, non so nemmeno se sapesse che li avevo, perché per lui era uguale. Non era importante ciò che facevo o ciò che ero nella vita, per lui era importante ciò che ero per lui. Ero perfetta per la sua idea, funzionale alla sua vita. Era lui che faceva le cose e io mi adattavo di conseguenza. Lui mi ha sempre vissuto nello stesso modo. Le mie azioni erano sterili, per questo non mi sentivo viva in quel rapporto. Infatti non si è mai accorto dei miei piccoli cambiamenti o delle mie crisi. Non le ha mai prese sul serio. Sicuramente anche per colpa mia. Non mi bastava il suo amore, perché non era il tipo di amore che desideravo. Non era l'amore di un uomo, ma di un bambino. E si è visto poi come ha affrontato questo periodo tra noi: con i ricatti morali, come i bambini. Il suo era un amore che chiedeva attenzioni e basta.»

«Io invece ho sempre pensato che lui lo sapesse quanto fosse importante per te seguire i tuoi sogni e facesse finta di niente perché sapeva che, se li avessi realizzati, sarebbero subentrati nel vostro rapporto anche i tuoi tempi. E poi, realizzandoti, ti saresti allontanata, saresti finita in un posto dove lui non sarebbe potuto venire.»

«Avrei bisogno di un rapporto dove ognuno è libero di percorrere la propria strada sapendo che l'altro è in grado di raggiungerlo. La colpa e stata soprattutto mia, perché non volevo scoprire chi desideravo essere per paura di trovare cosa "potevo" essere. Voglio essere promossa alla mia altezza, qualunque essa sia. Anche se non so cosa mi succederà nei prossimi giorni. È un casino. Ma mi sento nuovamente libera, ed è bellissimo.»

Quella sera ho capito perché mi piaceva stare con Michela. Mentre tornavo a casa, dalla radio uscivano le note di *Poles Apart* dei Pink Floyd. L'album con cui avevo fatto l'amore con Michela la prima volta. La mia vita era piena di segni. Ogni giorno. Su quelle note ho deciso che sarei andato a prendermi quel pezzo di vita interrotta. Se non ero riuscito a rinunciare a lei la prima volta avendoci parlato solamente dieci minuti in un bar, come potevo farlo in quel momento dopo averla conosciuta, annusata, vissuta? Dopo aver visto com'era e quanto mi piaceva stare con lei? Perché lei era la porta che avevo avuto il coraggio di aprire e che non riuscivo più a richiudere. E anche se era solamente un giorno che mi spettava, io me lo sarei andato a prendere. Era solamente un giorno, lo sapevo, ma era un giorno con Michela. Un giorno alla mia altezza.

27

Alla propria altezza

Stavolta, però, prima di partire mi sono informato che lei ci fosse. Non volevo rischiare di arrivare a New York e non trovarla. Ho chiamato il suo ufficio e ho fissato un appuntamento, fingendomi un cliente. Nel suo *planning day* di venerdì alle ore diciassette lei aveva un appuntamento con me, senza sapere che fossi io. Sono arrivato il venerdì stesso, alle quattordici ero a Manhattan. Il ritorno l'ho preso per il martedì. Una follia, ma ormai non ci facevo più caso. Mercoledì sarei stato nuovamente sul posto di lavoro. Sono partito con la paura che lei non fosse felice di rivedermi, o che forse stava già con un altro, magari in un minifidanzamento, o che in qualche modo si potesse infastidire.

Alle cinque sono entrato nel suo ufficio. Quando è venuta alla porta e mi ha visto ha smesso di respirare. È impossibile raccontare l'espressione che ha avuto. Ha chiuso immediatamente la porta e mi ha baciato, abbracciandomi come fossi tornato da una guerra. Io una felicità così non l'avevo mai provata in tutta la mia vita. Ancora oggi penso che quello che ho provato in quel momento dava un senso a tutto ciò che avevo fatto.

Ho preso il suo viso tra le mani che si bagnavano di lacrime. Dopo baci, abbracci, silenzi, parole interrotte, siamo usciti. Ero l'ultimo suo appuntamento. Siamo andati sotto, al Doma Cafe, dove l'avevo aspettata la prima volta.

«Sono qui per il giorno che mi spetta.»

«Ti ho aspettato tanto. Ho sperato un'altra volta che venissi.»

«La nostra storia, da quando ci conosciamo, è piena di attese.»

«Quanti giorni ti fermi?»

«Martedì riparto. Non posso fermarmi di più e poi non sapevo come avresti reagito. Spero di stare con te più del giorno che ci spetta.»

«Io però domenica sera parto per Boston e non posso rimandare.»

«Beh, è comunque un giorno in più di quel che avevo previsto, anche se un giorno in meno di quel che avevo sperato.»

Da venerdì fino a domenica sera abbiamo passato tutto il tempo insieme. Ho annullato la prenotazione in hotel e sono rimasto sempre da lei. Rivedere quella casa, quel letto, quel bagno era una continua emozione. Eravamo felici di essere nuovamente insieme. In cucina, vicino allo stereo, c'erano ancora i CD che avevo comprato e anche quello del nostro matrimonio. Io e Michela ci siamo accorti che trovare una spiegazione alla magia del nostro incontro sarebbe stato stupido. Valeva sempre la frase famosa: "La vita non è ciò che ci accade, ma ciò che facciamo con ciò che ci accade".

L'assurdità di tutto il nostro incontro doveva ancora succedere però. L'ennesimo gioco di Michela.

La prima sera abbiamo fatto l'amore a lungo; dopo, in un attimo di silenzio, Michela mi ha chiesto: «Lo faresti un figlio con me?».

«Sei seria?»

«Sì.»

Ho pensato che fosse la prima debolezza di donna da quando la conoscevo.

«C'ho pensato in questi due mesi. Ne ho anche parlato spesso con Silvia. Diciamo che sei l'unica donna con cui ho pensato che lo potrei fare. Ma non so se lo vorrei adesso.» Dopo qualche attimo di silenzio ho aggiunto: «Ti ho raccontato la storia di Silvia e Carlo. Se non avessero Margherita, lei se ne sarebbe già andata da molto tempo. Forse è questo che mi terrorizza. Mi spiacerebbe trasformare un figlio in un lucchetto».

«Il vero problema per la tua amica non è Margherita, ma suo marito. Lei si trova a dover affrontare una cosa senza potersi confrontare in maniera matura. È il discorso che ti avevo fatto quel giorno nella vasca da bagno, ricordi?»

«Sì che me lo ricordo.»

«È una questione di coraggio. Carlo evidentemente è un codardo immaturo e non sa prendersi le sue responsabilità. Come molti uomini, del resto. Non è coraggioso. Non è un uomo e come tutti i non uomini finge di non vedere. Sai quale sarebbe la soluzione più semplice?»

«Quale?»

«Che fosse lui a dirle di andarsene, perché non può continuare a vivere con una donna che non desidera più stare con lui. Che facesse un vero atto d'amore, invece di continuare a dire ti amo e dimostrare il contrario a ogni occasione.»

«Ma forse non lo ha nemmeno capito veramente che lei non lo ama più, anche se Silvia glielo ha detto più volte.»

«Secondo me può anche succedere che una persona ti ami e tu non te ne accorga. Ma quando una che ti ha amato smette di farlo è impossibile non accorgersene. Si evita il discorso perché subentrano altre dinamiche, come la difficoltà di lasciare ed essere lasciati, abbandonati, la sensazione di aver fallito, il desiderio e l'orgoglio di salvare la facciata di fronte alla famiglia, agli amici, ai parenti. E poi l'egoismo. Questa situazione è la stessa che ha vissuto una ragazza con cui lavoravo quando stavo in Italia. Solo che poi lei, invece di lasciare il marito, ha iniziato a uscire con un nostro collega. Sai, quando l'uomo con cui stai ti fa sentire desiderata come una ciabatta, basta che uno ti guardi in un certo modo e ti dica due parole carine che esplodi. Alla fine si è fatta scoprire e da donna trascurata è diventata una puttana che si scopa gli altri, mentre lui, il marito, poverino, lavora tutto il giorno. Un classico.»

Mentre Michela mi parlava, sdraiati in quel letto, iniziavo a capire cosa avesse inteso veramente dire quel giorno nella vasca da bagno.

Da quando le avevo detto che un figlio con lei lo avrei fatto, ma non sapevo quando, ho avuto la sensazione che qualcosa fosse cambiato in lei. Come se ci fosse rimasta male. Ma non mi ha detto niente, forse era solo una mia impressione.

Sabato sera, prima di uscire a cena, le ho dato il regalo che le avevo comprato. Nel pacchettino c'erano la riduzione di una spina elettrica e il ferretto che si mette sul fornello per farci stare la moka. Per me erano due oggetti che rappresentavano la nostra storia, due invenzioni che servono a far incontrare due misure diverse. Lei aveva fatto così, con il suo gioco ci aveva fatti incontrare. Poi siamo andati da BBQ, all'incrocio tra la 23rd Street e l'8th Avenue, a mangiare le *ribs*. Le *baby pork ribs*. Un posto superignorante dove ti servono queste costolette di maiale ricoperte di salsa e accanto una patata nella stagnola e una fetta di *corn cake*. Insomma, un bel lavoro da digerire: infatti ci siamo addormentati tardi. C'eravamo conosciuti mangiando hamburger e volevamo salutarci sempre con lo stesso stile. Abbiamo riso molto guardando le persone intorno a noi. Una situazione surreale. Famiglie intere che festeggiavano chissà cosa con bicchieri di *margarita* enormi, tutti colorati. È stato mangiando quelle delicatezze che ho chiesto a Michela cosa sarebbe stato di noi dopo la partenza. Eravamo tornati nello stesso punto di quel giorno seduti di fronte all'oceano.

«Non voglio stare male ancora come è successo in questi due mesi. Per stare ancora insieme e andare avanti, credo che la nostra storia richieda un cambiamento più profondo. Se vivessimo come abbiamo vissuto fino a oggi peggioreremmo le cose, lo sai, ce lo siamo sempre detti. Per cui credo sia meglio non rivedersi più.»

«Se passo da New York posso chiamarti?» Una frase più stronza e stupida non avrei potuto dirla. Era proprio il contrario di quello che mi aveva appena detto. Per come era nata la nostra storia e per come l'avevamo vissuta, aveva bisogno di un atto di coraggio maggiore.

A quella mia domanda sbagliata lei ha giustamente risposto: «Meglio di no».

Da quel momento sono andato nel pallone, mi sono perso e ho infilato una parola sbagliata dietro l'altra.

«Sei seria?»

«Un po'.»

«Faccio fatica a chiudere con te. Non riesco a stare nemmeno con altre donne. Non ti piaccio più? Ma tu hai già un altro?»

«No, perché me lo chiedi?»

«Perché sei diversa dall'altra volta. Lo vedo che sei felice di rivedermi, non dico questo, ma sei più silenziosa. A volte sembri distratta.»

«No, non ho nessuno. Vuoi un altro *margarita*?»

«Sì. E tu non bevi?»

«Preferisco una coca.»

«Non sei stata bene con me?»

«Non entrare nella nostra storia in questo modo...»

«In che senso?»

«Non fare queste domande. Non c'entrano niente con la nostra storia. Lo sai. Non la banalizzare.»

Dopo quelle parole mi sono ripreso. Alla fine non ricordo se ho preso altri due o tre *margarita*, so solamente che mi sono ubriacato. Lei no. Era la nostra ultima serata insieme. Quando siamo tornati a casa abbiamo fatto l'amore e ci siamo fatti un milione di coccole. Per me tutto vissuto in quell'atmosfera ovattata di quando hai bevuto. Ricordo che mi veniva da piangere all'idea che non l'avrei più vista. Io non avevo insistito perché effettivamente forse era meglio così. Ma, forse preso da quella malinconia, da quel dolore e dall'alcol, le ho detto: «Dài, facciamo un figlio».

«Non si scherza su queste cose.»

«Sono serio» le ho risposto.

«No, non sei serio, sei ubriaco.»

«È vero. Ma lo farei veramente.»

«Dormiamo che è meglio.»

E siamo crollati.

Domenica mattina ci siamo alzati tardi. Abbiamo fatto colazione praticamente in silenzio. Tutto rimbombava nella testa. Dopo un po', dopo aver fatto anche la doccia ed esserci vestiti, Michela mi ha detto, guardandomi dritto negli occhi: «Ieri sera mi hai chiesto di fare un figlio con te. Per fortuna eri ubriaco solamente tu».

Mi sembrava che quando parlava di figli un po' scherzasse, ma un po' volesse vedere come reagivo a quell'argomento.

«Non so se l'ho detto perché ero ubriaco, ma credo che lo avrei fatto veramente. Te l'ho detto che un figlio con te lo farei. Non adesso, forse.»

Siamo usciti a fare una passeggiata.

Mentre eravamo seduti in un bar a leggere, lei il giornale e io un libro, mi ha chiesto: «Senti, facciamo così. Non sentiamoci, non chiamiamoci, non cerchiamoci più. Fine della favola. Io non ti cercherò e tu non mi devi cercare, promettimelo».

«Te lo prometto. Lo abbiamo già deciso ieri sera.»

«Sì, lo so, però senti cosa ti propongo: io fra tre mesi devo andare a Parigi per un incontro importante di lavoro. Se fra tre mesi tu vorrai ancora avere un figlio con me e io con te ci incontriamo lì. È un appuntamento. Che ne dici?»

«Non so se ho capito bene. Ci diamo un appuntamento a Parigi fra tre mesi e se uno vuole un figlio dall'altro si presenta, altrimenti non viene?»

«Esatto. Io credo di volerlo anche subito un figlio con te, però adesso non lo farei nemmeno io. Ho bisogno di allontanarmi da te per avere una prospettiva migliore. Magari in questi tre mesi incontrerai un'altra donna, o io potrei non volere più un figlio da te... chi lo sa. Ma diamoci una possibilità, prima di perderci per sempre.»

Perché Michela riusciva sempre a convincermi e coinvolgermi? Mi piaceva giocare.

Le ho risposto: «Tu sei la donna che ho sempre sperato di incontrare. Comunque vada. Diamocela una possibilità. La nostra storia la merita. E dove ce lo diamo questo appuntamento?».

«Non lo so, decidiamo insieme... Che ne dici dove c'è la Statua della Libertà?»

«Avevo capito Parigi, non New York...»

«Certo, a Parigi.»

«A Parigi c'è la Statua della Libertà? Non lo sapevo.»

«Veramente ce ne sono due. Una grande sulla Senna e una piccola al giardino del Lussemburgo. Se fra tre mesi avremo ancora il desiderio di avere un figlio insieme ci troveremo dove c'è la Statua della Libertà al giardino del Lussemburgo. È l'unico motivo valido per rivedersi, per andare avanti, altrimenti è meglio perderci e ricordare questa nostra storia così.» Mentre io pensavo a quell'assurdità, Michela ha guardato la sua agenda e poi mi ha detto: «Il giorno perfetto sarebbe il 16 settembre».

«È una follia.» Poi ho aggiunto: «Accetto. A che ora?».

«Decidi tu.»

«Ci vediamo alle undici del mattino. Okay?»

«Il 16 settembre alle undici del mattino. O mai più.»

28

Parigi

Silvia è felice. Vive nella nuova casa sola con Margherita. Carlo alla fine ha capito e non è stato nemmeno così pessimo come si temeva. Anche lui sta meglio. Margherita è una bambina felice e ci siamo stupiti tutti del suo modo di vivere questo cambiamento. Lei si è dimostrata la più brava dei tre. Le hanno spiegato che anche se vivono in case separate le vogliono sempre bene come prima. Si sono fatti aiutare da una psicologa. La mamma di Silvia, alla fine, le ha confessato che ha fatto bene ad andarsene se non era più innamorata. Che strane le persone a volte.

Inutile dire perché sono a Parigi. Voglio avere un figlio con Michela. Sono passati tre mesi dall'ultima volta che l'ho vista e non solo non mi sono dimenticato di lei, ma addirittura è cresciuto in me ogni tipo di desiderio nei suoi confronti. Voglio un figlio con Michela perché lei per me è sempre stata una casa con il tetto di vetro: posso osservare il cielo sentendomi al sicuro. Ora cammino, lasciandomi alle spalle Place des Vosges, sono su Rue de Rivoli e cammino fino all'Hôtel de Ville. Mi tolgo il maglione perché è uscito un raggio di sole e anche la camminata mi scalda. Sono le dieci e mezzo. Potrei passare davanti a Notre Dame e prendere il Boulevard Saint-Michel. Ma preferisco fare un tragitto più bello.

Posso fare quella strada anche al ritorno, tanto dopo questo appuntamento, comunque vada, sarò emotivamente sconvolto e non noterò nulla intorno a me, nemmeno se dovessero passare sul marciapiede venti pony rosa al galoppo. L'unica differenza è che, se non viene, sento che inizierò a invecchiare. A invecchiare rapidamente. Cammino fino al Pont des Arts, un ponte di legno che la sera, nella bella stagione, si riempie di ragazzi che fanno picnic. In Place Saint Germain des Prés prendo la Rue Bonaparte e arrivo in Place Saint-Sulpice. Poi finalmente al giardino del Lussemburgo.

Sono in anticipo, mi piacerebbe arrivare e trovarla già lì, seduta. Sono nervoso, faccio un giro per i giardini, intorno alla fontana ci sono dei ragazzi che disegnano e ritraggono il palazzo. Anche al Musée d'Orsay una volta ho visto un sacco di studenti seduti per terra che ritraevano le statue. È bello vedere i musei così vivi. Continuando a passeggiare, vedo gente che gioca a tennis, altri che corrono, altri sotto un gazebo fanno thai-chi. Molti leggono. Ci sono in ogni angolo sedie di ferro che si possono mettere dove uno meglio crede. Molti scelgono di portarle intorno alla fontana, perché c'è anche una piccola barra di ferro che la circonda dove si possono appoggiare i piedi. Arrivo vicino alla Statua della Libertà. Non ci sono panchine lì vicino. Prendo due sedie e le porto al punto del nostro appuntamento. Una per me, e una spero per lei. Perché a questo punto spero solo che lei venga. Ho pensato molto a come sarebbe stato questo momento. Anche questa volta potrei scoprire quello che solitamente accade: ciò che avviene non assomiglia mai a quello che ci aspettiamo. Magari, mentre sono qui che fisso davanti a me, nella speranza di vederla subito, dal primo istante in cui entra nel mio campo visivo, potrei invece sentire posarsi sui miei occhi il calore delle sue mani e sentire la sua voce dire: "Indovina chi sono?".

Se dovesse venire a questo appuntamento, cosa succederebbe dopo? In che paese vivremo? Mi trasferirei io in America o tornerebbe lei in Italia? L'unica risposta che sono riuscito a darmi ogni volta che ci ho pensato è che è Michela il paese dove voglio vivere.

Nei tre mesi trascorsi lontano da lei mi sono sentito profondamente vicino. Mi sono seduto sul bordo della vita e con i piedi a penzoloni ho guardato l'infinito respirando il suo profumo. Sembra strano decidere di volere un figlio in questa maniera. Ma alla mia età lo è meno. Quando avevo vent'anni e mi innamoravo, volevo un figlio con una donna perché l'amavo. Adesso è cambiato tutto. A vent'anni una storia come questa l'avrei vissuta come una cosa assurda. Impensabile secondo il mio modo di concepire l'amore.

Voglio un figlio e Michela è la persona giusta con cui farlo. Quest'esperienza la voglio condividere con una donna così. Punto. Con lei ho sempre provato una sensazione diversa, come se il nostro incontro fosse arrivato al momento giusto nel modo giusto. Come se fosse scritto nel mio destino. Un passaggio importante della vita, una stanza nuova in cui dovevo entrare.

Mentre aspettavo in quei mesi, mi sono aiutato con la scrittura. Ho scritto le mie emozioni, sono entrato in quel mio mondo in movimento, quel mondo vivo. Ho scritto anche delle lettere a Michela, lettere che non ho mai spedito. Le ho portate con me. Sono già con il francobollo perché, se non dovesse venire, gliele spedirò.

Ho messo anche delle foto nella busta insieme a una lettera. In una foto per esempio si vedono dei fiori, in un'altra una tavola apparecchiata per due, in una il "nostro" tram. Poi una scattata il giorno del suo compleanno, in cui si vedono il calendario, un pacchettino e due bicchieri di vino. Ho condiviso con lei attimi che non eravamo destinati a vivere insieme.

Sono le dieci e cinquantaquattro, ho il cuore in gola, m'impedisce di respirare bene. Mi guardo attorno e accarezzo nervosamente la scatola che contiene le lettere. Oltre alla scatola ho con me un paio di scarpe rosse, comprate appositamente per lei. Ho scelto un paio di scarpe come regalo perché mi sembrava rappresentassero bene il mio desiderio di passeggiare con lei nel nostro futuro. Il sospetto che non le vedrò mai indossate dai suoi piedi, però, avanza sempre di più.

Improvvisamente rotola verso di me una palla. Alzo gli occhi e una bambina corre per riprenderla. Mentre la raccoglie, mi fissa per qualche secondo e poi scappa via a giocare. Si sente il suono degli uccellini, e lontano anche quello di un trapano. Mi piace sentire al mattino i rumori di chi lavora, se non sono vicino a casa mia, ovviamente.

Guardo l'orologio, sono le undici e cinque. Inizio a chiedermi fino a quando sia giusto rimanere in attesa. "Devo darmi un termine" mi dico. "Se entro le undici e un quarto non arriva, me ne vado. Anzi, undici e mezzo... è meglio."

Cerco di distrarmi osservando le persone attorno a me. Siamo in tanti, ognuno con i propri sogni, le proprie gioie, i propri dolori. A volte mi capita di pensare a tutti i posti dove sono stato nella vita e cerco di immaginare le persone che passeggiano nelle vie che ho conosciuto. Quand'ero piccolo e pensavo a quanti siamo nel mondo, mi convincevo che era impossibile per Dio sapere della mia esistenza.

Undici e venti. Michela non è ancora arrivata. Inizio a pensare seriamente che non verrà. Decido di prolungare la mia attesa fino a mezzogiorno.

Sarebbe stato troppo bello. Sono triste, non sono più contento di averla incontrata. No, adesso non riesco a essere felice perché mi aveva reso una persona migliore. Dovrei esserlo, se non altro perché mi sta facendo sentire ridicolo. Seduto qui, su questa sedia, con un paio di scarpe rosse in mano e delle lettere mai spedite, sono ridicolo. Nemmeno le spedisco, come mi sono ripromesso di fare. È chiaro, Michela non verrà. Devo solo accettare il mancato lieto fine del mio film. "Se non vieni che ne farò di te?" Mi alzo, non riesco più a stare seduto. Mi avvicino alla statua. Ci sono dei fiori a terra, credo portati qualche giorno prima in memoria dell'undici settembre. Leggo la targa alla sinistra della statua: *La Liberté éclairant le monde*. Mi risiedo. Butto la testa indietro e guardo il cielo di Parigi, una lacrima mi scende lungo la guancia e mi entra nell'orecchio. Sento male alla pancia. Ripenso a tutte le cose che ho fatto per lei, a tutto quello che mi aveva fatto vivere. Da quando l'ho incontrata non mi sono mai annoiato, con lei o pensando a lei sono sempre stato bene; sono anche stato male, come adesso, mi sono sentito fragile e invincibile al tempo stesso. Ma sempre vivo.

All'improvviso mi rendo conto che sono pieno di quello che ho vissuto, ma che in mano non ho niente. Nasce dentro di me, in questo istante, il pensiero che Michela non sia mai esistita. Ora capisco tutto. Chi può garantirmi che non sia stata una mia proiezione, una fantasia? Chi l'ha mai vista, a parte me? Le persone con cui ho parlato di lei non l'hanno mai incontrata, vista, conosciuta. Nemmeno Silvia. Non ho prove concrete della sua realtà. Solamente una totale confusione di emozioni. Chi può dirmi che Michela non viva solamente nella mia immaginazione? Per questo tutto sembrava perfetto. L'ho vista e mi è piaciuta subito, prima ancora di conoscerla, poi l'ho conosciuta e mi ha insegnato, con uno stupidissimo gioco, ad aprirmi. Ci siamo sposati senza la follia di un matrimonio vero. E ora mi trovo ad aspettarla per dimostrare a me stesso e a noi che voglio un figlio. Abbiamo fatto tutto quel che solitamente fanno le persone, ma sotto forma di gioco, di divertimento. Seduto su questa panchina, con delle scarpe da donna rosse e una scatola di lettere mai spedite, forse sto avendo il primo pensiero lucido dentro una follia. Magari la gente che mi conosce dice di me che sono impazzito e che ho una donna immaginaria nella testa. E io come posso dimostrare il contrario? Non ho niente di lei, nemmeno una foto, un regalo, nulla. Nemmeno l'anello del nostro matrimonio. Tutto ciò che ho di lei è nella mia testa e nella mia anima. Per sempre. Lei è un respiro, un pensiero, un'emozione, è confusione e chiarezza. Forse dovrei guardarmi allo specchio e cercare in fondo agli occhi un residuo, una traccia di lei. Ho immaginato Michela e le ho dato vita, lei mi ha insegnato a credere nei miei sogni e nei miei desideri anche a rischio di diventare ridicolo, come in fondo sono adesso. Non è importante che lei venga. La cosa importante è ciò che mi ha insegnato. Lei non era e non è il mio tesoro ma gli strumenti per trovarlo. Lei è il cartello che indica la strada.

Ho iniziato a ridere, pensando alla mia situazione. Ridendo mi porto le mani alla faccia, come se mi vergognassi. Hanno ancora il profumo del burro.

Su quel gesto all'improvviso vengo interrotto da un fischio. Abbasso lo sguardo. Lei è a pochi metri da me, a dimostrare ai miei pensieri che esiste. Mi esplode il cuore, mi trema l'anima.

Michela, immobile di fronte a me, ha le lacrime agli occhi e il solito sorriso. Lei è il futuro che sorride. Sembra quelle giornate in cui piove e c'è il sole nello stesso momento. Cammino verso di lei, poi mi fermo e rimango immobile per un istante di fronte a lei. Mentre sto per fare l'ultimo passo per poterla baciare e abbracciare mi ferma con un gesto. Non capisco. Prende la mia mano e, guardandomi negli occhi, la appoggia alla sua pancia.

In un istante capisco tutto. Il suo gioco folle, il motivo reale per cui farmi attendere questi mesi. Guardo la pancia che sto toccando. Michela è incinta. Sono sconvolto, la guardo negli occhi. Lei fa sì con la testa e prima che ci abbracciamo mi dice: «Lo ero già quando sei tornato la seconda volta a New York».

«Perché non me lo hai detto?»

«Non volevo che tu lo accettassi solo perché era successo. Volevo essere sicura delle tue intenzioni. Se non fossi venuto qui, non te lo avrei nemmeno fatto sapere. Non lo avresti mai saputo. Sono felice di vedere quel che abbiamo fatto. Sei il compagno di giochi che ho sempre desiderato.»

Ci abbracciamo in silenzio. Parliamo dopo un'infinità di tempo.

«Ricordo i nomi che volevi per i tuoi figli, soprattutto per le femmine. Sono terrorizzato.»

«Non preoccuparti, si chiamerà Matteo. Piuttosto, non mi dici niente? Ho imparato a fischiare...»

«Beh, è per questo che sono così sconvolto. Per la sorpresa del fischio. No, è che ho avuto paura che non venissi. Comunque anche io ho imparato a tuffarmi.»

«Scusa il ritardo. In realtà sono venti minuti che ti osservo. Avevo paura ed ero troppo emozionata... quando sono arrivata eri già qui. È tanto che aspetti?»

«Più o meno trentacinque anni.»

«Il giorno in più»
di Fabio Volo
Grandi Bestsellers
Arnoldo Mondadori Editore

Questo volume è stato stampato
presso Mondadori Printing S.p.A.
Stabilimento NSM - Cles (TN)
Stampato in Italia. Printed in Italy